Croes Bren yn Norwy

D1394251

Croes Bren yn Norwy

J. Selwyn Lloyd

Gwasg Gomer
1982

Argraffiad Cyntaf—Gorffennaf 1982

ISBN 0 85088 547 7

Gwobrwywyd dwy bennod gyntaf y nofel hon ynghyd ag amlin-
elliad ohoni yn Eisteddfod Genedlaethol Dyffryn Lliw, 1980.
Fe'i cwblhawyd trwy gomisiwn a roddwyd gan Gyngor yr
Eisteddfod Genedlaethol â chymorth Cyngor Celfyddydau
Cymru, ac fe'i cyhoeddir trwy ganiatâd caredig Llys yr Eistedd-
fod Genedlaethol.

Cyhoeddwyd dan nawdd Cynllun Llyfrau Darllen
Cyd-bwyllgor Addysg Cymru

Argraffwyd gan:
J. D. Lewis a'i Feibion Cyf., Gwasg Gomer, Llandysul, Dyfed

PENNOD 1

Drwy gydol y blynyddoedd bu Math yn addo iddo'i hun y byddai'n dychwelyd i Norwy ryw ddydd. Ond aeth bron i ddeugain mlynedd heibio cyn iddo ddod yn ôl i'r pentref bach, a phan ddaeth, nid oedd dim ond siom yn ei ddisgwyl. Yr oedd cymaint o adeiladau newydd wedi eu codi, a chymaint o'r hen fythynnod yn furddunod, fel nad oedd yn adnabod pentref Manvik o gwbl. Ond y siom fwyaf oedd gweld y bedd.

Nid oedd dim yno ond croes bren fechan yn sefyll yn unig ynghanol cae, a rheiliau dur o'i chwmpas.

"Olaf Christiansen—1943" darllenodd yn uchel gan frathu ei wefl rhag i'r dagrau redeg. Safodd Math yno'n fud, heb weld dim ond y groes, a honno'n dod â'r atgofion yn ôl iddo yn awr, dwndwr y gynnau, y bomiau'n ffrwydro, arogl gwaed ac yna llais Olaf yn gweiddi arno.

Teimlodd law ei ffrind yn ysgafn ar ei ysgwydd a cheisiodd wenu.

"Fedra i mo dy ddeall di, Math," ebe Robin yn ddistaw. "Dod yr holl ffordd i Norwy i weld hon. Dim ond croes bren ddigon syml ydi hi. Does yma ddim carreg fedd, dim un blodyn hyd yn oed."

Diflannodd y wên eto a daeth yr un hen olwg bell, ddieithr i lygaid Math.

"Ie, dim ond croes bren mewn cae," meddai'n ddwys. "Ond dwyt ti ddim yn deall, Robin. Fedri di byth ddeall. Fuost ti ddim yma yn y dyddiau duon hynny a doeddet ti ddim yn adnabod Olaf. Fedar neb ond fi ddeall, a Sigrid efallai, a Leif ac Arnulf . . ."

"Mae'n bryd i ni fynd," ebe'r llall, wedi colli pob diddordeb. "Mae'r bws olaf yn gadael y pentref am Stavanger ymhen hanner awr cofia."

Ond nid oedd Math am frysio. Yr oedd wedi sylwi ar yr hen ffermwr ymhen draw'r cae pan ddaeth i weld y bedd, ac yn awr wrth ei weld yn dod tuag atynt yn araf, gafaelodd ym mraich ei gyfaill i'w atal.

"Gad i mi gael un gair â hwn," meddai, â chyffro dieithr yn ei lais. "Dim ond un gair. Mi awn ni wedyn."

"Llychlynwr ydi o, siŵr," ebe Robin. "Fedrwn ni mo'i ddeall o."

Ond medrai'r hen ŵr siarad rhyw fratiaith o Saesneg. Daeth i sefyll wrth eu hymyl ar lan y bedd unig am eiliad.

"Roeddwn i yma adeg y Rhyfel, flynyddoedd yn ôl bellach, ac yn ei adnabod yn iawn," ebe Math toc gan amneidio tua'r groes. "Oeddech chi'n adnabod Olaf Christiansen?"

Poerodd y ffermwr ar y llawr mewn dirmyg cyn ateb.

"O oeddwn, roeddwn i'n ei adnabod o," meddai. "Y bradwr mwyaf a welodd Norwy erioed. Wyddoch chi, petawn i'n cael fy ffordd mi fyddwn i'n aredig y cae yma a gwneud i bob cof am y cnaf ddiflannu am byth."

Chwarddodd yn uchel cyn ychwanegu, "Ie, gwneud i'r cyfan ddiflannu. Oni bai i ffrind iddo roi'r rheiliau yna o gwmpas ei fedd ac ysgrifennu ar y groes yna, fyddai'r un adyn byw yn gwybod am fan ei gladdu. Aredig y cwbl fyddai orau. Does neb yn Manvik am gofio bradwr fel Olaf Christiansen."

6

Aeth wyneb Math fel y galchen. Cymerodd gam tuag at y gŵr â'i ddyrnau wedi eu cau'n dynn.

"Paid, Math, paid," rhuthrodd Robin i'w fraich. "Paid â bod yn ffôl."

Ni chymerodd yr hen ŵr arno ei fod wedi sylwi ar y gwylltineb yn llygaid Math. Trodd oddi wrthynt yn araf.

"Mae'r cyfan mor bell yn ôl erbyn hyn," meddai'n ddwys, gan gychwyn oddi yno. "Ychydig iawn sy'n cofio'n awr. Ychydig iawn."

"Ie, ychydig iawn sy'n cofio'n awr," ebe Math wrth eistedd yn yr awyren enfawr a gwylio culfor Nordfiord yn gwibio oddi tanynt. "Fel roedd o'n dweud, mae'r cyfan mor bell yn ôl erbyn hyn. Mae bron i ddeugain mlynedd wedi mynd ac mae pobl wedi heneiddio ac wedi anghofio."

Ysgwyd ei ben mewn penbleth a wnâi Robin wrth edrych drwy'r ffenest ar gopaon gwynion y mynydd-oedd uchel yn disgleirio ym machlud haul.

"Be ddigwyddodd yn y pentref bach yna, Math?" meddai toc. "Pam aros yr holl flynyddoedd? Pam y bu'n rhaid i ni fynd yr holl ffordd i weld dim ond darn o groes mewn cae?"

"Rydw i wedi dweud wrthat ti unwaith. Fyddet ti byth yn gallu deall."

"Be ddigwyddodd, Math?"

Codi ei ysgwyddau a dal i syllu drwy'r ffenest a wnaeth Math. Yn ei feddwl fe'i gwelai ei hunan mewn awyren arall, a'r eira'n sgleinio yng ngolau'r lleuad drwy'r ffenest fechan, gul.

"Gad lonydd i mi, Robin," meddai toc. "Dydw i

ddim yn awyddus i siarad â neb. Mae gweld y groes yna a chofio am Olaf wedi . . .''

Trawodd ei gyfaill ef yn chwareus ar ei ysgwydd.

''Fedra i mo dy ddeall di wir,'' gwenodd. ''Dod yr holl ffordd i Norwy, gwastraffu pythefnos o wyliau, dim ond i weld croes mewn cae.''

''Ond roedd o'n un o'r ffrindiau gorau fu gen i erioed, Robin. Er nad oeddwn i'n gwybod llawer amdano.''

''Wel, doedd gan yr hen ffermwr yna fawr o feddwl ohono,'' oedd ateb parod Robin. ''Petaet ti'n gofyn i mi, roedd o'n casáu'r dyn.''

''Roedden nhw i gyd yn ei gasáu,'' atebodd Math, mor ddistaw fel mai prin y gallai'r llall ei glywed. ''Ond . . .''

''Pam nad ydi o wedi ei gladdu mewn mynwent fel pawb arall? Dyna sy'n fy mhoeni i.''

''Yn y cae yna y saethwyd o,'' meddai Math yn chwyrn, ei lais yn codi'n gwerylgar nes gwneud i'r teithwyr eraill droi i syllu arno.

''Gan yr Almaenwyr? Rwy'n gweld yn awr.''

''Gan ei bobl ef ei hun, Robin.'' Roedd ei lygaid yn bŵl fel petai'r dagrau ar fin llifo. ''Ei ffrindiau a'i llof- ruddiodd o, a'i alw'n fradwr. Dynion y pentref yna, dynion Manvik, a aeth ag o i'r cae yna ym 1943 a'i saethu heb brawf o fath yn y byd ac yna'i gladdu yno fel petaent yn claddu ci.''

''Bradwr?'' gofynnodd Robin yn ofalus. ''Ond dyna oedd yn digwydd i bob bradwr yn ystod y Rhyfel, Math.''

''Doedd Olaf ddim yn fradwr,'' gwaeddodd Math

8

yn uchel, gan droi yn ei sedd i wynebu ei ffrind, a'i lygaid yn melltennu. "Doedd o ddim yn fradwr."

"Ond fyddai dynion y pentref ddim wedi ei saethu pe . . ."

"Doedden nhw ddim efo fo ar y pryd," ebe Math yn ddistawach. "A does neb ond fi'n gwybod beth a ddigwyddodd. Cafodd fai ar gam. Doedd o ddim yn fradwr mwy nag rydym ni ein dau yn fradwyr, Robin. Fe wn i hynny'n iawn ond does neb yn fodlon gwrando."

Ni ddywedodd Robin air. Gwyddai mai gadael llonydd iddo fyddai orau, a Math yn y fath hwyliau. Aeth pum munud arall heibio, pum munud o ddistawrwydd llethol rhwng y ddau. Yna wedi cau ei lygaid yn dynn, meddai eto toc, "Fyddwn i ddim yma heddiw oni bai am Olaf Christiansen. Fe achubodd fy mywyd i ar lan y ffiord yna bron i ddeugain mlynedd yn ôl. Un felly oedd Olaf, nid bradwr. Fe beryglodd ei fywyd ei hunan i achub fy mywyd i ac wedi hynny i gyd cafodd ei saethu fel bradwr."

"Wel, peth fel yna ydi rhyfel i ti," ebe'i gyfaill yn ddistaw. "Ac mae'r cyfan mor bell yn ôl bellach. Fedrwn ni wneud dim ond gadael pethau fel y maen nhw."

"Na fedrwn, fedrwn ni wneud dim," gwenodd Math am y tro cyntaf ers oriau a suddo i'w sedd foethus i wylio tonnau gwylltion Môr y Gogledd yn dawnsio'n wyn ymhell oddi tanynt. "Mae'n rhy bell yn ôl erbyn hyn, Robin. Rwyt ti'n llygad dy le."

Ni soniodd yr un o'r ddau air am Norwy am weddill y daith ac erbyn iddynt gyrraedd y maes awyr yn Llundain a mynd drwy'r tollau, yr oedd y gwrid yn dechrau dychwelyd i ruddiau Math a'r wên yn dawnsio yn ei lygaid drachefn.

Teimlai'n fodlon yn awr, wedi iddo weld y bedd. Gwyddai mai amhosibl oedd dod ag Olaf yn ôl ond roedd gwybod fod rhywun yn edrych ar ôl ei fedd yn lleddfu rhyw gymaint ar yr hiraeth a bwysai ar ei galon. Yr oedd wedi blino'n lân ar ôl y daith ac nid edrychai ymlaen at ddychwelyd i'w waith ymhen deuddydd. Ond yn awr, a'r gwyliau ar ben, y gwyliau y bu'n edrych ymlaen atynt am ddeugain mlynedd bron, cododd ei galon wrth feddwl am gael dychwelyd i gefn gwlad o ganol dwndwr a phrysurdeb y ddinas.

"Dydw i ddim yn aros eiliad yn hwy nag sydd raid i mi yn Llundain yma,'' gwaeddodd yng nghlust Robin wrth iddynt neidio ar y grisiau symudol i'w cludo i berfeddion y ddaear ac at y trên. Cerddodd y ddau'n frysiog tua'r platfform, y chwys yn byrlymu ar hyd eu hwynebau.

Clywyd ysgrech y trên o gyfeiriad y twnel; cyrhaeddodd a safodd yn stond mewn cwmwl o lwch ac awel gynnes. Roedd yn chwech o'r gloch a swyddfeydd a siopau Llundain yn chwydu gweithwyr a chwsmeriaid i'r heolydd wrth y miloedd. Cariwyd Math a Robin drwy ddrysau'r trên gan y dorf o'u holau a safai'r ddau yno bron â mygu wrth i'r cerbydau rygnu eu ffordd drwy'r twnelau am gyrion y ddinas.

Cyn hir aeth y dorf yn llai, a chyn iddynt gyrraedd pen eu taith, cafodd y ddau sedd i eistedd arni.

"Fyddwn i ddim yn byw ac yn gweithio yn y ddinas yma am ddwbl fy nghyflog,'' gwenodd Robin.

"Meddwl am fynd drwy'r syrcas yma bob nos a bore am weddill dy fywyd."

Ni ddaeth ateb. Eisteddai Math yn llonydd hollol, fel delw farmor, a synfyfyriai.

"Mae'r bws chwech o'r dref yn ddigon drwg ond hyn...Wyt ti'n gwrando?" ebe Robin yn sydyn. Rhoddodd bwniad iddo â'i benelin. Ond ni ddywedodd Math air, dim ond ysgwyd ei ben yn araf. Ni allai dynnu ei lygaid oddi ar wyneb y gŵr cydnerth, a eisteddai gyferbyn ag ef.

"Wyt ti'n iawn?" gofynnodd Robin toc. "Rwyt ti'n wyn fel y galchen."

"Ydw."

"Wyt ti'n siŵr?"

"Yn berffaith siŵr."

"Paid â syllu gymaint, Math. Mae'r gŵr yna'n dechrau teimlo'n annifyr. Nid adref rwyt ti, cofia."

Safodd y trên unwaith eto a chododd y gŵr yn sydyn. Estynnodd fag-llaw a oedd ar y llawr wrth ei draed.

"J.M.," ebe Math yn uchel, gan ddarllen y llythrennau a oedd ar ei ochr. Yna cododd yntau'n swta.

"Mae dwy orsaf eto cyn y byddwn ni'n mynd i lawr," ebe Robin, gan afael ynddo a'i dynnu'n ôl i'w sedd.

Ond ysgydwodd Math ei law ymaith yn chwyrn.

"Fan hyn, tyrd," meddai rhwng ei ddannedd, a'i wyneb yn welw.

"Ond Math annwyl, nid fan yma..."

"Rydw i'n mynd," oedd unig ateb ei gyfaill wrth i ddrysau'r cerbyd agor yn swnllyd. Neidiodd drwyddynt i'r platfform ac aros am eiliad gan wylio'r gŵr dieithr yn brysio tua'r drws a arweiniai allan o'r orsaf.

"Mae'n gloff," meddai, â rhyw oleuni o fuddugol-iaeth yn disgleirio yn ei lygaid. "Fo ydi o, Robin. Wna i byth anghofio'r llygaid creulon yna tra bydda i byw." Yna dechreuodd gerdded yn wyllt ar ôl y gŵr.

Yr oedd ceg Robin yn sych fel y garthen a'i wyneb yntau hefyd yn dechrau gwelwi wrth iddo ddilyn Math i fyny'r grisiau tua'r stryd.

"Rwyt ti'n mynd o dy go', was," meddai'n ddwys. "Be ar y ddaear sydd arnat ti?"

"Bydd ddistaw am funud a chadw dy lygaid ar y dyn acw, y dyn cloff yna oedd yn eistedd gyferbyn â mi yn y trên."

"Fedri di ddim dilyn pobl ar hyd y lle yma, Math. Does gen ti ddim hawl i ddilyn pobl hollol ddiniwed a gwneud ffŵl ohonot dy hun," dechreuodd Robin ymresymu ag ef.

"Dydw i ddim yn gofyn i ti ddod efo mi. Mi af ar fy mhen fy hun."

"Math, gwrando ar reswm, wnei di?" Erbyn hyn roeddynt wedi cyrraedd y stryd uwchben, ac oedodd Math eto am eiliad i wylio'r gŵr yn cerdded i fyny o'r orsaf, gan ei chychwyn hi ar hyd stryd lydan â siopau mawrion ar bob ochr iddi. Oedodd wrth oleuadau traffig cyn croesi i'r ochr arall.

"Math," gafaelodd Robin yn ei fraich a'i ysgwyd. "Be aflwydd sydd arnat ti? Rwyt ti'n welw fel petaet ti wedi gweld drychiolaeth."

"Efallai fy mod i," oedd yr ateb swta. Yna i ffwrdd ag ef eto gan ddilyn y gŵr cloff a Robin yn dynn wrth ei sawdl yn protestio'n wyllt.

"Efallai dy fod wedi be? Wedi gweld

drychiolaeth?'' Chwarddodd Robin yn uchel wrth frysio ar ôl Math ar y stryd, ond chwerthiniad ffug a choeglyd ydoedd.

Efallai nad oedd hedfan yn dygymod â Math. Cofiai iddo ddarllen yn rhywle fod hedfan mewn awyren yn cael effaith ddigon rhyfedd ar ambell un.

''Beth am goffi?'' mentrodd ofyn, yn gloff, wrth iddynt fynd heibio i dŷ bwyta hardd. ''Mi wnâi coffi fyd o les inni'n dau a. . .''

''Cer di,'' ebe'r llall heb dynnu ei lygaid oddi ar gefn llydan y gŵr a gerddai tua deugain llath o'i flaen. ''Mae gen i waith i'w wneud. Mi wela i di yn yr orsaf heno.''

Suddodd Robin i anobaith llwyr, ond rhoddodd un cynnig arall arni.

''Mi fyddwn ni'n colli'r trên am adref os na frysiwn ni,'' meddai, gan edrych ar ei wats. ''Dwyt ti ddim am aros noson yma debyg? Wyt ti'n clywed? Mae'r trên yn mynd ymhen awr.''

''Ymddiried ynof fi am unwaith , wnei di Robin?'' Roedd apêl daer yn llais Math. ''Mi wn i yn iawn be rydw i'n ei wneud. Gad lonydd i mi wnei di?''

''Ond pam, yn enw pob rheswm?'' Teimlai Robin ei wyneb yn dechrau gwrido mewn gwylltineb. ''Rwyt ti'n ymddwyn fel dyn o'i go' yn lân, Math. Dilyn gŵr sy'n hollol ddieithr i ti. Fedra i ddim deall y peth. Be wyt ti'n 'i wneud, chwarae ditectif?''

''Nid chwarae. Rydw i o ddifrif, Robin,'' ebe Math yn ddistaw gan oedi eto wrth weld y gŵr yn aros i syllu ar ffenest siop. ''Dydi'r gŵr acw ddim yn ddieithr i mi o gwbl.''

''Ddim yn ddieithr i ti? Ond os wyt ti'n adnabod y

creadur, fyddai ddim yn well i ti fynd ato ac ysgwyd llaw? Dyna mae pobl gall yn ei wneud, Math, nid dilyn rhywun o lech i lwyn fel hyn.''

''O ydw, rydw i'n ei adnabod o, paid ti â phoeni am hynny,'' atebodd Math, gan gychwyn eto wrth weld y gŵr yn diflannu heibio i'r tro i stryd fechan o dai tri-llawr uchel. ''Fyddwn i byth yn anghofio'r wyneb yna. Byth bythoedd. Er na welais i mohono ers deu-gain mlynedd cofia, fyddwn i byth yn anghofio'r dihiryn.''

Safodd Robin ar ganol y stryd yn sydyn, fel petai rhywun wedi ei daro â bwyell.

''Deugain mlynedd?'' meddai'n araf. ''Nid Norwy eto? Nid y Rhyfel, Math?''

''Ie, Robin, y Rhyfel.'' Safodd Math hefyd wrth weld y gŵr cloff yn y pellter yn agor drws un o'r tai moethus ac yn mynd drwyddo. Yna trodd i edrych i fyw llygaid ei gyfaill.

''Mi wn i ei bod hi'n anodd i ti gredu hyn, Robin,'' meddai, ''ond roedd y gwalch yna efo ni yn Norwy. John Mason—dyna i ti ei enw. Roedd y llythrennau J.M. ar y bag yna. Welaist ti nhw?''

Roedd ofn yn dechrau ymddangos yn llygaid Robin. Yn awr yr oedd bron yn sicr fod y daith i Norwy wedi cael effaith andwyol ar ymennydd ei ffrind.

''Mae yna filoedd o bobl yn y wlad yma â llythrenn-au cyntaf eu henwau yn digwydd bod yn J.M.,'' meddai'n dyner. ''Faint o bobl sydd yn y ddinas yma Math? Meddwl am y peth am eiliad wnei di? Deng miliwn? A thithau'n digwydd dod ar draws yr unig un ohonyn nhw roeddet ti'n ei adnabod? Mae'n amhosib.''

"Nid yn amhosib, Robin," atebodd Math. "Yn annhebygol efallai, ond nid yn amhosib. Ac roedd o'n gloff ar ben hynny. Roedd John Mason yn gloff hefyd. Fe welais i Olaf Christiansen yn ei saethu yn ei goes dde.''

"Ond mae miloedd o ddynion cloff yma. Dydi'r ffaith fod dyn yn gloff ddim yn dweud iddo gael ei saethu yn Norwy.''

"Oeddet ti yn ei adnabod o, Robin?'' Saethodd Math y cwestiwn ato mor sydyn fel nad oedd gan Robin ddim i'w ddweud. "Wel, roeddwn i'n ei 'nabod o. Fo oedd y bradwr, Robin. Ac mae gen i dwll bwled yn fy ysgwydd i brofi hynny. Fo oedd y sarff a'n bradychodd ni i'r Almaenwyr yn Norwy, ac Olaf a gafodd y bai. Mi fyddai Olaf Christiansen yn fyw heddiw oni bai am y bwystfil yna.''

Mae gweld y groes bren yna yn Norwy wedi cael effaith ar dy ben di, Math, meddai Robin wrtho'i hun, ond ni ddywedodd air wrth ei gyfaill, dim ond ei ddilyn unwaith eto wrth i Math gerdded heibio i'r tŷ y diflannodd y gŵr iddo. Wrth fynd heibio, sylwodd ar rif y tŷ, ac yna brasgamodd yn ôl tua'r orsaf.

"Mi awn ni am y coffi yna rŵan,'' meddai, wrth iddynt nesáu at y tŷ bwyta, ac roedd Robin yn barod iawn i'w ddilyn am unwaith.

Tra eisteddai ym moethusrwydd yr ystafell yn yfed y coffi chwilboeth yn araf, bu Robin yn astudio'i gyfaill yn ofalus. Bron nad oedd arno ofn agor ei geg bellach rhag iddo ddweud rhywbeth a fyddai'n peri i'r llygaid gleision felltennu ac i'r dyrnau gau mewn gwylltineb.

"Mae hanner awr dda cyn y bydd y trên yn cychwyn," meddai toc, wedi hen flino ar wylio'r llall yn synfyfyrio'n fud i'w gwpan.

"Dydw i ddim yn camgymryd, Robin," ebe Math yn ddistaw. "Mi wn i yn iawn be sy'n mynd drwy dy feddwl di ond Mason oedd y gŵr yna. Rydw i cyn sicred o hynny â'm bod i'n eistedd fan hyn yn awr."

"Wrth gwrs mai Mason oedd o. Ond anghofia fo rŵan wnei di? Mae'n rhaid i ni ddal y trên yna cofia."

Fflachiodd y llygaid eto. Nid oedd Robin erioed wedi gweld ei gyfaill yn y fath gyflwr. Teimlai fod eistedd wrth ei ymyl fel bod wrth ochr bom a oedd ar fin ffrwydro unrhyw eiliad.

"Fe fu'r adyn yna yn gyfrifol am farwolaeth llawer o'm ffrindiau i yn Norwy," meddai Math. "Ac mi wna i'n siŵr ei fod o'n talu am hynny."

"Gan bwyll, Math, fedri di ddim . . ."

"O, wna i ddim byd ffôl, paid â phoeni am hynny." Syllodd Robin arno'n hir eto heb ddweud rhagor. Roedd Math mor sicr ohono'i hun, rhywsut. Tybed nad oedd gwirionedd yn yr hyn a haerai wedi'r cyfan? Gwyddai nad oedd yn amhosibl iddynt ddod ar draws ei gilydd a hynny wedi bron i ddeugain mlynedd. Roedd pethau mwy syfrdanol na hynny yn digwydd bob dydd, ond eto roedd y stori mor anghredadwy. Ie, meddyliodd, stori fel stori allan o lyfr ydoedd. Fe wyddai i Math dreulio peth amser yn Norwy yn ystod y Rhyfel. Roedd ganddo fedal yn y cwpwrdd gartref i brofi hynny. Ond ychydig iawn a siaradai am y cyfnod hwnnw ac nid oedd fawr neb yn gwybod ei hanes. Ond roedd yr hyn roedd ei gyfaill wedi'i ddatgelu iddo eisoes mor anhygoel—y bedd yn Norwy, y bradwr á saethwyd ar gam wedi iddo achub bywyd Math, ac yn awr y gwir fradwr yn ymddangos mewn trên tanddaearol yn Llundain. Teimlai Robin mai breuddwydio yr oedd, ac am eiliad caeodd ei lygaid yn dynn gan obeithio eu hagor a chael mai hun-llef oedd y cyfan. Ond pan agorodd hwy, yno yr oedd o hyd, yn y tŷ bwyta, a Math yn eistedd gyferbyn ag ef, ac yn chwarae'n fud â'r llwy yn y cwpan coffi.

"Roeddwn i yn Norwy gyda'r dihiryn Mason yna," meddai Math toc, wrtho'i hun yn hytrach nag wrth ei gyfaill. "Mi fûm i'n byw efo fo am wythnosau cyn hynny, fel petai'n frawd i mi. Fo oedd i edrych ar fy ôl i. Wyddet ti hynny? Roedd gen i ddyn i edrych ar fy ôl i—John Mason." Roedd y llais yn codi mewn cyffro eto ond ni ddywedodd Robin air, dim ond gwrando'n ddistaw, ei feddwl yn un gybolfa niwlog.

"Mi wn i mai ef oedd y bradwr, Robin." Gafael-odd Math yn ei fraich yn frwnt a gwasgu. "Roedden *nhw* yn gwybod hefyd. Mi ddywedais i wrthyn nhw mai Mason oedd y bradwr."

"Nhw?"

"Y penaethiaid, y rhai a'n hanfonodd ni i Norwy. Mi ddywedais i wrthyn nhw pwy oedd Mason mewn gwirionedd ond..."

"Wel dyna ti, 'ta," gwenodd Robin gan edrych ar ei wats eto. "Mae o wedi ei gosbi bellach ac wedi..."

"Naddo." Rhoddodd Math y fath ddyrnaid i'r bwrdd nes y neidiodd y cwpanaid o goffi a cholli'r ychydig ddiod lwyd a oedd ynddi yn llyn bychan ar y bwrdd, a rhedeg yn afonig cyn diferu tua'r llawr.

"Roedd o wedi marw, Robin." Roedd ei lygaid yn awr fel llygaid gwallgofddyn. "Ddaeth John Mason ddim yn ôl o Norwy. Fe'i lladdwyd yno yn yr eira ar lan y ffiord."

"Rydw i'n mynd. Wyt ti'n dod?"

Roedd Robin wedi clywed digon yn awr i'w argyhoeddi fod gweld y groes yn Norwy wedi effeithio'n drwm ar ei gyfaill.

"Dydw i ddim yn dod," ebe Math, a'i lais yn gadarn. Ni symudodd o'i gadair. Parhâi i synfyfyrio ar y coffi wrth i hwnnw ddiferu dros ymyl y bwrdd.

Eisteddodd Robin eto ac meddai'n dawel, "Ddim yn dod? Ond mae'n rhaid i ti ddod siŵr. Mae'n rhaid i ni fynd adref. Mi fyddant yn ein disgwyl."

"Rydw i'n mynd i weld yr awdurdodau," ebe Math ar ei draws a gwyddai'r llall oddi wrth dôn ei lais nad oedd symud arno bellach.

"Ond Math, os ydi Mason wedi marw, sut aflwydd wyt ti'n dweud mai ef oedd ar y trên yna?"

"Am fy mod i'n ei 'nabod o," oedd yr ateb pendant. "Gwrando, Robin, mi fûm i yn Norwy ar ymgyrch anodd iawn. Daeth Mason ac Olaf Christiansen efo mi. Ac wrth i Mason geisio fy lladd i y saethodd Olaf ef yn ei goes. Fo a'n bradychodd i'r gelyn. Does gen ti ddim syniad sut yr ydw i'n teimlo wedi gweld y dihiryn gynnau."

"Ond mae o wedi marw," gwaeddodd Robin yn wyllt. "Ti dy hun a ddywedodd hynny."

"*Nhw* ddywedodd hynny," ebe Math yn ddistaw. "Ddaeth John Mason ddim adref o Norwy ac ni welwyd y cnaf byth wedyn. Beth arall oedd gan y penaethiaid i'w feddwl ond ei fod wedi ei ladd yn yr

18

ymgyrch? Ond yn awr mi wela i be ddigwyddodd. Mynd at yr Almaenwyr, ei ffrindiau, a wnaeth y bradwr, ac aros gyda hwy cyn dod yn ôl yma ar ddiwedd y Rhyfel.''

Ysgwyd ei ben a wnâi Robin, ac yna cododd ar ei draed drachefn.

Mae'n rhaid i ni fynd,'' meddai. ''Gad lonydd i bethau, Math.''

''Na, cer di, Robin. Mae gen i lawer i'w wneud.''

''Yna rydw i'n aros efo ti.''

''Nid ar unrhyw gyfrif. Busnes i mi ydi hwn a busnes i mi yn unig. Cer Robin. Mi fydda i'n iawn.''

Ac yno yn y tŷ bwyta y gadawodd Robin ef, yn syn-fyfyrio i'r cwpanaid o goffi, ei feddwl wedi crwydro ymhell i Norwy ac at y groes bren, a sŵn ergydion yn fyw yn ei gof.

Bu Math am ddiwrnod cyfan yn cerdded o swyddfa i swyddfa ac o ystafell i ystafell yn y Swyddfa Ryfel cyn i neb ddechrau gwrando arno o ddifrif. Yr oedd ar fin rhoi'r ffidil yn y to a throi am adref pan roddwyd darn o bapur iddo gan swyddog uchel yn y Swyddfa Ryfel.

''Ewch i'r fan yna,'' meddai, gan amneidio ar y cyfeiriad a oedd ar y papur. ''Bydd rhywun yno yn siŵr o'ch helpu.''

Yna gwenodd y swyddog, gwên a'i gwnâi'n hollol amlwg ei fod yn falch o gael gwared â Math.

''Fan yna, rhyw hanner can milltir i'r gogledd o'r ddinas yma, y mae holl gofnodion y Llu Awyr er amser y Rhyfel yn cael eu cadw, a chan mai yn y Llu Awyr yr oeddech chi pan aethoch i Norwy, mater iddyn nhw ydi o. Does a wnelom ni yn y Swyddfa Ryfel ddim byd â'r mater.''

''Bydd rhywun yn sicr o'ch helpu,'' ychwanegodd eto. ''Pob lwc i chi, syr.''

Yna, i nodi fod y cyfweliad ar ben, aeth ati i ysgrifennu'n brysur. Astudiodd Math y papur yn fanwl am ychydig. Arno yr oedd cyfeiriad y swyddfeydd, a hefyd ganiatâd iddo fynd i'r gwersyll, wedi ei lofnodi gan fwy nag un swyddog tra uchel. Ochneidiodd Math, dododd y papur yn ei boced ac aeth o'r swyddfa yn ddigon penisel.

Ben bore drannoeth safai wrth giatiau'r gwersyll. Hen faes awyr ydoedd ymhell o ddwndwr y ddinas ond nid oedd awyren wedi glanio yno ers blynyddoedd lawer a barnu oddi wrth y glaswellt a ymwthiai'n ddigywilydd rhwng y concrid yma ac acw. Ond er bod y lanfa a'r cytiau cadw awyrennau wedi mynd rhwng y cŵn a'r brain ers llawer dydd, roedd y ffaith fod yno nifer o swyddfeydd newydd yn brawf fod diben i'r lle o hyd.

Â'r papur yn ei law ni chafodd Math fawr o drafferth i fynd drwy'r porth. Arweiniwyd ef i fyny sawl gris ac ar hyd rhodfeydd tywyll nes iddo gyrraedd drws melyn ym mhen uchaf yr adeilad.

"Sgwadron-bennaeth Andrews—Cofnodion," darllenodd ar y darn pren wrth y drws, wrth i'r rhingyll a'i harweiniai guro arno'n ysgafn a'i agor.

Aeth Math heibio iddo i'r ystafell fawr olau ac yna diflannodd y rhingyll gan gau'r drws yn ddistaw ar ei ôl.

Roedd gwên o groeso ar wyneb y swyddog ifanc a gododd oddi wrth y ddesg wrth y ffenest, a dod i ysgwyd llaw â Math.

"Sarjant Math Ifans?" meddai. "Andrews ydw i."

Wedi rhoi Math i eistedd mewn cadair esmwyth, eisteddodd yntau drachefn ac edrych drwy nifer o bapurau a oedd ar y ddesg o'i flaen.

"Mae'r Swyddfa Ryfel wedi bod ar y ffôn neithiwr," meddai toc. "Mae ganddyn nhw ddiddordeb mawr yn eich problem chi. Nawr sut y gallwn ni eich helpu chi, Sarjant?"

Petrusodd Math am eiliad neu ddwy. Edrychai'r swyddog mor ofnadwy o ifanc, dim mwy na phump ar hugain oed ar y mwyaf. Ym meddwl Math yr oedd yn rhy ifanc. Yna clywodd ei lais ei hun fel o bell yn dweud yr hanes. Ni adawodd yr un gair allan;

adroddodd am y gwyliau yn Norwy, y groes bren yn y cae, yr hen ffermwr ac yna'r gŵr ar y trên yn Llundain. Gwrandawai'r swyddog ifanc yn astud, heb dorri ar ei draws o gwbl. Yna wedi i Math orffen, cododd bensil oddi ar y ddesg ac ysgrifennu nodyn neu ddau.

"Mae'n stori ddiddorol," gwenodd toc, "ond digwyddodd flynyddoedd cyn fy amser i, wrth gwrs. Wyddoch chi, does gen i fawr iawn o ddiddordeb yn y Rhyfel. Doeddwn i ddim wedi fy ngeni bryd hynny. Dydi o'n ddim ond hanes pur i'm cenhedlaeth i."

"Yna fyddai ddim yn well i chi chwilio am rywun sy'n cofio'r Rhyfel?" ebe Math yn swta ar ei draws.

"Na, na. Does dim rhaid i chi gyffroi," gwenodd y llall a chodi ar ei draed.

Aeth i sefyll wrth y ffenest gan syllu drwyddi, ei gefn tuag at Math.

"Fan yma mae holl gofnodion y Llu Awyr er dyddiau'r Rhyfel," meddai, "ac mae un neu ddau o swyddogion tra uchel â diddordeb yn eich stori, Sarjant Ifans. Ond peidiwch â meddwl am eiliad nad wyf fi yn barod i'ch helpu. Rydw i wedi gwneud mwy nag a feddyliech chi eisoes, cofiwch. Mae'r ffôn yna wedi bod yn chwilboeth bron er pan alwodd y Swyddfa Ryfel."

Yna trodd i wynebu Math eto ac ychwanegodd, a'i wyneb yn ddwys, "Ond dydach chi ddim yn meddwl mai gadael llonydd i bethau fel ag y maen nhw fyddai orau? Pam agor hen friwiau? Bydd rhywun yn siŵr o gael ei frifo."

"Brifo? Brifo?" Rhythodd Math arno'n wyllt. "Mae llawer wedi eu brifo'n barod, lanc," gwaeddodd, "ac wedi eu lladd, cyn i ti gael dy eni. Wyddost ti ddim byd am be yr ydw i'n sôn . . ."

"Pwyll, pwyll, gyfaill," ebe'r llall yn hamddenol ddigon, heb ddim cyffro yn ei lais. "Gadewch i ni edrych ar y ffeithiau eto.

"Bron i ddeugain mlynedd yn ôl roeddech chi a'r gŵr hwn o'r enw John Mason, yn ogystal ag Olaf Christiansen, yn ymladd yn erbyn yr Almaenwyr yn Norwy. Fe'ch bradychwyd i'r gelyn gan rywun. Olaf Christiansen yn ôl yr awdurdodau, ac fe'i saethwyd am hynny gan fyddin gudd Norwy a'i gladdu mewn cae unig. Ond yn awr rydach chi'n dweud mai John Mason oedd y bradwr, a'i fod wedi ceisio'ch lladd chi, ond i Christiansen ei saethu yn ei goes a'ch achub chi."

Astudiodd y papurau ar y ddesg eto am eiliad cyn ychwanegu, "Ar ôl dod adref o Norwy fe ddywedsoch chi hyn wrth yr awdurdodau ond doedd neb yn eich coelio chi. Yn ôl yr awdurdodau ni ddychwelodd Mason wedi'r ymgyrch, a daeth gair ei fod wedi ei ladd yn Norwy.

"Ond echdoe," am y tro cyntaf daeth tôn o amheuaeth i'w lais, "rydach chi'n tybio i chi weld John Mason yma yn Llundain."

"Nid tybio yr ydw i," ebe Math â bygythiad lond ei lais. "Rydw i'n gwybod i mi ei weld o."

"O'r gorau, o'r gorau," cododd y swyddog ei law i'w dawelu. "Rhyfedd iawn wir. Yn ôl y cofnodion, Sarjant, fe ddaethpwyd o hyd i gorff Mason yn Norwy ym 1943 ac anfonwyd neges i Lundain i gadarnhau hynny gan fyddin gudd Norwy."

"Ond mae hynny'n amhosib," roedd y llygaid yn

melltennu'n wyllt wrth i Math neidio ar ei draed a dyrnu'r ddesg. "Mae o'n fyw, yma yn Llundain. Fe'i gwelais i o â'm llygaid fy hun."

Eto ni ddaeth y mymryn lleiaf o gyffro i lais Andrews.

"Gŵr a fu ar goll ers blynyddoedd, yn farw yn ôl yr awdurdodau, ac rydach chi'n berffaith sicr mai Mason oedd y gŵr a welsoch chi ar y trên?"

"Yn berffaith sicr."

"A dyma ei gyfeiriad," gwenodd y swyddog, gan daro'r papur â'i bensel. "Fe fuoch chi yn ei ddilyn rwy'n deall."

Daeth distawrwydd dros yr ystafell eto a chanodd y Sgwadron-bennaeth gloch fechan a oedd wrth ei ddesg. Ni ddywedodd air nes i'r rhingyll ymddangos yn y drws eto, â hambwrdd bychan, a dau gwpanaid o goffi arno, yn ei law. Arhosodd Andrews nes iddo ddodi'r coffi ar y ddesg a mynd allan, gan gau'r drws ar ei ôl.

"Ac yn awr," gwenodd, wedi cymryd llwnc neu ddau o'r coffi, "rydach chi am i ni fynd i'r cyfeiriad yna a dod â'r gŵr yma i'r ddalfa. Wyddech chi ddim fod llawer o'r rheini a fu'n fradwyr yn ystod y Rhyfel wedi cael maddeuant llawn ers blynyddoedd?"

"Wnes i ddim awgrymu'r fath beth," bytheiriodd Math, gan hanner codi i'w wynebu eto. "Waeth gen i be wnewch chi ag o. Ond rydw i am i'r gwir ddod i olau dydd. Fe achubodd Olaf Christiansen fy mywyd i a'r peth lleiaf y galla i ei wneud ydi sicrhau fod ei gyd-ddynion yn dod i wybod y gwir amdano, a bod carreg goffa yn cael ei chodi iddo yn ei hen gartref yn Norwy."

"A Mason? Os dyna pwy ydi'r gŵr?"

"Mi fyddwn i'n cysgu'n llawer gwell pe byddwn i'n gwybod ei fod wedi ei gosbi am yr hyn a wnaeth o."

Cododd Andrews ei ysgwyddau ac meddai, "Mae cymaint wedi digwydd ers hynny, Sarjant Ifans. Ydach chi'n hollol sicr eich bod chi am gael gwybod y gwir?"

"Yn hollol siŵr, neu fyddwn i ddim yma."

"Yna mae'n well i mi gael y stori. Nid yn unig eich hanes yn Norwy, ond y stori o'i chwr."

"Ond mae'r cofnodion a'r hanes i gyd gennych chi fan hyn yn rhywle," protestiodd Math.

"Efallai wir, syr. Ond eich stori chi sydd ei hangen arna i rŵan, nid yr hyn a ddododd yr awdurdodau ar bapur bron i ddeugain mlynedd yn ôl."

Nid oedd sŵn yn unman ar wahan i sŵn y cloc yn tician yn ysgafn ar y wal o'i flaen wrth i Math ddechrau ar ei stori. Penderfynodd ddweud y cwbl wrth y swyddog ifanc a eisteddai gyferbyn ag ef, â'i freichiau wedi eu plethu ar ei fron. Ac wrth iddo adrodd yr hanes ac edrych drwy'r ffenest dros ysgwydd y swyddog, daeth y cyfan yn ôl mor fyw iddo nes y credai weithiau iddo weld yr awyrennau mawr duon yn glanio ar y maes awyr oddi allan fel ag y gwnaethent ar faes awyr arall bron i ddeugain mlynedd yn ôl.

Cofiai Math fod 1943 yn flwyddyn ddu, y gelyn yn ennill brwydr ar ôl brwydr. Ond roedd yntau'n iau bryd hynny, ac nid oedd llawer yn ei boeni. Bu yn y Llu Awyr ers dwy flynedd; roedd wedi dringo'n rhingyll ac wrth ei fodd yn sŵn yr awyrennau Lancaster enfawr ddydd ar ôl dydd, er na fyddai'n

cymryd y byd am hedfan ynddynt. Roedd rhai dewr-
ach nag ef wrth law i wneud hynny. Teimlai Math yn
llawer hapusach â'i ddwy droed ar y llawr. Gallai eu
gweld yn awr, yr awyrennau bomio pedwar-peiriant
nerthol yn sefyll yn un rhes swnllyd y bore hwnnw,
amser maith yn ôl bellach.

1943

Safai'r awyrennau Lancaster yn un rhes, fel rhes o
gewri, wrth i'r peirianwyr danio'r peiriannau nerthol
i'w profi yn haul egwan pnawn o Fedi. Crafangai'r
dynion ar hyd yr awyrennau, yn beirianwyr, arfog-
wyr, ffiteryddion a thrydanwyr, wrth eu paratoi at y
nos.

"Cychwyn am wyth. Berlin heno eto," ebe un
ohonynt wrth i lorïau petrol enfawr nesáu at yr awyr-
ennau. "Dros ddwy fil o alwyni o betrol ym mhob
awyren. Mae'n rhaid mai Berlin fydd hi felly."

Diolch i'r drefn nad wyf fi'n gorfod mynd, meddyl-
iodd Math gan eistedd wrth set radio un o'r awyrenn-
au Lancaster. Cyn hir byddai'r peilot yn cyrraedd i
gael golwg ar ei awyren a sicrhau fod popeth yn barod
at y nos. Ni fyddai ganddo ddim i boeni yn ei gylch;
gwyddai Math hynny i'r dim. Nid oedd cystal dynion
â'r criw a weithiai gydag ef; gofalent am yr awyrenn-
au yn union fel y byddai mam yn gofalu am ei baban
bach. Nid oedd dim a fyddai'n rhwystro'r awyrennau
llwythog rhag cyrraedd pen eu taith a dychwelyd yn
oriau mân y bore oddigerth awyrennau'r gelyn
efallai, neu belen o un o ynnau mawr yr Almaenwyr.

Chwibanai Math yn uchel wrth weithio ar ei ben ei
hun yng nghaban radio'r awyren. Nid oedd ei waith

hanner mor galed â gwaith y lleill, ond eto roedd yn bwysig. Credai Math fod llwyddiant yr holl ymgyrch yn dibynnu mwy arno ef nag ar neb arall.

Toc, wedi gorffen, a hel ei daclau at ei gilydd, aeth o'r caban ar hyd yr ysgol fechan a dringo i Lancaster arall ac ailddechrau ar y gwaith. Roedd yn amser te cyn iddo orffen a'r haul yn machludo'n goch ar orwel y maes awyr wrth iddo gerdded tua'i ystafell gyda'i ffrind.

"Mi fydd yn rhewi'n gorcyn cyn iddyn nhw gychwyn," ebe Math gan edrych ar ei wats. "Teirawr eto cyn iddyn nhw gychwyn."

Trodd yn araf wrth deimlo llaw yn ysgafn ar ei ysgwydd.

"Sarjant Math Ifans?" gofynnodd yr awyrennwr a safai yno. "Mae'r hen ddyn am eich gweld ar unwaith yn ei swyddfa."

"Yr hen ddyn? Y Pennaeth?" gofynnodd Math mewn penbleth.

"Ia, Sarjant. Ar unwaith os gwelwch yn dda."

Arhosodd yr awyrennwr yno fel pe bai am sicrhau fod Math yn ufuddhau heb oedi. "Mae'n well i chi frysio," meddai. "Dydi o ddim yn hoffi aros yn hir am neb."

Dilynodd Math yr awyrennwr mewn penbleth lwyr. Ni elwid ar neb i swyddfa Pennaeth y maes awyr oni bai ei fod wedi tramgwyddo mewn rhyw fodd neu'i gilydd, ond ni fedrai yn ei fyw gofio iddo gyflawni unrhyw drosedd yn ddiweddar.

"Be mae o isio?" mentrodd ofyn i'r llall wrth iddynt gyrraedd drws y swyddfa.

Ond gwyddai na fyddai ateb gan hwnnw. Ysgwyd

ei ben a gwenu yn unig a wnaeth, yna curo'n ysgafn ar y drws a'i ddal yn agored i Math cyn ei gau ar ei ôl.

Roedd y wên ar wyneb coch y Prif Swyddog yn ei sicrhau nad oedd am ddweud y drefn fodd bynnag.

"Sarjant Ifans," gwenodd mewn croeso. "Dowch i mewn. Eisteddwch."

Rhyfedd iawn, meddyliodd Math, gan dynnu'r gadair tuag ato ac eistedd arni. Ni chafodd wahoddiad i eistedd yn swyddfa'r Pennaeth erioed o'r blaen.

Ym mhen pellaf y swyddfa safai dau ŵr a oedd yn ddieithr i Math. Cyrnol o'r fyddin oedd un. Gŵr ifanc, tua'r un oed â Math, oedd y llall. Gwisgai hwnnw ei ddillad ei hun, ac roedd ei wallt melyn bron yn wyn. Ni chymerodd yr un o'r ddau sylw ohono, dim ond siarad yn ddistaw â'i gilydd wrth astudio map a oedd ar y wal o'u blaenau.

Nid oedd y Pennaeth am eu cyflwyno iddo ychwaith. Cododd o'i gadair a dod i sefyll wrth ymyl Math.

"Maen nhw'n dweud i mi eich bod chi'n arbenigwr ar eich gwaith, Sarjant," meddai, wedi iddo lenwi ei bibell a'i thanio'n ofalus.

Chwarddodd Math yn ofnus braidd.

"Fyddwn i ddim yn dweud hynny, syr," meddai'n araf. "Mi fedraf wneud fy ngwaith yn iawn os hynny . . ."

"Gwaith sy'n gyfrinachol, Sarjant."

Taflodd Math un cipolwg sydyn i gyfeiriad y ddau arall, ond nid oedd yr un ohonynt, yn ôl pob golwg, yn gwrando ar ei sgwrs.

"Ie, syr."

"Gyda llaw, Sarjant," ebe'r Pennaeth, "rhaid i mi

eich rhybuddio chi fod pob gair a siaredir yma heddiw yn gyfrinachol hefyd. Does neb i gael gwybod am ein sgwrs. Ydach chi'n deall?''

''Yn berffaith, syr.''

Roedd Math mewn mwy o benbleth nag erioed. Cerddodd y Pennaeth yn ôl a blaen yn yr ystafell yn araf, gan syllu ar y llawr fel pe bai'n dewis ei eiriau'n ofalus cyn siarad.

''I ddod yn ôl at eich gwaith chi ar y maes awyr yma,'' meddai toc. ''Rydach chi'n arbenigwr ar radio ac yn gyfrifol am declyn cyfrinachol sydd yn yr awyr-ennau Lancaster yna?''

''Ydw, syr.''

''Dywedwch wrtha i be yn union ydi'ch gwaith chi, Sarjant.''

Edrychodd Math yn hurt arno am eiliad. Gwyddai fod y Pennaeth yn gwybod yn iawn beth oedd ei waith, a'i fod yn gwybod hefyd am y teclyn radio a geid mewn ambell un o'r awyrennau. Ond gorchym-yn oedd gorchymyn ac roedd wedi bod yn y Llu Awyr ers digon bellach i wybod mai rhaid oedd iddo ufudd-hau i'w benaethiaid yn llwyr.

''Wel, syr, does dim llawer i'w ddweud,'' meddai. ''Mae'r awyrennau yma'n mynd ar gyrchoedd awyr i fomio dinasoedd y gelyn, ac mae dyfais ynddynt sy'n eu harwain ar eu hunion at y targed.''

''A'r holl broses yn cael ei rheoli o'r maes awyr yma?''

''Ie, syr. Mae radio nerthol ar y maes awyr yma yn anfon pelydrau radio anweledig yn syth at y targed. Yn union fel llinell ar fap, syr, ond na ellwch ei gweld. Yna mae teclyn ar yr awyren sy'n ei galluogi i ddilyn y pelydrau, yn union fel y mae car yn dilyn ffordd fawr.''

''A chi sy'n trwsio'r taclau yma yn ein hawyrennau ac yn sicrhau fod pob un yn gweithio?''

''Ie, syr. Mae'r peilot yn gallu dilyn y pelydrau yn y nos, pan fo cymylau neu pan fo'n glawio, ac wedi iddo gyrraedd y targed mae'r teclyn yn dangos iddo pan fo uwch ei ben a pha bryd i ollwng y bomiau.''

''Ac oni bai am y teclyn bychan yna byddai llawer mwy o'n hawyrennau yn mynd ar goll ac yn cael trafferth dod o hyd i'w targed?''

''Bydden, syr.''

''Gwaith pwysig iawn, Sarjant,'' ebe'r Pennaeth. Yna'n sydyn meddai, ''Maen nhw'n dweud i mi fod gennych chi, y dynion sy'n gofalu am yr awyrennau ar y maes awyr, feddwl mawr o'r dynion sy'n eu gyrru.''

''Meddwl mawr ohonynt, syr. Does neb dewrach na nhw yn ein tyb ni.''

''Faint o'r awyrennau Lancaster yna sydd yn mynd i'r Almaen heno, Sarjant?''

''Cant a hanner, syr.''

''A bydd tua deg ar hugain ohonynt yn methu dod adre'n ôl. Rhagor na dau gant o ddynion, Sarjant, un ai'n farw neu'n garcharorion rhyfel. Wyddoch chi pam mae cymaint ohonyn nhw'n methu dychwelyd bob nos?''

''Awyrennau'r gelyn, syr?''

''Mae gan y gelyn declyn gwell na ni, Sarjant. Teclyn sy'n medru troi'r pelydrau radio yna roedd-ech chi'n sôn amdanynt.''

Agorodd llygaid Math led y pen mewn syndod.

"Troi'r pelydrau?" gofynnodd yn floesg. "A'u hanfon oddi ar drywydd y targed?"

"Ie, Sarjant, ac mae'n hawyrennau ni'n cael eu harwain oddi ar y trywydd tuag at awyrennau a gynnau'r gelyn."

Chwibanodd Math yn isel.

"Ond, syr," dechreuodd.

"Ie, Sarjant?"

"Ond sut?"

"Fe wyddom ni hanner y stori, Sarjant. Mae gorsafoedd radio nerthol gan y gelyn yma ac acw ar hyd Ewrop, rhai eitha' tebyg i'r un sydd ar y maes awyr yma. Yn y radio mae'r teclyn sy'n achosi'r fath helynt, ond gan na wyddom ni sut y mae'n gweithio, allwn ni wneud dim i rwystro'r gelyn rhag anfon ein hawyrennau i ddinistr. Petaem ni'n cael gafael ar un ohonynt," ychwanegodd yn slei, "yna byddai'n gwyddonwyr yn gallu ei ddatgymalu a dyfeisio rhyw-beth i'w rwystro rhag plygu'r pelydrau radio."

Roedd rhyw anesmwythyd dieithr yn dechrau crynhoi ym mynwes Math, ond ymdrechodd i wrando ar ei Bennaeth yn ddistaw.

"Mae un o'r gorsafoedd radio yna mewn lle o'r enw Galdanger yn Norwy." Amneidiodd y Pennaeth i gyfeiriad y map ar y wal a symudodd y ddau arall o'r neilltu.

Edrychodd Math ar y map o Norwy a phlannodd y Pennaeth ei fys ar ran arbennig ohono.

"Fan hyn, Sarjant," eglurodd. "Pentref bychan ydi Galdanger ar lan ffiord gul, y Nordfiord."

"Ond mae Norwy gyfan dan sawdl y gelyn, syr."

"Ydi, Sarjant, ond mae cyfeillion gennym ni yno.

Maent wedi anfon darluniau o du mewn yr orsaf atom ni ac rydan ni'n sicr fod y teclyn cyfrinachol ynddi. Fel rhywun sy'n gwybod am y math yma o ddyfais, Sarjant, rwy'n siŵr eich bod chi'n sylweddoli pa mor bwysig ydyw i ni gael gafael arni i'w hastudio.''

"Ydw, syr, ond . . .''

"Fyddech chi'n barod i fynd i Norwy i'w chyrchu?''

Daeth y cwestiwn mor sydyn nes y trawyd Math yn fud am eiliad. Safai yno o flaen y map, a'r tri arall yn ei wylio'n ofalus.

"Cymerwch eich amser, Sarjant,'' ebe'r Pennaeth. "Eisteddwch, ddyn, a meddyliwch am y peth.''

Arweiniodd Math at y gadair a'i helpu i eistedd fel pe bai'n tywys dyn dall.

"Fedrwn ni mo'ch gorfodi chi i fynd,'' meddai. "Ond pe baech chi'n dod â'r teclyn yna i ni, mi fyddai cannoedd o'r dynion sy'n hedfan yr awyrennau bomio yna yn ddiolchgar iawn i chi.''

"Ond Norwy! Mae'r gelyn yno.''

"Fyddwn ni fawr o dro yn eich cael i Galdanger o dan eu trwynau, ac oddi yno'n ddiogel.''

"Ond dydw i ddim wedi fy hyfforddi ar gyfer gwaith o'r fath.''

"Cewch eich hyfforddi yn ysgol y fyddin, Sarjant. Fyddem ni ddim yn meddwl anfon neb i ganol y gelyn heb ei baratoi'n drylwyr ar gyfer ymgyrch o'r fath.''

"Ond beth am ddynion Norwy? Fedran nhw mo'ch helpu chi, dynion y fyddin gudd?''

"Dyna'n problem fawr ni, Sarjant,'' eglurodd y llall.

Trwy gil ei lygaid sylwodd Math ar y ddau arall yn dod tuag ato'n araf ac yn sefyll wrth ei gadair.

"Mae'n rhaid cael arbenigwr i ddod â'r teclyn oddi yno yn gyfan, Sarjant," ebe'r Pennaeth. "Dim ond arbenigwr a fedr dynnu'r teclyn o'r set radio. Dim ond arbenigwr sy'n gwybod pa beth i'w ddwyn."

Ochneidiodd Math yn uchel.

"Mi fydd perygl wrth gwrs," meddai'r llall. "Ond fe wnawn ni bopeth o fewn ein gallu i'ch cael chi adre'n ddiogel. Wedi'r cwbl," ychwanegodd gan chwerthin, "chi fydd yn cario'r teclyn, ac os na ddown ni â chi adref, chawn ni mo'r gyfrinach."

Ond nid oedd Math yn barod i chwerthin. Teimlai fel dyn a oedd ar fin cael ei daflu i lond ffau o lewod newynog. Yr oedd ei wyneb fel y galchen a'i lais yn grynedig wrth iddo ateb ei Bennaeth.

"Os nad oes modd cael y teclyn mewn ffordd arall, syr," meddai'n ddistaw, "rwy'n fodlon mynd."

"Go dda, Sarjant," gwenodd y Pennaeth.

Yna diflannodd y wên yr un mor sydyn.

"Sarjant," meddai, â'i lais yn llawer mwy awdurdodol yn awr. "Gadewch i mi gyflwyno Cyrnol Jenkins o'r Comando i chi."

"Comando!" Roedd clywed yr enw yn ddigon i anfon iasau cyffrous drwy wythiennau Math wrth iddo ysgwyd llaw â'r milwr.

"Peidiwch â phoeni, Sarjant," gwenodd y Cyrnol. "Bydd fy ngwŷr i yn glanio o'ch blaen chi ac yn ymosod ar yr orsaf radio yna."

"Ac ar yr un adeg bydd awyrennau Lancaster o'r maes awyr yma yn bomio'r pentrefi cyfagos," gwenodd y Pennaeth, "fel y bydd gan y gelyn ddigon ar eu dwylo. Ac yn ôl ein ffrindiau yn Norwy, ychydig iawn o filwyr sydd yn yr orsaf.''

''Yna byddwch chi, Sarjant,'' ebe'r Cyrnol ar ei draws, ''yn syrthio wrth barasiwt ryw filltir neu ddwy o'r pentref ymhen awr wedi i'r Comando ymosod. Erbyn hynny dylai eich gwaith fod yn rhwydd iawn.''

''Ond wnes i erioed ddisgyn wrth barasiwt.'' Aeth wyneb Math fel y galchen eto.

''Cewch eich hyfforddi, Sarjant,'' ebe'r Pennaeth yn chwyrn, ''a bydd Christiansen efo chi i'ch arwain at yr orsaf.''

''Christiansen?'' gofynnodd Math mewn penbleth.

Daeth y gŵr ifanc â'r gwallt melyn tuag ato â gwên lydan ar ei wyneb hawddgar.

''Myfi ydi Olaf Christiansen, Sarjant,'' meddai'n araf. ''Rydw i'n perthyn i fyddin gudd Norwy. Peidiwch â phoeni dim. Mi fydda i wrth eich ochr chi.''

Ac wrth iddo syllu i'r llygaid gleision, bywiog, teimlai Math ryw hyder cadarn yn ei feddiannu.

Daeth tawelwch llethol dros yr ystafell eto wrth i Math
sefyll yno yn ysgwyd llaw ag Olaf Christiansen. Roedd
y gŵr ryw flwyddyn neu ddwy yn iau nag ef, yn chwe
throedfedd neu ragor o daldra, ac yn fain fel brwynen.
Ond roedd cryfder i'w weld ymhob gewyn o'r corff,
dygnwch yn y llygaid glas golau a'i wên fel pe'n hudo
rhywun i fod yn ffrind iddo.

Un felly oedd Olaf Christiansen. Er nad oedd ond
hanner awr er pan y'i gwelodd gyntaf, a hanner
munud er pan ysgydwodd law ag ef, teimlai Math
eisoes ei fod wedi ei adnabod ers blynyddoedd.

"Mi fyddi di'n berffaith ddiogel efo mi," gwen-
odd. "Wnaiff byddin gudd Norwy ddim gadael i'r un
niwed ddod i ti."

Gwenodd Math arno a theimlai'n well eisoes, ond
yna clywodd lais awdurdodol y Pennaeth wrth ei
ysgwydd.

"Gyda llaw, mae Olaf Christiansen yn swyddog
uchel ym myddin Norwy, Sarjant," meddai.
"Capten Olaf Christiansen."

Roedd ei flynyddoedd yn y Llu Awyr wedi cyflyru
digon ar Math i wneud iddo dorsythu'n reddfol o
flaen y swyddog.

Ond chwerthin yn uchel a wnaeth y Llychlynwr.

"Tyrd, Sarjant," meddai, gan roi ei law yn ysgafn
ar ysgwydd Math, "fydd y busnes Capten yma yn
golygu dim wedi i ni lanio yn Norwy. Dim ond dau
ddyn yn gwneud eu gwaith fyddwn ni bryd hynny."

Yna gwasgodd ysgwydd Math ac edrych i fyw ei

lygaid, a'i lygaid nwyfus ef ei hun yn dawnsio uwch gwên nwyfus.

"Rydan ni'n mynd i gyflawni llawer o wyrthiau efo'n gilydd, gyfaill,'' meddai. "Ac wynebu peryglon enbyd, ac fe awn ni drwy'r cwbl yn llawer haws drwy fod yn ffrindiau cofia. Be maen nhw'n d'alw di?''

"Math, syr,'' meddai yntau, yn anystwyth braidd.

Ond chwarddodd Olaf eto. "Olaf ydi f'enw i,'' meddai, "nid syr.''

Edrychodd i gyfeiriad y ddau swyddog arall cyn ychwanegu, "Mae yna ormod o'r 'syr' yma o gwmpas, ond dim ond un Olaf, cofia.''

"Reit, syr.''

"Dyna ti eto.'' Cymerodd Olaf arno ei daro yn ysgafn yn ei stumog. "Olaf o hyn ymlaen cofia. Wyt ti'n deall?''

Gwelodd Math y gwg yn llygaid y Pennaeth ac yna gwenodd yntau hefyd, ac ymlaciodd drwyddo wrth weld yr anesmwythder ar wyneb yr Asgell-gomander.

"Iawn, Olaf,'' meddai.

Aeth Olaf ag ef at y map a oedd ar y wal, y ddau arall yn brysio i sefyll o'u holau.

"Galdanger,'' meddai Olaf. "Mae'r orsaf radio fan hyn ychydig bellter o'r pentref, ar ben clogwyn uwch y ffiord.''

Syllodd Math ar y culfor a oedd yn bwyta drwy'r tir, ei ddyfroedd yn golchi traed y pentref bach, bron.

"Fyddai hi ddim yn well i ni fynd yno mewn llong danfor?'' gofynnodd yn araf, gan fod meddwl am neidio o awyren yn gwneud i'w stumog droi.

"Llong danfor?'' gofynnodd y Pennaeth.

"I fyny'r ffiord yna a . . .''

"Sarjant!" roedd awgrym pendant o ddirmyg yn llais y Pennaeth. "Efallai eich bod yn arbenigwr ar drin radio, ond gadewch i rai sy'n gwybod mwy na chi am ymladd gynllunio'r fenter, wnewch chi? Mae'n llawer haws gollwng dyn wrth barasiwt ynghanol y wlad na cheisio ei lanio oddi ar long danfor ar arfordir sy'n cael ei wylio'n barhaus."

Gwgodd Math am eiliad ac yna gwenodd eto wrth i'r Pennaeth ofyn iddo'n syml, "Ac rydach chi'n fodlon mynd ar yr ymgyrch yma?"

"Ydw, syr," atebodd Math yn ddigon cloff. "Pa bryd y byddwn ni'n cychwyn?"

Camodd Cyrnol Jenkins tuag ato ac ysgwyd ei law.

"Diolch i chi, Sarjant," meddai. "Rydan ni'n cychwyn yr eiliad hon. O hyn ymlaen rydach chi'n gweithio i mi."

"O'r funud hon, ond . . .?"

"Fe fyddwn ni'n eich anfon i ymarfer gyda milwyr y Comando, Sarjant. Does dim byd pwysig gennych chi i'w wneud cyn mynd debyg?"

Roedd sôn am y Comando yn dod â chyffro i galon Math. Ymuno â'r Llu Awyr er mwyn cael gweithio â'r radio a wnaeth, nid i ymladd â gwn a bidog, ac roedd meddwl am fynd i ymladd ochr yn ochr â'r Comando yn gwneud i bob dafn o waed ddiferu o'i wyneb.

"Paid â phoeni," gwenodd Olaf arno. "Y Comando fydd yn ymladd. Dwyn y teclyn cyfrinachol yna fydd dy waith di."

"Fe hoffwn i fynd yn ôl i'm hystafell i sgwennu llythyr neu ddau, syr," trodd Math at y Cyrnol.

Gwgodd yntau am eiliad ac yna canodd gloch

fechan a oedd ar y ddesg o'i flaen. Daeth milwr ifanc drwy'r drws.

"Papur a thaclau ysgrifennu i'r Sarjant," cyfarthodd y swyddog, a phan ddychwelodd y milwr, gorfododd y Cyrnol i Math eistedd wrth y ddesg i ysgrifennu.

"Dywedwch wrth eich ffrindiau eich bod yn mynd dros y môr, Sarjant," meddai, gan wylio pob gair a ysgrifennai Math. "Dweud nad oes gennych syniad i ble, ond yn ôl pob golwg eich bod yn mynd i wlad boeth, ac na fyddwch yn ysgrifennu atynt am hir eto, nes eich bod wedi cyrraedd y wlad o leia'."

Wedi i Math orffen, cymerodd y swyddog y llythyrau oddi arno, a'u hailddarllen yn ofalus.

"Fe ofala i y bydd y rhain yn cyrraedd pen y daith," meddai. "Ac yn awr, un llythyr eto, Sarjant," ychwanegodd, â rhyw hanner gwên ar ei wyneb.

"Does gen i ddim mwy i'w sgwennu, syr . . ."

"Llythyr at eich cyfnither sy'n gweithio yn y Swyddfa Ryfel yn Llundain, Sarjant."

"Swyddfa Ryfel," ebe Math mewn syndod. "Dim ond un gyfnither sydd gen i, syr, ac mae honno'n byw yn . . ."

"Mae gennych un arall yn awr, Sarjant," ebe'r llall, gan ddod i sefyll wrth ochr cadair Math. "Cofiwch mai i mi yr ydach chi'n gweithio'n awr. Mae'n rhaid i ni wneud popeth yn ein gallu i gadw'r gelyn rhag gwybod am ein cynlluniau. Bydd rhywrai yn eich gwylio drwy'r holl amser y byddwch yn ymarfer, ac mae llawer yn barod i anfon gair at yr Almaenwyr i ddweud wrthynt beth sydd ar gerdded."

"Ysbïwyr?" Teimlai Math ei geg yn sych fel y garthen eto.

"Mae'n rhaid i ni fod yn ofalus, Math," ebe Olaf. "Fedri di ddim bod yn siŵr pwy ydi pwy yn y busnes yma."

"Felly rydan ni am gael cyfnither i chi yn y Swyddfa Ryfel," ebe'r Cyrnol. "Merch sy'n gweithio i ni, wrth gwrs. Rhaid i chi anfon llythyr ati'n aml tra byddwch yn ymarfer. Cewch ddechrau yn awr, Sarjant. Fe ddywedwn ni wrthych chi pa beth i'w ddweud wrthi."

"Yn awr, dywedwch eich bod yn cael eich symud i wneud gwaith go bwysig," ychwanegodd, wedi meddwl yn ddwys am ychydig. "Fedrwch chi ddim dweud wrthi beth ydi'r gwaith, wrth gwrs, gan ei fod yn gyfrinachol. Ond dywedwch wrthi fod eich braich yn ddolurus ar ôl i chi gael pigiad i'ch cadw rhag y clefyd melyn . . ."

"Y clefyd melyn!" ebe Math mewn syndod ar ei draws.

"Ie, Sarjant. Bydd hynny'n awgrymu eich bod ar eich ffordd i wlad boeth."

"Mae yna un o ysbïwyr y gelyn yn gweithio yn y Swyddfa Ryfel," ebe Olaf yn ddistaw.

"Ysbïwr? Yn y Swyddfa Ryfel yn Llundain?" Ni fedrai Math gredu ei glustiau ei hun.

"Peidiwch â chyffroi, Sarjant," gwenodd Cyrnol Jenkins. "Rydan ni'n gwybod yn iawn ei fod o yno, a'r unig gyfrinachau y mae o'n eu cael ydi'r rhai y byddwn ni'n penderfynu eu rhoi iddo."

"A'r llythyr?" gofynnodd Math, wrth iddo ddechrau dod i ddeall pethau'n well. "Mi fydd y ferch yma rydw i'n ei galw'n gyfnither i mi yn. . ."

"Dyna chi, Sarjant. Fe fydd hi'n gadael y llythyr yn rhywle cyfleus, fel y gall yr ysbïwr gael gafael arno a'i ddarllen. Ac wedyn bydd neges yn cyrraedd Gwasanaeth Cudd yr Almaen yn eu hysbysu ein bod ni'n paratoi ymgyrch gyfrinachol mewn gwlad boeth."

Chwibanodd Math yn isel cyn mynd ati i orffen ei lythyr, ac yna sythodd y Cyrnol ac aeth ei lais yn fwy awdurdodol.

"Ac yn awr, Sarjant, fe awn ni i'r gwersyll," meddai, gan bwyso'r botwm cloch unwaith eto.

Daeth dau filwr arfog i mewn ar amrantiad bron, ac ychwanegodd y Cyrnol, "Ewch â Sarjant Ifans i'w ystafell, a gadewch iddo hel ei bethau ynghyd a dod â nhw yma."

Teimlai Math yn fwy fel carcharor na dim arall wrth iddo gerdded i gyfeiriad ei ystafell rhwng y ddau filwr. Wedi iddynt gyrraedd, edrychodd y ddau'n ofalus ar bob dilledyn a phob darn o bapur cyn eu rhoi yn ei fag. Yna gwrthodwyd caniatâd iddo ffarwelio â'i ffrindiau, ac aethpwyd ag ef yn ôl i swyddfa'r Pennaeth, lle y disgwyliai Cyrnol Jenkins ac Olaf amdano.

"Cofiwch nad oes ond ychydig iawn ohonom yn gwybod yn union mai i Norwy yr ydym yn mynd," ebe Jenkins wrth arwain Math tua'r drws. "Gorau yn y byd po leiaf sy'n gwybod nes y daw'r amser. Ac mae'n debyg, Sarjant, nad oes angen i mi ddweud wrthych chi nad ydych i yngan gair am hyn wrth neb."

Yna drwy'r drws â'r tri at gar a ddisgwyliai amdanynt y tu allan. Neidiodd Cyrnol Jenkins i'r sedd flaen wrth ochr y gyrrwr ac aeth Math ac Olaf i'r sedd ôl. Buont yn gyrru bron drwy'r nos nes cyrraedd gwersyll milwrol bychan, a bron mwy o wylwyr o'i amgylch nag a oedd o filwyr y tu mewn, mewn coedwig fechan heb fod ymhell o'r arfordir yn Ne Lloegr.

Aethpwyd â hwy i swyddfa'r Pennaeth am funud, ac yna arweiniwyd Olaf a Math at gwt pren bychan ynghanol y coed gan filwr tal.

"Dyma'ch cartref newydd, gyfeillion," gwenodd y Comando wrth agor y drws ac arwain y ffordd i'r ystafell fechan, nad oedd ynddi ddim dodrefn ac eithrio dau wely a dau gwpwrdd. "Gobeithio y byddwch yn gartrefol yma. Bydd brecwast am bump o'r gloch. Does neb i fynd allan o'r gwersyll heb ganiatâd y Pennaeth, a chredwch fi, byddai'n haws dianc o'r carchar nag o'r fan hon."

Aeth y milwr allan, a'u gadael yno yn edrych yn fud ar ei gilydd. Yna aethant i orwedd, un ar bob gwely.

Cyn amser cinio ar eu diwrnod cyntaf yn y gwersyll roedd Math ac Olaf wedi eu gwisgo yn nillad cras milwyr y Comando. Nid rhai i wastraffu amser oedd eu cyfeillion newydd, ac er iddynt brotestio'n hallt na chawsant lawer o gwsg y noswaith gynt, aethpwyd â hwy ar draws gwlad ymysg hanner cant o filwyr eraill ar ôl cinio, â phaciau trymion ar eu cefnau, am daith o ugain milltir neu well.

Awchai Math am gael mynd yn ôl i sŵn yr awyrennau mawrion, gan fod pob cymal o'i gorff yn brifo, fel pe bai rhywun wedi bod yn ei gicio'n ddi-baid drwy'r nos. Ond dechrau eu gofidiau yn unig oedd hyn. Bu yn y gwersyll am bythefnos gyfan, yn ymdeithio milltiroedd, yn cysgu dan y lleuad, â'r llwydrew yn disgleirio ar ei flanced yn y bore bach wrth iddo rwbio'r cwsg o'i lygaid cyn ymdeithio mwy.

Yna'r ymarfer ar lan y môr. Y milwyr yn rhuthro i ymosod ar ei gilydd ar y tywod wrth ddod o gyfeiriad y môr, ac yntau'n gorfod neidio o'r cwch i'r dŵr mewn dillad a wisgai milwyr mewn gwledydd poethion, dal ei anadl wrth i'r môr gau amdano'n rhewllyd, ac wedyn rhedeg i fyny'r traeth, a'r tywod gwlyb yn peri i'w draed deimlo fel petai rhywun wedi llenwi ei esgidiau â phlwm.

''Maen nhw'n dweud fod ymladd mewn tywod yn debyg i ymladd mewn eira ond bod y ddau'n wahanol o ran lliw,'' chwarddodd Olaf wrth orwedd yn ymyl Math yn y twyni tywod â'r bwledi'n chwibanu o'u cwmpas. ''Ac os oes rhywun yn ein gwylio maen nhw'n siŵr o gredu mai ymarfer ar gyfer gwlad boeth yr ydan ni.''

Ond doedd fawr o bwys gan Math i ble yr aent bellach. Roedd wedi syrffedu ar yr holl fusnes. Dysgodd sut i nofio â bag trwm ar ei gefn a gwn yn ei law. Dysgodd sut i drin pob math o arfau a sut i ladd yn ddistaw ac yn sydyn heb arf yn y byd. Bu'n byw allan yn y wlad am ddau ddiwrnod, ac fe'i gorfodwyd i chwilio am ei fwyd a'i ddiod ei hunan. Gollyngwyd ef gan milltir o bellter o'r gwersyll yn nhrymder nos gan ddisgwyl iddo ddod yn ôl i'r gwersyll ymhen dau ddiwrnod.

Dechreuodd y blinder ymadael â'i gorff yn araf a dysgodd gysgu'n drwm pan gâi gyfle, a deffro ar amrantiad pan glywai'r sŵn lleiaf. Yna aethpwyd ag ef ac Olaf oddi yno, eto yn y nos, a bu'r ddau'n ymarfer dringo'r mynyddoedd yng Ngogledd Cymru, lle bu'r rhewynt yn chwipio'u dwylo'n friwiau wrth iddynt ymlafnio â'r creigiau geirwon. Oddi yno i ben draw'r Alban i ddysgu cysgu yn yr eira ac yna'r hunllef o orfod neidio wrth barasiwt, ymarfer na allai Math yn ei fyw ddygymod ag ef.

Teimlai'n sâl fel ci wrth weld y ddaear yn gwibio heibio iddynt ac yntau'n wyn fel y galchen wrth sefyll yn nrws agored yr awyren, a'r llinyn hir yn ymestyn o'r parasiwt a oedd ar ei gefn tua'r bach yn y to.

"Mae'n ddigon hawdd," chwarddai'r Sarjant o'r Llu Awyr a safai wrth ei ochr.

"Mae'n iawn arnat ti," cwynodd Math. "Dwyt ti ddim yn gorfod. . ."

Yna'r golau gwyrdd yn fflachio a bloedd y Sarjant yn ei fyddaru wrth iddo gau ei lygaid yn dynn a neidio i'r gwagle.

Ond roedd Olaf Christiansen yn ei elfen. Nid oedd dim yn amharu arno, ar yr wyneb o leiaf, a thrwy gydol yr amser y bu Math yn ei gwmni ni welodd y mymryn lleiaf o ofn yn y llygaid gleision, nwyfus.

Nid oedd fawr ddim yn cyffroi Olaf ychwaith, dim ond sôn am y gelyn. Roedd sôn am yr Almaenwyr yn ei yrru'n wallgof ac ni welodd Math neb erioed a allai gasáu ei elyn gymaint.

"Rydw i wedi gweld yr hyn a wnaethon nhw yn Norwy," meddai'n dawel, a hwythau'n ôl yn y gwersyll yn y goedwig unwaith eto, yn gorwedd ar eu gwelyau yn ymlacio. "Dihirod ydyn nhw. Maen nhw'n waeth nag anifeiliaid rheibus. Mae fy holl galon i yn y busnes yma, wyddost ti, Math, dyna'r gwahaniaeth rhyngom ni'n dau. Fy ngwlad i ydi

Norwy a diolch i'r dihirod yna, rydw innau'n alltud ohoni.''

"Allan nhw i gyd ddim bod yn ddihirod," ebe Math yn isel. ''Mae rhai Almaenwyr yn...''

Gwylltiodd Olaf yn gacwn ulw. Daeth i sefyll wrth wely Math mor sydyn nes y tybiai'r Sarjant ei fod am ymosod arno, a neidiodd ar ei draed mewn dychryn.

"Weli di'r rhain, Math?" ebe Olaf, gan godi ei grys a dangos ei fynwes iddo.

Er iddo fyw yn yr un ystafell ag ef ers pythefnos bron, nid oedd Math wedi sylwi ar y creithiau o'r blaen. Chwibanodd yn isel.

''Ôl chwip, Math,'' ebe Olaf, gan roi'r crys yn ôl amdano yn araf. ''Wyddost ti be ydi cael dy chwipio ar dy gorff noeth allan yn yr eira gan filwr nerthol? Ac un arall yn dal i dy chwipio wedi i'r llall flino? Wyddost ti be ydi cael dy chwipio nes dy fod yn anymwybodol ac yna cael bwcedaid o ddŵr rhewllyd am dy ben i ddod â thi atat dy hun cyn cael mwy o greithiau? Welaist ti dy waed dy hun yn gymysg â'r eira ryw dro?''

Ni fedrai Math ddweud gair am hir, dim ond syllu drwy'r ffenest fechan a gwrando ar Olaf yn ochneidio o'i ôl.

''Gestapo, Math,'' ebe'r Llychlynwr gan ddringo'n ôl i'w wely, â rhyw olwg newydd, ddieithr yn ei lygaid wrth iddo orwedd yno'n syllu ar y nenfwd. ''Mi fûm i yn nwylo'r Gestapo felltith, Math. Dyna i ti be wnaethon nhw i mi i geisio fy nghael i ddatgelu enwau fy ffrindiau yn y fyddin gudd iddyn nhw.''

"Mae'n ddrwg gen i," oedd yr unig beth y gallai Math ei ddweud.

"Mae'r boen wedi mynd bellach," gwenodd Olaf, "ond bydd y creithiau yna am fy oes, Math. A rhyw ddydd fe ddaw dial. Paid ti â phoeni am hynny, fe fydda i'n cael cyfle i ddial arnyn nhw. Maen nhw'n sathru Norwy dan eu traed heddiw, ond yfory, pwy a ŵyr? Bydd yr hyn yr ydan ni ar fin ei wneud yn helpu."

Yna daeth cwmwl i'w lygaid unwaith eto wrth iddo gofio.

"Roedd gen i ddau frawd," meddai'n isel, mor isel fel mai prin y gallai Math ei glywed. "Roedd y ddau'n perthyn i'r fyddin gudd fel minnau. Fe saethwyd y ddau gan y Gestapo, Math, ac oni bai i ffrindiau ymosod ar bencadlys y dihirod a 'nghynorthwyo i i ddianc, fe fyddwn innau yn gorwedd dan eira Norwy yn awr hefyd. O oes, mae gen i lawer pwyth i'w dalu i'r bwystfilod yna."

Daeth cnoc ysgafn ar y drws a neidiodd y ddau ar eu traed yn ddiymdroi.

"Cyrnol Jenkins," ebe'r milwr a safai yno. "Mae o am gael gair â chi'n awr."

Brysiodd y ddau ar ôl y milwr tua'r grisiau cerrig a arweiniai i lawr at ystafell danddaearol, fawr. Aethant drwy ddau ddrws a heibio chwe gwyliwr arfog cyn eu cael eu hunain yn yr ystafell â muriau dur iddi, ymhell dan y ddaear. Safai'r Cyrnol yno yn eu disgwyl a swyddog uchel o'r Llu Awyr gydag ef. Wedi ei gyflwyno iddynt fel arbenigwr ar radio o bencadlys y Llu Awyr aeth y pedwar i sefyll wrth fwrdd sgwâr a oedd ar ganol y llawr â gorchudd yn ei guddio. Tynnodd

Jenkins y gorchudd ac yno ar y bwrdd yr oedd model o blasty hynafol a chytiau pren yma ac acw o'i amgylch. Safai ar glogwyn uchel uwchben ffiord gul ac roedd y cwbl mor gywrain nes y chwibanodd Math yn uchel wrth ei weld.

"Hen blasty Steinkjet, gyfeillion," meddai'r Cyrnol. "Dyma lle mae'r teclyn cyfrinachol y mae'r Llu Awyr mor awyddus i ddod o hyd iddo."

Yna tynnodd bapurau o'i ddesg a'u dangos iddynt.

"Wyddom ni ddim i sicrwydd sut le sydd y tu mewn," ychwanegodd, "ond mae un o ddynion y fyddin gudd yn Norwy yn gweithio yno fel glanhäwr a dyma i chi lun a dynnodd o'r lle, ar ormod o frys mae'n siŵr gen i."

Astudiodd Math y llun yn ofalus. Cynllun o du mewn y plas ydoedd ond ni allai yn ei fyw weld sut y byddai'n helpu dim arno ef.

Ond pan ddangosodd y swyddog o'r Llu Awyr y darlun nesaf iddo, roedd yn glustiau ac yn llygaid i gyd.

"Mae'r teclyn radio y mae ei angen arnom ni rywle o dan yr hen blas," eglurodd y swyddog. "Mae'n cael ei wylio'n gyson ac mae'n amhosib i neb ond yr Almaenwyr gael golwg arno. Llun o rywbeth tebyg ydi hwn, wedi ei dynnu â phensil gan un o ddynion byddin gudd Ffrainc. Mae rhywbeth tebyg i'r un sydd yn Norwy yno hefyd ond nid yw gystal â'r un yn Norwy o bell ffordd. Felly, er nad ydan ni wedi gweld y set radio sydd yn Galdanger, rydan ni'n credu mai rhywbeth tebyg i hwn ydi hi. Ydi hyn yn gwneud synnwyr i chi, Sarjant Ifans?"

Bu Math yn pendroni'n hir uwchben y darlun,

tra oedd y swyddog yn mwmian yn awr ac yn y man, ac yn plannu ei fys ar y darlun blêr.

"Petaech chi'n gweld rhywbeth fel yna yn y plas, fyddai gennych chi unrhyw syniad am ba beth i chwilio amdano, Sarjant," gofynnodd toc.

Syllodd Math ar y darlun eto. "Mae un gwahaniaeth rhyngddo a'r peiriannau sydd yn y wlad hon, syr," meddai, "sef y blwch bychan yma ar y dde. Ond byddai'n rhaid i mi ei weld yn iawn i fod yn hollol sicr wrth gwrs."

Gwenodd Cyrnol Jenkins cyn rhoi'r papurau yn ôl yn y drôr.

"Iawn, Sarjant," meddai, gan eu hebrwng yn ôl at y drws. "Cewch gyfle i weld y ddyfais yn iawn gyda hyn."

Cerddodd Math ac Olaf tua'r ystafell heb ddweud gair. Agorodd Math y drws ac yna camu'n ôl mewn dychryn wrth weld y gŵr yn sefyll yno wrth ei wely.

Capten yn y fyddin ydoedd. Safai'n syth fel saeth, pob blewyn o'i wallt yn ei le, ei fotymau'n disgleirio fel pe baent newydd eu glanhau. Pan gamodd tuag atynt â'i law allan i'w croesawu, nid oedd gwên o gwbl yn y llygaid llwydion.

"Sarjant Math Ifans?" gofynnodd, gan anwybyddu Olaf yn llwyr..

"Ie. Ond...?"

"Capten John Mason ydw i," meddai'r swyddog yn ddigon oeraidd. "Rydw i'n dod i Norwy efo chi. Fy ngwaith i fydd sicrhau eich bod chi a'r teclyn cyfrinachol yna yn dychwelyd yn ddiogel."

Nid oedd Math yn hoffi John Mason o gwbl, a gwydd-
ai yn ei galon na allai byth ddysgu ei hoffi ychwaith.
Milwr proffesiynol haerllug ydoedd, fel pe bai wedi ei
eni i ymuno â'r fyddin, fel ei dad a'i daid o'i flaen.
Gŵr a edrychai i lawr ei drwyn ar bob tramorwr, ac a
ystyriai bawb nad oedd o'r un genedl ag ef ei hun yn
anwar. Yn ei dyb ef nid oedd neb cystal â John Mason
yn unman, a phan siaradai â Math pwysleisiai'r gair
'Sarjant' yn aml, i'w atgoffa, fel petai, nad oedd
chwarter cystal ag ef.

"Dydw i ddim yn gwybod rhyw lawer am y busnes
yma eto, Sarjant," meddai, gan fynd i sefyll wrth y
ffenest, â'i ddwy law y tu ôl i'w gefn. "Ond maen
nhw'n dweud i mi eich bod chi'n ddyn go bwysig yng
ngolwg yr awdurdodau. Felly fe anfonwyd amdana i i
ddod yma i helpu. Newydd gyrraedd adref o Ffrainc
yr ydw i mewn gwirionedd. Rydw i wedi bod yn
gweithio gyda'r Fyddin Gudd, y *Maquis* enwog,
yno."

"O, gyda llaw," ychwanegodd, "rydw i'n arben-
igwr ar saethu ac ar fomiau, ac ar ddianc o ddwylo'r
gelyn hefyd."

Trodd i wynebu Math, camu ymlaen, a chyffwrdd
â phoced ei siaced â'r ffon fechan a oedd yn ei law.

"Y botwm, Sarjant," meddai'n gas, ac yna, wrth i
Math edrych yn hurt arno, "Y botwm. Botwm y
boced yna. Mae heb ei gau. Fedra i ddim goddef
gweld milwr blêr. Mi fydda i'n hoffi gweld pawb fel

pin mewn papur, hyd yn oed pan fyddan nhw ynghanol brwydr.''

Caeodd Math y botwm gan frathu ei wefl mewn tymer.

''Capten,'' daeth y geiriau cyntaf o enau'r Llych-lynwr, a eisteddai ar y gwely yn gwylio'r ddau arall yn ofalus. ''Nid milwyr cyffredin ydan ni. Mi fyddwn ni'n peryglu ein bywydau yn Norwy cyn hir. Trin gwn a dysgu cadw'n fyw ydi'n gwaith ni, nid dysgu cau botymau a chribo gwalltiau.''

A barnu oddi wrth yr olwg yn ei lygaid, nid oedd neb wedi meiddio ateb John Mason yn ôl erioed o'r blaen. Aeth ei wyneb yn fflamgoch a'i lygaid fel pe baent yn barod i neidio o'u tyllau, wrth iddo syllu'n fud ar Olaf. Pan gafodd hyd i'w lais roedd yn llawn atgasedd.

''Enw?'' cyfarthodd, gan guro'r ffon fechan ar gledr ei law.

''Olaf Christiansen,'' meddai'r llall yn ddistaw, gan ddal i serennu arno. ''Capten Olaf Christiansen o Fyddin Gudd Norwy.''

Aeth y ffaith fod Olaf hefyd yn gapten â'r gwynt o hwyliau Mason yn lân am eiliad. Taflodd un cipolwg deifiol i'w gyfeiriad eto cyn ei anwybyddu'n lân a throi ei ddig ar Math.

''Fydd yna ddim blerwch tra bydda i yn gofalu am bethau, Sarjant,'' meddai. ''Gadewch i ni adael peth-au fel ag y maent ar hyn o bryd. Os ydan ni'n mynd i ymladd ochr yn ochr, yna mae'n well i ni ddod i ddeall ein gilydd ar y dechrau fel hyn.''

Trodd at Olaf eto cyn ychwanegu, gan fynd at y drws a'i agor, ''Efallai y byddwch chi'n fodlon gadael

Sarjant Ifans a minnau efo'n gilydd am eiliad i gael gair cyfrinachol, Capten. Fyddwn ni ddim yn hir.''

Cymerodd Olaf ei amser i godi oddi ar y gwely ac ymlwybro tua'r drws. Wedi iddo fynd aeth Mason yn ôl at y ffenest a sefyll yno fel o'r blaen, â'i gefn at Math.

''Fel roeddwn i'n dweud gynnau, Sarjant,'' meddai, ''rydw i'n arbenigwr ar ddianc o ddwylo'r gelyn. Cefais fy nal gan yr Almaenwyr adeg Dunkerque a dianc ymhen yr wythnos. Yna fe'm daliwyd i drachefn yn yr anialwch yn Affrica ac aethpwyd â mi i wersyll carcharorion rhyfel yn yr Almaen. Fûm i ddim yno ond rhyw fis cyn dianc a chroesi'r ffin i'r Swistir ac oddi yno yn ôl i Lundain.''

Dwyt ti fawr o filwr os wyt ti'n cael dy ddal mor aml, ebe Math wrtho'i hun.

''Ac yn awr, Sarjant...'' Trodd y Capten i'w wynebu eto, edrych o gwmpas yr ystafell a churo llwch o ddillad y gwely â'i ffon, gan wneud wyneb hyll. ''Beth am i chi ddweud eich stori wrtha i.''

''Fy stori? Does yna ddim...''

''Eich gwaith ddyn. Be yn union sy'n mynd ymlaen yn Norwy? Ddoe y glaniais i yn y wlad yma wedi i mi gael fy ngalw'n ôl yn arbennig o Ffrainc.''

Tynnodd lyfr bychan o'i boced wrth i Math ddechrau ar ei stori gan wneud nodiadau ynddo bob yn ail â gwrando'n astud. Wedi i Math orffen, caeodd y llyfr a'i roi'n ôl yn ei boced yn ofalus. Yna, wedi edrych o gwmpas yr ystafell unwaith eto, a chwyno fod angen mwy o sglein ar y llawr, aeth allan.

''Mi fyddwn ni'n gweld llawer ar ein gilydd yn

ystod y dyddiau nesaf yma, Sarjant,'' meddai cyn cau'r drws ar ei ôl.

Ochneidiodd Math mewn rhyddhad wedi iddo fynd ac nid oedd yn edrych ymlaen am ei weld eto. Yna aeth yn ôl i orwedd ar ei wely i ddisgwyl ei ffrind.

''Mae'n bryd i rywun ddinoethi'r dihiryn ffroen-uchel yna gerbron y byd,'' oedd geiriau cyntaf Olaf pan ddychwelodd. ''Pobl fel Capten Mason sydd yn mynd i golli'r rhyfel i ni, Math. Mae o'n meddwl fod gwallt cwta a botymau glân yn bwysicach o lawer na gwn a bom, a'r gallu i ymladd.''

''Fedri di ddim ymladd yn erbyn peth fel yna,'' oedd unig sylw Math. ''Mae cannoedd yr un fath ag o, wedi eu cyflyru i'r bywyd yma. Wnaiff dim byd ei newid byth.''

Ond roedd Math wedi cael digon ar John Mason eisoes, heb dreulio'r gyda'r nos hefyd yn sôn amdano. ''Gwely cynnar yw'r peth gorau i ni, Olaf,'' meddai. ''Bydd y gloch godi yna yn canu eto cyn y byddwn ni. . .''

Daeth cnoc sydyn ar y drws ac agorodd fel petai corwynt y tu ôl iddo. Gwelwodd y ddau gyda'i gilydd pan welsant y ddau blismon milwrol yn sefyll yno, eu dwylo ar garnau eu gynnau a darn o bapur yn llaw un ohonynt.

''Sarjant Math Ifans o'r Llu Awyr,'' darllenodd yn uchel.

''Ie,'' ebe Math, a'i wyneb fel y galchen.

''Rydan ni yn eich restio chi, Sarjant, dan orchym-yn y Pennaeth.''

''Restio? Ond. . .?'' Roedd Math yn welw fel lliain

wrth iddo syllu ar y ddau blismon. "Am be? Dydw i ddim wedi gwneud..."

"Nid ein gwaith ni ydi egluro pethau i chi, Sarjant," meddai un o'r milwyr, gan dynnu gefynnau o'i boced. "Daliwch eich breichiau, os gwelwch yn dda."

Gwylltiodd Olaf Christiansen yn ulw.

"Chei di ddim restio neb, lanc," gwaeddodd, gan gamu rhwng Math a'r milwr.

"Symudwch o'r ffordd, Capten," ebe'r plismon wrtho, yn ddigon distaw.

"Dydi o'n symud yr un cam oddi yma nes y byddi di'n dweud pam mae o'n cael ei restio," ebe'r Llychlynwr, a'i lais yn llawn bygythiad.

Yna wrth i Olaf sefyll yno'n gadarn, tynnodd y plismon ei wn o'r wain. "Am y tro olaf, Capten," cyfarthodd, "ewch o'r ffordd. Mae gen i berffaith hawl i'ch saethu chi. Mae diogelwch y wlad yma yn y fantol."

"Diogelwch y wlad?" chwarddodd Olaf yn uchel. Yna wrth iddo weld y bys yn hofran uwch clicied y gwn, camodd Math heibio i'w ffrind.

"Does dim angen y gefynnau yna," meddai'n ddistaw. "Rydw i'n barod."

Cerddodd y ddau blismon un bob ochr iddo drwy'r gwersyll, y gwn yn barod yn llaw un ohonynt, yn barod i gyfarth ar Math pe ceisiai gynnig her iddynt, neu geisio dianc. Ni ddywedodd neb yr un gair wrth iddynt fynd tua'r celloedd, a leolwyd, fel y pencadlys, yng nghrombil y ddaear. Agorwyd drws un ohonynt a chaewyd Math mewn cell am y tro cyntaf yn ei fywyd.

Ystafell fechan, sgwâr a moel ydoedd, heb ddodrefn ynddi ar wahân i wely pren â thair blanced arno. Roedd y golau trydan yn uchel yn y to, a disgleiriai ar ei wyneb drwy'r nos, gan achosi diffyg cwsg iddo. Nid oedd ganddo syniad yn y byd pam y taflwyd ef i'r fath le, ond roedd Math wedi dysgu peidio â holi er pan ymunasai â'r giwed yn y gwersyll. Roedd cymaint o gelwyddau'n cael eu rhaffu a chymaint o driciau'n cael eu chwarae nes y tybiai nad oedd ei daflu i'r carchar yn ddim amgenach nag ystryw arall ar ran yr awdurdodau i'w brofi cyn ei ollwng i blith y gelyn.

Drwy'r nos bu'n troi a throsi ar y gwely caled, a phan aeth i gysgu o'r diwedd roedd bron yn amser codi. Fe'i deffrowyd gan sŵn bolltau'r drws yn agor yn swnllyd.

"Gwisg amdanat, brysia," ebe'r milwr a safai wrth ei wely. "Mae'r Pennaeth am dy weld ar unwaith."

Arhosodd yno tra oedd Math yn gwisgo, ac yna i ffwrdd â hwy i gyfeiriad swyddfa Cyrnol Jenkins. Llamodd calon Math pan aeth drwy'r drws a gweld Capten John Mason yn sefyll yno wrth ochr y Pennaeth, y ffon fechan yn dal i guro ar gledr ei law, a golwg fwy milain nag erioed yn y llygaid oerion. Safai Math yn syth ac yn hollol lonydd o flaen y ddesg wrth i'r ddau syllu arno'n hir heb ddweud yr un gair. Yna gwaeddodd Cyrnol Jenkins yn ei wyneb yn chwyrn.

"Wyddoch chi mai eich rhoi yn erbyn y wal a'ch saethu fyddai'ch tynged y bore yma mewn unrhyw wlad arall, Sarjant?" meddai.

Diferodd pob dafn o waed o wyneb Math, ond ni ddywedodd air.

"Rydach chi'n gwybod pa mor gyfrinachol ydi'r holl fusnes Norwy yma," ebe'r Pennaeth, gan gerdded yn ôl a blaen. ''Fe wyddoch sut y byddai pethau petai rhywun yn agor ei geg, a'r gelyn yn dod i wybod am ein cynlluniau?''

''Ydw, syr, ond...'' Roedd rhyw anesmwythyd yn cnoi yng ngwaelodion stumog Math wrth iddo weld John Mason yn dechrau curo'r ffon yn galetach yn erbyn ei law.

''Ac fe'ch siarsiwyd chi, Sarjant, i beidio â dweud gair wrth neb am yr hyn sydd i ddigwydd yn Norwy.''

''Do, syr, ond fe...''

''Capten Mason,'' ebe'r Pennaeth ar ei draws yn swta.

Camodd Mason tuag ato, tynnu'r llyfr bychan o'i boced ac edrych yn gas ar Math.

''Fe ddywedodd Sarjant Ifans y cyfan wrtha i am y fenter neithiwr, syr,'' meddai, â gwên ddirmygus yn ei lygaid. ''Er fy mod i'n hollol ddieithr iddo.''

''Ond roedd o'n dweud ei fod yn perthyn i'r garfan a oedd yn mynd i Norwy,'' ebe Math yn wyllt, a'i wyneb fel y galchen eto. ''Roedd o'n swyddog a...''

''Ac fe gredsoch chwithau ei stori ar unwaith,'' ebe'r Pennaeth. ''Chlywsoch chi erioed am yr Almaenwyr yn honni eu bod yn rhai o'n dynion ni er mwyn cael gwybod ein cyfrinachau, Sarjant?'' Roedd wyneb y Cyrnol yn ddu gan dymer. ''Dyn dieithr mewn dillad swyddog yn cerdded i'ch ystafell chi, yn gofyn am ein cynlluniau a chwithau'n rhoi'r cyfan iddo.''

''Mae'n ddrwg gen i, syr, ond...''

Aeth Cyrnol Jenkins i eistedd wrth ei ddesg. Cododd bensil a dechrau ei churo'n ysgafn ar gledr ei law yn union fel ag y gwnâi'r llall â'i ffon. Yna ochneidiodd ac meddai, â llai o gynddaredd yn ei lais yn awr, "Oni bai ein bod wedi gwario cymaint ar eich hyfforddi chi, Sarjant, yn y gell yna y byddech am flynyddoedd, credwch fi. Mae datgelu ein cyfrinachau yn drosedd ddifrifol. Ond rydach chi'n digwydd bod yn ffodus nad un o'r gelyn oedd Capten Mason, a'i fod o'n digwydd dweud y gwir.

"Dydach chi ddim am ei ryddhau?" cododd llais Mason mewn cyffro. "Yr arswyd fawr, ddyn, mae o wedi troseddu yn erbyn..."

"Fe wna i benderfynu'i dynged, Capten Mason," ebe'r Pennaeth yn awdurdodol ar ei draws. "Rydw i'n credu fy mod i'n adnabod fy nynion bellach, ac mae noson yn y gell yna wedi dysgu gwers iddo na fydd yn ei hanghofio'n fuan."

Teimlai Math y chwys yn rhedeg i lawr ei gefn ond safai yno'n syth fel saeth, heb allu symud yr un gewyn.

"Rydach chi'n ddyn ffodus dros ben, Sarjant," ebe'r Cyrnol, gan godi ar ei draed. "Nawr gwrandewch arnaf fi. Yn ffodus i chi, roedd Capten Mason yn dweud y gwir neithiwr. Mae wedi ei anfon atom ni i'ch gwarchod chi."

Teimlai Math fel protestio, ond roedd profiad wedi ei ddysgu i gau ei geg.

"Mae Capten Mason yn arbenigwr mewn llawer maes," ychwanegodd y Pennaeth. "Ac yn ôl yr awdurdodau, mae angen rhywun i'ch gwarchod chi ar yr ymgyrch yma. Wedi'r cyfan, chi fydd y gŵr pwysicaf wedi cyrraedd Norwy. Maent yn anfon hanner cant o awyrennau, deugain o filwyr Comando a rhai aelodau o fyddin gudd Norwy i'ch canlyn, ac mae'n rhaid i chi ddod yn ôl yn ddiogel. Bydd Capten Mason efo chi bob eiliad o'r dydd a'r nos i sicrhau hynny.''

''Dyna'r cyfan,'' meddai toc, wedi cadw Math yn sefyll yno'n hir heb ddweud yr un gair. ''Bydd Capten Mason yn ymuno â chi y bore yma.''

Nid siarad gwag na gorchest a ddaeth o enau John Mason pan ddywedodd ei fod yn arbenigwr mewn llawer maes. Wrth ymarfer ymosod ar hen blasty yn y coed gerllaw'r gwersyll y bore hwnnw, roedd Math wedi rhyfeddu at ei fedr ag arfau. Nid oedd ei well am saethu, a dechreuodd deimlo y byddai gŵr fel Mason wrth ei ochr, pan ddôi wyneb yn wyneb â'r gelyn, o gymorth mawr iddo.

Ond nid felly Olaf Christiansen. Roedd ei gasineb tuag at Mason wedi cydio ynddo'n llwyr. Wrth i'r tri orwedd mewn twll yn y ddaear gan wylio'r bwledi'n chwibanu rhwng y coed, roedd yr atgasedd rhwng y ddau i'w synhwyro hyd yn oed yn y tawelwch llethol rhyngddynt.

Gwyliodd y tri ryw ddwsin o'r milwyr Comando yn rhuthro tua'r tŷ, y bomiau ffug yn syrthio i'w plith, a chlecian y gynnau'n eu byddaru. Swatiai'r tri yno gan gadw eu pennau i lawr am ychydig eto. Yna cil-edrychodd Capten Mason yn ofalus dros ochr y twll i gyfeiriad y tŷ. ''Ti gyntaf,'' meddai wrth Olaf, gan ei annog i redeg at y drws.

Arhosodd Olaf yno ar ei gwrcwd yng nghysgod coeden am eiliad, eiliad yn rhy hir yn nhyb y llall.

''Nawr a ddywedais i, brysia,'' cyfarthodd, gan yrru bwled i'r ddaear wrth draed y Llychlynwr mewn ymgais i'w frysio.

Trodd Olaf i'w wynebu, ac atgasedd yn melltennu o'r llygaid gleision.

"Gwna di hynna eto, lanc," meddai rhwng ei ddannedd, gan anwybyddu'r fflachiadau o'i gwmpas, "a dyna fydd dy weithred olaf di."

"Capten Christiansen," gwaeddodd y llall yn awdurdodol, "rydw i wedi rhoi gorchymyn i chi a..."

Ni chafodd gyfle i orffen ei lith. Ar un naid roedd Olaf yn ôl yn y twll.

"Cadw llygad ar y Sarjant ydi dy waith di," meddai'n wyllt. "Gad yr ymladd i mi." Ac yna heb arwydd o gwbl trawodd y Capten dan glicied ei ên nes ei fod yn ymdrybaeddu yn y mwd yng ngwaelod y twll, a'r gwn yn chwyrlïo o'i law.

"Dynion sydd eu hangen ar yr ymgyrch yma," gwaeddodd Olaf, gan sefyll yno uwch ei ben, "nid gweinyddesau, nid merched sy'n rhedeg at y Pennaeth i achwyn."

Roedd digwyddiadau'r noswaith flaenorol yn dal i ferwi ei waed. "Nid milwyr cyffredin ydan ni, lanc," meddai. "Deall di hynny'n awr. Nid ymladd mewn brwydr gyffredin y byddwn ni ychwaith."

Rhoddodd Math ei law ar ei ysgwydd yn dyner i'w atal rhag taro'r Capten eilwaith, a'i rybuddio â'i lygaid ei fod yn chwarae â thân. Cododd John Mason ar ei draed yn araf a sychu'r ffrwd fechan o waed a lifai o gongl ei geg â chefn ei law.

"Byddai hynna'n ddigon i dy daflu di i garchar am flynyddoedd, y dihiryn," meddai'n ddistaw. "Ond gan fod yr ymgyrch yn bwysicach na ni'n dau, fydd neb yn cael gwybod. Ond deall di hyn," ac roedd yr atgasedd yn ei lygaid yn codi ofn ar Math wrth iddo'i wylio. "Fe fydda i'n dial arnat ti pan ddaw'r cyfle. Mi fyddi di'n difaru mwy am hyn nag am ddim byd a wnest ti erioed."

Ni ddywedodd Olaf air, dim ond edrych yn ffiaidd arno a chrychu ei drwyn fel petai'n arogli drewdod, cyn neidio o'r twll a rhedeg i gyfeiriad y tŷ, a'i wn yn cyfarth yn ddi-baid.

"Byddai'n well gen i weld ci yn ein harwain na'r dihiryn yna," meddai wrth Math pan oeddynt yn ôl yn eu hystafell y prynhawn hwnnw. "Rydw i wedi gweld digon o ddynion fel Capten Mason o'r blaen, dynion sy'n meddwl fod yr holl fydysawd yn troi o'u hamgylch hwy."

"Cymer bwyll, Olaf," oedd ateb dwys Math. "Mae gennyt ti elyn am dy oes yn hwnna. Dydi John Mason ddim yn ddyn i chwarae ag ef."

Ond unig ateb Olaf oedd, "Wyddost ti, Math, mae'n well gen i gael rhywun fel Mason yn elyn i mi yn hytrach nag yn gyfaill."

Gan fod y ddau mor brysur yn siarad â'i gilydd, ni chlywsant y drws yn agor yn araf a Mason yn dod i'r ystafell. Safodd yno ar ganol y llawr yn gwylio'r ddau a oedd â'u cefnau ato cyn pesychu'n ysgafn. Rhoddodd calon Math lam pan welodd ef, ond melltennodd llygaid Olaf a chamodd yn fygythiol tuag at y Capten.

"Fe gei di ddigon o ymladd yn erbyn y gelyn toc, lanc," ebe hwnnw wrtho, a'i lygaid yn treiddio drwy Olaf. "Does dim amser i gweryla â'th ddynion dy hun yn awr."

Yna aeth ei lais yn fwy awdurdodol fyth wrth iddo droi at Math, ac er ei fod yn cyfeirio ei eiriau at y

Llychlynwr hefyd, nid edrychodd y Capten arno o gwbl, fel pe na bai neb ond Math yn yr ystafell.

"Mae'n amser cychwyn, Sarjant," meddai, â chyffro yn ei lais, fel cynnwrf llais plentyn bach wrth iddo gychwyn ar ei wyliau. "Mae'n bryd i chi hel eich pethau at ei gilydd."

"Yn awr? Heno?" gofynnodd Math, a rhyw anesmwythder o'r newydd yn ei lethu.

"Y funud yma, Sarjant," cyfarthodd Capten Mason. "Mae'r car yn disgwyl y tu allan i'r drws yna."

"Ac mae'n well i chi frysio," ychwanegodd, gan edrych ar ei wats. "Mae milwyr y Comando wedi mynd ers dwy awr."

Teithiodd y car drwy'r nos, ac yn y sedd ôl y cysgodd Math ac Olaf y noson honno, a Chapten Mason yn hollol effro wrth ochr y gyrrwr yn y blaen. Pan ddaeth golau cyntaf y bore i lwydo'r wlad oddi amgylch, deffrôdd Math yn sydyn; roedd ei geg yn gras, fel petai wedi bod yn cnoi tywod drwy'r nos, ei lygaid yn gochion a phob cymal o'i gorff wedi cyffio.

"Ble'r ydan ni?" gofynnodd, gan roi pwniad i Olaf i'w ddeffro.

Ni ddywedodd neb air am ychydig a syllodd Math i'r gwyll, gan edrych ar y coed a'r caeau, a oedd yn llwyd gan farrug, yn gwibio heibio i ffenestri'r car, a'r mynyddoedd uchel yn y pellter yn ei atgoffa am olygfeydd traddodiadol Norwy, ac yn dod â chryndod i'w lais.

"Ym mhen pella'r Alban, Sarjant," ebe Mason ymhen amser, gan droi yn ei sedd. "Mae yna faes awyr ryw ugain milltir oddi yma. Dydi enw'r lle o ddim diddordeb i chi.''

Trodd eto i nodi nad oedd mwy o siarad i fod, a dechreuodd Math rwbio'i gluniau i geisio cael y gwaed i redeg drwy ei wythiennau unwaith eto.

Wedi iddynt gyrraedd y maes awyr aethpwyd â hwy ar eu hunion i'r pen pellaf, lle'r oedd rhes o gytiau pren, a milwr arfog yn gwylio wrth bob drws.

''Carchar eto,'' gwenodd Olaf wrth iddynt neidio o'r car wedi iddo stopio, a dilyn Mason drwy un o'r drysau.

Ystafell gysgu gyffredin mewn gwersyll cyffredin a geid ymhob cwt.

Roedd ugain o welyau yno, yn ddwy res ar hyd ochrau'r cwt, ond chwe milwr yn unig a gysgai yno, chwe Chomando a barnu oddi wrth y dillad a welid ar y llawr wrth eu hymyl. Aeth Mason at wely yn y gornel yn ddigon pell oddi wrth y lleill; eisteddodd arno'n drwm a dechrau tynnu ei esgidiau.

''Mae arna i ofn y bydd yn rhaid i ni i gyd gysgu yma heddiw,'' meddai, gan edrych yn gas i gyfeiriad Olaf. ''Cysgwch yn dawel, gyfeillion; efallai na chawn ni lawer o gwsg am hir eto.''

Nid oedd yn hawdd cysgu gan fod sŵn yr awyrennau trymion, wrth iddynt fynd yn ôl a blaen drwy'r dydd, a sŵn dynion, wrth i'r rheini weiddi a gorymdeithio'n ddi-baid, yn treiddio drwy'r waliau pren tenau. Buan iawn y machludodd yr haul ar ddiwrnod arall, a phan oedd y goleuni'n pylu a'r sŵn yn distewi, a Math yn teimlo ar ei fwyaf cysglyd, agorodd y drws a safodd un o'r gwylwyr wrtho.

''Amser cychwyn, foneddigion,'' gwaeddodd, gan

fynd o wely i wely a chicio pob un i ddeffro'r dynion.

Aethpwyd â'r naw i ystafell fwyta eang ond ychydig iawn o chwant bwyd oedd arnynt, ac eithrio Olaf. Nid oedd pall ar ei fwyta ef, ac wedi iddo orffen, cododd pawb oddi wrth y bwrdd a dilyn y gwyliwr i ystafell fechan, lle y disgwyliai Cyrnol Jenkins amdanynt, wrth ymyl y map mawr o Norwy a geid ar y wal.

"Croeso, gyfeillion," gwenodd, gan eu hannog i eistedd o'i flaen. "Mae'n siŵr nad oeddech yn disgwyl fy ngweld i yma, ond fydda i byth yn gadael i'm dynion fynd ymaith heb ddod i ddweud ffarwél."

Oedodd am eiliad, ac yna edrychodd ar y map a chodi ffon fechan oddi ar y bwrdd o'i flaen, a'i tharo yma ac acw arno wrth siarad.

"Byddwch yn cychwyn ymhen yr awr," meddai. "Rydan ni yn y fan hon, ym mhen ucha'r Alban, a byddwch yn croesi Môr y Gogledd mewn Lancaster sydd wedi ei haddasu i gludo rhagor o ddynion. Sarjant Ifans, mae Capten Mason a'r chwe Chomando yn dod i'ch gwarchod chi yn bersonol. Gwyliwch nad ewch o olwg y Capten o gwbl. Ef sy'n gyfrifol amdanoch chi, ac ef yw'r dyn i ddod â chi adref yn ddiogel. Nawr mae hanner cant o awyrennau ar eu ffordd i Norwy ar ymgyrch fomio. Byddant yn gollwng eu bomiau ar wersyll milwyr wrth ymyl Galdanger."

Oedodd am eiliad gan chwilio am y lle ar y map.

"Dyma ni, fan hyn," meddai, gan roi blaen y ffon ar enw'r pentref. "Ar yr un pryd bydd criw o filwyr Comando yn ymosod ar y plas. Awr yn ddiweddarach, a'r frwydr wedi ei hennill, gobeithio, byddwch chwithau'n glanio wrth barasiwt yn ymyl y plas, a chaiff Sarjant Ifans gyfle i ddangos faint o arbenigwr ydyw mewn gwirionedd.''

Roedd coesau Math yn gwegian dano wrth iddo neidio o lori hanner awr yn ddiweddarach, a sefyll o flaen yr anghenfil o awyren Lancaster fawr. Credai nad oedd awyren debyg iddi yn yr holl fyd ond nid oedd yn edrych ymlaen at hedfan ynddi. Gwrthrych- au i'w hedmygu o'r ddaear oedd awyrennau i Math, nid pethau i beryglu ei fywyd ynddynt.

Dringodd drwy'r drws sgwâr yn ei hochr ar ôl Capten Mason ac Olaf, a daeth y chwe milwr ar eu holau'n araf. Er bod y Lancaster yn un o'r awyrennau mwyaf yn y Llu Awyr, ychydig iawn o le oedd ynddi i gludo teithwyr. Ymwthiodd pawb ohonynt tua'r canol main, ac roedd eu dillad trwchus, y bagiau parasiwt a'r arfau yn pwyso'n drwm arnynt.

Wrth i aroglau cyfarwydd yr awyren, aroglau petrol yn gymysg ag olew ac aroglau paent a phowdwr gwn, ogleisio'u ffroenau, dechreuodd Math deimlo'n fwy cartrefol. Ond pan gaeodd y drws arnynt, roedd Math bron â mygu, a phrin y gallai symud braich hyd yn oed. Gwelodd gefn y peilot drwy ddrws agored y caban yn y pen blaen; roedd hwnnw'n brysur wrth y cymhlethdod o glociau ac olwynion a geid yno. Yna clywodd gyfarthiad sydyn un o beiriannau nerthol yr adain, a barodd i'r awyren ysgwyd drwyddi. Pan oedd y pedwar peiriant yn rhuo, nid oedd modd clywed neb yn siarad heb orfod gweiddi'n uchel yn ei glust, a daeth Sarjant ifanc atynt a thynnu strapiau cryfion y parasiwt a oedd ar gefn pob un ohonynt cyn codi ei fawd a gwenu i nodi fod popeth yn iawn.

Wedyn roedd y Lancaster yn symud ar hyd y lanfa,

yn araf i ddechrau, yna'n gyflym, a'r peiriannau nerthol yn taranu wrth iddi ymdrechu i godi ei llwyth trwm oddi ar y ddaear. Roedd bysedd Math wedi eu croesi a'r chwys yn rhedeg yn oer i lawr ei dalcen wrth iddo deimlo'r olwynion yn codi o'r llawr. Tynnai'r peilot yn y llyw a dringai'r anghenfil dur i fyny i awyr y nos cyn troi ei drwyn am fynyddoedd Norwy.

Bellach doedd dim i'w wneud ond eistedd yno yn y tywyllwch i wrando, a gobeithio na fyddai awyrennau'r gelyn yn ymosod arnynt. Roedd yn noson hir, y noson hwyaf i Math ei threulio erioed yn ei fywyd, a phan ddaeth y Sarjant ifanc atynt a gweiddi yng nghlust pob un eu bod yn nesáu at Galdanger, teimlai fel pe bai wedi bod yn yr awyren ers dyddiau.

Cododd pawb ar ei draed yn barod, pob wyneb yn welw yn y golau egwan a ddaeth ymlaen yn y Lancaster, a phob llaw'n crynu. Yna pawb yn aros wrth y drws, gan ddisgwyl i'r Sarjant ei agor.

Ond daeth yr ail beilot o'r caban ar frys. Gwaeddodd rywbeth yng nghlust y Sarjant ac aeth ei wyneb yntau'n ddwys wrth iddo amneidio arnynt oll i eistedd drachefn.

"Mae'r ymgyrch ar ben," gwaeddodd yn eu hwynebau. "Rydan ni'n dychwelyd. Mae'r peilot wedi derbyn neges fod bradwr yn ein mysg. Roedd y gelyn yn gwybod ein bod yn dod, ac yn disgwyl amdanom i lawr yn yr eira yna."

Aeth Capten Mason yn lloerig lân pan glywodd eiriau'r ail beilot. Cododd yn simsan a rhuthro tua'r caban, ac ysgwyd y peilot yn chwyrn.

"Fedri di ddim troi'n ôl yn awr," gwaeddodd yn uchel. "Mae pethau wedi mynd yn rhy bell i'w newid."

Ond nid oedd y peilot yn clywed yr un gair a ddywedai uwch rhuadau nerthol y pedwar peiriant. Ni wnaeth ddim ond amneidio ar Mason i eistedd i lawr wrth iddo ymladd â'r llyw. Siglai Capten Mason ar ei draed fel dyn meddw, a rhuthrodd i ochr yr awyren i'w gadw ei hunan rhag syrthio wrth iddi droi ar ei hochr. Gafaelodd Math yn ei fraich i'w ddal, ond ysgydwodd y swyddog ef ymaith yn gas.

Roedd yn gyfyng yn y caban ac amneidiodd y peilot ar Math a'r ail beilot wrth i Mason bwyso arno a'i gwneud yn amhosibl iddo reoli'r Lancaster. Cododd yr ail beilot o'i sedd, gafaelodd yn ysgwydd Mason a'i wthio o'i flaen o'r caban.

"Eistedd i lawr," gwaeddodd yn ei glust. "Fedrwn ni wneud dim bellach ond aros am gyfle arall."

Bloeddiodd yntau ei ateb, â'i wyneb yn ddu yn y golau gwyrdd egwan a oedd uwch ei ben.

"Myfi sy'n arwain y fenter yma," meddai, "ac fel y swyddog uchaf ar yr awyren yma, rwy'n rhoi gorchymyn i'r peilot yna ddilyn y cwrs gwreiddiol."

"Rhy hwyr," gwaeddodd y llall. "Rydan ni wedi cael gorchymyn i fynd yn ôl adref. Mae'r gelyn yn

64

disgwyl amdanoch chi, ddyn. Fedri di ddim arwain dy ddynion i ddinistr sicr.''

Ceisiodd Mason ymwthio heibio iddo yn ôl i'r caban, ond pwysodd y llall ef yn ôl i eistedd wrth i'r awyren ddilyn ei thrywydd newydd.

''Os ydi dynion y Llu Awyr yn ormod o ferched i wynebu ychydig o berygl,'' gwaeddodd Mason yn ffiaidd, ''dydi'r Comando ddim. Nawr rwy'n rhoi'r gorchymyn i ti am y tro olaf. Dywed wrth y peilot am droi'r awyren yma yn ôl tua Galdanger. Rydw i a'm dynion yn mynd i neidio, doed a ddelo.''

Gwenodd y llall arno am eiliad fer ac yna trodd oddi wrtho a chychwyn yn ôl tua'r caban. Roedd llaw front Mason yn gwasgu ei ysgwydd cyn iddo symud cam, ac yn ei droi i'w wynebu eto.

''Sarjant,'' gwaeddodd wrth ei glust. ''Mi fydd yn ddrwg arnat ti am hyn. Rydw i wedi rhoi gorchymyn i ti. Fi ydi'r prif swyddog yma.''

''A'r peilot ydi capten yr awyren yma,'' ebe'r llall ar ei draws. ''Fo ydi'r meistr fan hyn, syr, a neb arall, a rhaid gweithredu yn ôl ei air o. Nawr mae'r awyren yma mewn digon o berygl yn barod heb i chi wneud ein gwaith ni'n anos. Wnewch chi eistedd yn llonydd? Neu, swyddog uchel neu beidio, bydd yn rhaid i mi eich tawelu.''

Edrychodd Capten Mason yn hurt arno am eiliad, wrth i'r ail beilot ddweud y drefn yn chwyrn wrtho, ac yna syllu'n fud ar ei gefn wrth iddo ymlwybro'n ôl i'w sedd ym mhen blaen yr awyren.

Gwyddai Math oddi wrth yr olwg ar wyneb Mason ei fod yn berwi oddi mewn a gwenodd ynddo'i hun, er yr holl gyffro a gofid a deimlai yn ei galon, wrth i'r gwynt guro yn erbyn yr awyren. Er bod y tymheredd yn y caban yn ddigon isel i rewi eu hanadl, roedd Math yn chwys drosto. Gwyliai'r peilot yn ofalus, gwasgai gefn ei sedd a gweddïai'n ddistaw ei fod yn ddigon abl i fynd â hwy adref yn ddiogel.

Ond ni phoenai'r peilot ormod. Roedd y chwys yn rhedeg i lawr ei wegil yntau hefyd wedi'r ymdrech i droi'r Lancaster am adref. Yna, wedi ei hunioni unwaith eto a chael y peiriannau i redeg yn llyfn, eisteddodd yn ôl yn ei sedd a dechrau mwmian canu yn ddistaw. Edrychai ymlaen at y gwely cynnes a oedd yn ei ddisgwyl yn y maes awyr. Syllai drwy ffenest yr awyren a rhyfeddu, fel y rhyfeddai bob nos, at yr olygfa o'i gwmpas, y ffurfafen uwchben fel melfed du a'r sêr yn wincio ar ei hyd fel diemwntau gwerthfawr. Yna, oddi tano, y glustog wlanog o gymylau claerwyn yn ymestyn ymhell tua'r gorwel. Pwysodd fotwm y teclyn siarad wrth ei geg.

"Dic," meddai. "Unrhyw syniad ble'r ydan ni?"

Daeth llais y llywiwr rywle o grombil yr awyren i'w glustiau.

"Fe ddylem fod yn croesi arfordir Norwy. Mae gormod o'r cymylau felltith yma i mi fedru gweld yn iawn. Fe gymera i olwg ar y sêr i wneud yn siŵr."

"Gwna hynny, a brysia, Dic," ebe'r peilot.

Yna ennyd o ddistawrwydd heb ddim ond sŵn gwichian lond ei glustiau. Trawodd y peilot y botwm eto. "Saethwyr," cyfarthodd, "cadwch eich llygaid yn agored. Mae yna faes awyr gan y gelyn rywle dan y cymylau, ac maen nhw'n gwybod ein bod ni yma."

Cyn iddo orffen siarad bron, roedd llais cyffrous y saethwr ôl yn gweiddi yn ei glustiau.

"I lawr, i lawr, i lawr, i'r chwith, i'r chwith! Gelyn wrth ein cynffon!"

Trodd y peilot y llyw ar amrantiad a phlymiodd y Lancaster tua'r cymylau.

"I'r dde, i'r dde, i lawr!" gwaeddodd y saethwr anweledig eto, ac roedd sŵn y gynnau, wrth iddynt danio, yn ysgwyd yr awyren drwyddi, ac arogl mwg gynnau'n chwyrlïo'n gymylau i wynebau'r dynion.

Anelodd y peilot am y cymylau wrth iddo weld y bwledi eirias o ynnau'r Messerschmitt yn mynd heibio'r ffenest fel cawod dân. Nid oedd ganddo amser i ofni. Gwelodd yr awyren yn gwibio fel cysgod du heibio i drwyn y Lancaster. Yna roedd gynnau blaen yr awyren fawr yn tanio ac yn ei fyddaru'n lân. Gwelai'r flanced wen o gymylau'n dod tuag ato wrth i floeddiadau'r criw lenwi ei glustiau, un ar ôl y llall, pob un yn llawn cyffro.

"Saethwr blaen i'r peilot. Mae hi wedi mynd."

"Saethwr ôl. I lawr, i lawr, i lawr! Mae hi y tu ôl i ni eto!"

"I'r chwith, i'r chwith!"

"Ail beilot. Mae hi o'n blaenau."

Yna roedd ambell flewyn o gwmwl yn chwyrlïo heibio'r ffenest wrth iddynt gyrraedd noddfa'r gwynder. Ond wrth iddo ochneidio mewn rhyddhad teimlodd y peilot y Lancaster yn ysgwyd drwyddi a neidiodd y llyw o'i law fel pe bai rhyw law anweledig yn ei dynnu. Â chil ei lygaid gwelodd y golau llachar i'r chwith, ac yna roedd llais cyffrous yr ail beilot yn ei glustiau eto.

"Yr adain chwith. Mae'r adain chwith ar dân!"

Roedd angen ei holl nerth ar y peilot i ymdrechu i

gadw'r awyren rhag syrthio drwy'r cymylau fel darn o blwm. Ciciodd yn galed ar y pedalau wrth ei draed, a thynnodd yn y llyw, nes bod y chwys yn ffrydio i lawr ei wyneb. Yna llwyddodd i'w chadw dan ychydig o reolaeth eto cyn edrych i'r chwith.

Roedd y fflamau cochion yn ysu'r adain yn ogystal â'r peiriant a oedd yn union wrth ei hymyl. Pwysodd fotwm yn y caban a llifodd ewyn-diffodd-tân dros y peiriant ar yr adain.

"Cadwch eich llygaid yn agored am y Messerschmitt yna," gwaeddodd y peilot wrth i'r fflamau ddiffodd. Ond yna wrth iddo dynnu yn y llyw a dechrau dringo eto, daeth fflach eiriasgoch o'r peiriant ac yna'r fflamau'n llyfu bôn yr adain unwaith eto.

"Rwy'n mynd yn ôl," meddai'r peilot, heb oedi eiliad. "All hon byth gyrraedd pen ei thaith."

"Yn ôl, ond . . ." gwaeddodd Math yn gyffrous.

"Mi fydd yr holl awyren yma'n ffrwydro fel pelen o dân os caiff y tân yna afael ar y tanc petrol," ebe'r peilot. "Cer yn ôl, a dywed wrth dy ddynion am neidio pan roddaf i arwydd iddynt."

"Yn ôl i Norwy? Mi fyddai gwell siawns gennym ni petaet ti'n ei rhoi i lawr ar y dŵr," gwaeddodd Math yn ddwys.

Ond er ei holl ofn, gwenodd y peilot ac amneidio drwy'r ffenest tua'r düwch islaw, nad oedd dim i dorri arno ond rhimyn gwyn y tonnau ar fin yr arfordir. "Mae Môr y Gogledd i lawr acw," meddai. "Fyddem ni ddim yn byw mwy na deng munud yn y dŵr yna ar yr amser yma o'r flwyddyn. Mae'r môr yna'n fwy o elyn i ni na'r Almaenwyr, Math."

Trodd Math yn araf, ac ymwthio tua chanol yr awyren eto. Nid oedd cyffro o gwbl yn llais Mason wrth iddo weiddi'r newydd yn ei glust.

"Petai'r ffŵl yna wedi gadael i ni neidio gynnau," meddai, yn ddirmygus ddigon. Yna cododd y dynion ar eu traed, a sefyll yno gan siglo â'r awyren wrth i'r peilot geisio dringo ychydig yn uwch.

Ymwthiodd yr ail beilot heibio iddynt a gwyliodd Math ef, â'i galon yn ei wddf, yn agor y drws yn ochr yr awyren. Diflannodd y drws sgwâr i'r nos, fel deilen o flaen y gwynt, ac roedd corwynt rhewllyd yn chwibanu drwy'r awyren ac yn codi unrhyw beth nad oedd ynghlwm, ac yn ei wthio o'i flaen. Nid oedd yn bosibl i neb siarad ac amneidiodd yr ail beilot arnynt i symud at y twll, lle y bu'r drws ychydig eiliadau ynghynt.

Gwyliodd Math y lleill yn neidio, un ar ôl y llall, yna roedd llaw'r ail beilot ar ei ysgwydd yntau, ac ymwthiodd yn galed yn erbyn y gwynt. Sicrhaodd fod y bach a oedd ar ben llinyn ei barasiwt ynghlwm wrth do'r Lancaster, oedodd eiliad yn agoriad y drws a gwylio gwynder yr eira ymhell islaw, ac yna neidiodd.

Gwaeddai Math mewn ofn wrth iddo syrthio i'r nos, ond chwipiai'r gwynt y waedd o'i geg ac nid oedd sŵn o gwbl. Nid oedd ganddo syniad pa un ai ei ben ynteu ei draed oedd isaf, nes y daeth ysgytwad sydyn dan ei freichiau wrth i'r parasiwt agor â chlec uwch ei ben.

Ochneidiodd mewn rhyddhad ac yna dechrau chwerthin yn uchel. Ni allai ymatal rhag chwerthin, er bod y dagrau'n llifo i lawr ei ruddiau, mewn gollyngdod llwyr. Edrychodd o'i gwmpas, ond ni welai ddim ond y flanced o eira oddi tano ac ysmotiau duon y dynion eraill i'w gweld yn erbyn y gwynder.

Yna'n sydyn goleuwyd y nos gan fflach nerthol. Caeodd Math ei lygaid yn dynn, a throdd y chwerthin yn ofn wrth iddo weld yr awyren yn ffrwydro uwch ei ben.

"Neidiwch!" gwaeddodd nerth esgyrn ei ben wrth iddo feddwl am y criw. "Neidiwch!" Ond wrth i ddarnau eirias o'r Lancaster blymio heibio iddo tua'r eira gwyn islaw, gwyddai na fyddai'r un ohonynt yn mynd adref eto.

Gan iddo daro'r ddaear mor sydyn, ni chafodd amser i feddwl, nac i lanio fel y cafodd ei ddysgu. Suddodd at ei ganol yn yr eira meddal, a syrthiodd y parasiwt drosto gan ei fygu'n lân. Po fwyaf yn y byd yr ymdrechai i'w ryddhau ei hun o afael y llinynnau hirion, mwyaf yn y byd yr âi ynghlwm ynddynt. Yna roedd breichiau cryfion Olaf yn gafael ynddo ac yn ei dynnu ar ei draed, a Chapten Mason a'r lleill yn sefyll wrth ei ymyl ac yn ei wylio, a Math yn teimlo fel plentyn a oedd newydd gael ei ddal yn gwneud drygau.

"Petaet ti wedi disgyn fel y cefaist dy ddysgu i ddisgyn," ebe Mason yn chwyrn, "fyddai dim angen neb arnat i'th helpu di. Rwyt ti'n ffodus mai eira trwchus sydd yma ac nid cae neu graig, neu mi fyddit wedi torri dy goesau, a byddai'n rhaid i ni dy adael yma. A thrueni na fyddai hynny wedi digwydd," ychwanegodd â gwên sbeitlyd ar ei wyneb. "Mae angen gwers arnat ti."

"Does dim amser i ddysgu gwers i neb yn awr, Capten," ebe Olaf Christiansen yn chwyrn. "Nid mewn maes ymarfer yr ydych chi nawr."

Taflodd Mason un edrychiad deifiol i'w gyfeiriad ac yna cerddodd o gwmpas y dynion fel ffermwr yn cerdded o amgylch haid o ddefaid mewn marchnad.

"Pawb yma, fodd bynnag," meddai toc. Yna trodd at Olaf, ac er bod y casineb yn parhau i fflachio yn ei lygaid, ychwanegodd, "Wel, Capten Christiansen, mae'n bywydau ni yn eich dwylo chi o hyn ymlaen. Cadw llygad ar Sarjant Ifans ydi fy ngwaith i. Be nawr?"

Ni ddywedodd Olaf air am ychydig, dim ond syllu o'i amgylch ar yr eira a orchuddiai bob man.

"Fan acw, Capten," meddai toc, gan amneidio tua'r gornel lle'r oedd gwrid coch yn awyr y nos. "Fe fyddwn i'n dweud mai'r fan acw y mae'r cyrch awyr newydd fod, a dydi Plas Steinkjet ddim ymhell o'r fan honno... Does dim amser i hynna, Capten," ychwanegodd yn frysiog wrth weld Mason yn tynnu rhaw fechan oddi ar ei gefn a dechrau agor twll yn yr eira.

"Ond y parasiwtiau yma. Mae'n rhaid i ni eu claddu rhag i'r gelyn ddod ar eu traws."

Chwarddodd Olaf yn uchel. Aeth i sefyll o flaen y Capten a thynnu'r rhaw oddi arno. "Rho hi'n ôl ar dy gefn," meddai'n chwyrn. "Mae'r Almaenwyr yn gwybod eisoes ein bod wedi glanio. Dwyt ti ddim yn gymwys i arwain defaid heb sôn am arwain dynion ar faes y gad."

Sylwodd Math ar y Capten yn gwasgu ei wn, ac yn hanner ei godi fel petai am daro Olaf ag ef, ond yna newidiodd ei feddwl, ac wedi rhoi'r rhaw'n ôl ar ei gefn, meddai, "Wel, rydw i'n barod, Capten Christiansen."

71

Cychwynnodd y naw yn frysiog ar draws yr eira, Olaf yn arwain â'i gamau breision a Math yn diolch i'r drefn ei fod wedi ymarfer gyda'r Comando er mwyn medru cyd-gerdded ag ef heb fawr o drafferth. Roedd yr eira'n galed dan eu traed a'r gwynt yn tynnu'r dŵr o'u llygaid, ond er mor oer ydoedd rhedai'r chwys i lawr cefn Math yn ddi-baid.

"Capten," gwaeddodd Olaf wedi iddynt fod yn cerdded am bron i awr, a sŵn saethu ysbeidiol yn dod i'w clustiau. "Fan acw!"

Roeddynt ar ychydig o godiad yn y tir, a thaflodd pawb ei hun ar y llawr a syllu'n fud ar yr olygfa islaw. Rhyw filltir oddi wrthynt roedd y ffiord i'w gweld yn ddu. Ar ben clogwyn wrth ei hymyl gwelent y plas hynafol y daethant mor bell i'w weld. Atseiniai sŵn y frwydr yn y creigiau oddi amgylch, ysgrechiadau'r ffrwydryddion, cyfarth y gynnau a stacato gynnau otomatig y gelyn i gyd yn un gymysgfa o sŵn. Bob hyn a hyn roedd y nos yn diflannu wrth i'r gelyn saethu goleuadau llachar i'r awyr, nes bod yr holl wlad yn olau fel dydd wrth iddynt hofran yn hir uwch-ben y plas.

Tynnodd Math a'r lleill eu gwydrau o'u bagiau a syllu drwyddynt yn fanwl. Roedd milwyr y Comando yn y gerddi eang o gylch yr hen adeilad a'r gelyn o'u cwmpas ymhob man.

"Maen nhw fel llygod mewn trap," ebe Olaf yn ddwys toc.

Syllodd Mason drwy ei wydrau eto ac yna meddai, gan amneidio i'r chwith, "Does dim llawer o Almaen-wyr fan acw, Capten, rhwng pen y clogwyn a chongl y tŷ."

Trodd Olaf ei wydrau i'r cyfeiriad hwnnw hefyd, syllu am eiliad, ac yna ysgwyd ei ben.

"Un gwn peiriant nerthol," meddai. "Ond mae'n ddigon, Capten. Mae'r Almaenwyr yna wedi eu cuddio'n dda yn y ddaear; ddaw neb heibio iddynt tra bydd y gwn yna ganddynt."

"Dim ond o'r tu ôl iddynt," ebe'r llall yn wyllt. "Dydyn nhw ddim yn ein disgwyl o'r fan honno. Maen nhw'n rhy brysur yn saethu at y milwyr Comando yna. Mi fyddwn ni wedi ymosod arnyn nhw cyn i'r dihirod sylweddoli hynny."

Roedd y wên ar wyneb Olaf yn ddirmygus eto.

"Capten," meddai'n araf. "Does dim byd y gallwn ni ei wneud yma. Mae ar ben ar y milwyr Comando yna. Edrychwch, ddyn, mae'r gelyn o'u cwmpas ym mhobman, a mwy ar eu ffordd mae'n siŵr. Yr unig beth y gallwn ni ei wneud yw eu helpu i ddianc efallai, rhoi taw ar y gwn peiriant yna ac agor bwlch yn llinell y gelyn."

Edrychodd Capten Mason yn filain arno. "Nid dod yma i ryddhau milwyr y Comando a wnaethom ni, Christiansen," meddai, "ond i gael gafael ar y teclyn cyfrinachol yna, a mynd ag o adre'n ddiogel. Waeth i chi am y milwyr yna. Roedden nhw'n sylweddoli eu perygl cyn dod ar y fenter."

Yna astudiodd yr olygfa islaw drwy'r gwydrau eto, a llygaid Olaf yn melltennu arno.

"Petai Sarjant Ifans a minnau'n gallu dringo i'r plas drwy'r ffenest acw yn yr ochr," meddai Mason toc, gan roi'r gwydrau i lawr, "efallai y byddai hynny'n rhoi digon o gyfle i ni..."

Ni allai Olaf ymatal yn rhagor. Rhuthrodd am wddf y Capten, â'i lygaid yn poeri tân.

"Mae'n anobeithiol, y cnaf," gwaeddodd yn uchel. "Wyt ti'n rhy ddwl i weld hynny? Mae'r ymladd bron ar ben. Hanner awr arall a bydd y Comando yna i gyd yn garcharorion rhyfel. Does ganddyn nhw ddim mwy o obaith nag sydd gan bluen eira mewn tân."

"Gollwng dy afael Christiansen," ebe'r Capten rhwng ei ddannedd, gan wthio blaen ei ddryll i stumog Olaf. "Rydw i wedi bod yn chwilio am esgus i gael gwared â thi ers tro. Wyt ti'n clywed?"

Ond chwibanodd bwled heibio'u pennau a chodi'r eira'n gawod wrth eu traed.

"Eich pennau i lawr!" gwaeddodd Olaf nerth esgyrn ei ben, gan roi hergwd i Mason oddi ar ei ffordd.

Ymwthiodd pob un ohonynt i'r eira wrth i'r gawod fwledi o'u holau syrthio i'w plith.

"Nawr wyt ti'n coelio?" ebe Olaf yn wyllt, gan amneidio tua'r goedwig fechan y tu ôl iddynt. Yno ar gwr y coed safai dwy lori, a'r milwyr yn rhedeg ohonynt i guddio rhwng y creigiau a'r coed cyn ymosod arnynt. "Roeddwn i'n dweud y byddai mwy ohonyn nhw'n dod yma. Nawr rydan ni fel llygod mawr mewn trap."

Ond nid atebodd Mason ef. Roedd yn rhy brysur yn saethu tuag at y gelyn, ac fel y gwagiai ei wn, rhuthrai i roi stribed arall o fwledi ynddo.

"Un gobaith sydd gennym," meddai toc gan dynnu bom-mwg o'i fag, a chipio'r gwn saethu bomiau oddi ar un o'r milwyr. Wedyn rhoddodd y bom yn y lle priodol. "Maen nhw'n prysur gau amdanom ni, ond mi allwn ni redeg i'r coed yna os bydd hyn yn gweithio."

Anelodd yn ofalus at graig a safai tua hanner y ffordd rhyngddynt a milwyr y gelyn, a'i fys yn pwyso'n araf ar y glicied.

"Barod?" gwaeddodd, a chododd pawb ar ei gwrcwd yn barod.

Pwysodd Capten Mason y glicied ac ehedodd y bom-mwg tua'r graig, ei tharo, ac yna wrth i'r cymyl-au o fwg du fyrlymu ohoni a'u cuddio rhag y gelyn, ymaith â hwy i gysgod y coed.

Nid arhosodd yr un ohonynt eiliad nes cyrraedd pen draw'r goedwig. Clywyd ambell fwled yn dawnsio yn y coed o'u cwmpas wrth iddynt redeg i fyny hafn gul rhwng dau fryn.

"Maen nhw'n ein dilyn ni," gwaeddodd Math, gan edrych yn ôl yn ofnus.

Ond gwyddai Mason i'r dim pa beth i'w wneud. Gorchmynnodd i ddau o'r milwyr aros ar ochr y llwybr, tra brysiai yntau a'r lleill yn eu blaenau, ac wrth i'r ddau daflu bomiau-llaw i lawr y llwybr ac ysgubo'r creigiau â'u bwledi, arafwyd ychydig ar y gelyn.

Erbyn diwedd y prynhawn roedd y criw bychan ymhell i fyny yn y mynyddoedd heb na thŷ na thwlc yn agos iddynt. Roedd un neu ddau o'r gelyn yn dal i'w dilyn o hirbell, ond nid oedd hynny'n poeni rhyw lawer ar Gapten Mason.

"Wnân nhw ddim mentro'n rhy bell i'r mynydd-oedd," meddai. "Mae gan y dihirod ormod o ofn y fyddin gudd."

Yna, pan oedd yr haul yn machlud a hwythau wedi blino'n lân ac wedi fferru hyd at fêr eu hesgyrn, gwelsant hen gwt ar ochr bryn o'u blaenau.

"Fe wnaiff yn iawn i ni gysgodi'r nos ynddo," ebe Mason, gan arwain y ffordd tuag ato. Gorchmynnodd i bedwar o'r milwyr aros ar wyliadwriaeth y tu allan yng ngolau'r lleuad, ac aeth yntau a'r pedwar arall drwy'r drws.

Nid oedd iddo ond pedwar mur o gerrig moelion a tho o dywyrch, ond roedd yn gysgod rhag y gwynt a chwipiai dros y copaon. Eisteddodd Math ar y llawr yn swrth, ac aeth Mason i syllu drwy'r ffenest fechan ddi-wydr, â'i ddwylo y tu ôl i'w gefn.

"Mae'n gas gen i fethu," meddai toc, gan droi i wynebu'r lleill, a'i lygaid yn melltennu i gyfeiriad Olaf fel pe bai'n ei gyhuddo o gynorthwyo'r gelyn i ddod ar eu gwarthaf.

"Ac yn awr be, Capten?" gofynnodd Olaf yn ddistaw. "Yn ôl ar draws Môr y Gogledd?"

Anwybyddodd Mason y sarhad yn ei lais a chrafodd ei ên gan feddwl yn ddwys.

"Doeddwn i ddim wedi disgwyl i hyn ddigwydd," meddai'n araf. "Doeddwn i ddim wedi paratoi ar gyfer anap fel hyn o gwbl."

"Wel, Capten," gwenodd y Llychlynwr, "rydach chi wedi canu digon ar eich clodydd eich hunan, ac ymffrostio yn eich gallu i ddianc. Nawr dyma'ch cyfle chi. Ewch â ni adre'n ddiogel cyn i'r gelyn yna ddod ar ein gwarthaf."

Yna trodd ar ei sawdl ac aeth allan i'r nos. Wedi iddo fynd camodd Mason tuag at Math, ac am y tro cyntaf er pan ddaeth Math i'w adnabod, roedd rhyw dynerwch yn ei lais.

"Mae'n ddrwg gen i, Sarjant," meddai'n ddistaw. "Mae arna i ofn fod y dyfodol yn edrych yn ddu arnom ni."

"Ond, syr..."

"Mae'r gelyn yn siŵr o'n dilyn, Sarjant, ac nid oes digon ohonom ni i ymladd yn eu herbyn. Mae'r cyfan wedi bod yn gymaint o fethiant."

Yna ochneidiodd yn uchel ac aeth i sefyll wrth y ffenest eto a syllu drwyddi'n fud, fel petai'n meddwl yn ddwys.

Toc trodd at y ddau filwr.

"Mae'n bryd i chi fynd allan i wylio," cyfarthodd. "Anfonwch ddau o'r lleill yma yn eich lle i orffwys."

Wedi iddynt ymadael edrychodd i fyw llygaid Math am eiliad cyn eu dilyn yn frysiog gan ei adael yno ar ei ben ei hun. Caeodd Math ei lygaid yn araf, gan fod cwsg bron â'i lethu. Yna agorodd hwy'n sydyn pan glywodd y drws yn agor yn araf.

"Na, na," gwaeddodd yn wyllt wrth iddo weld y bom-llaw yn rhowlio tuag ato.

Cododd Math fel mellten a neidio drwy'r ffenest wrth i'r bom ffrwydro mewn cawod o gerrig a thân.

"Olaf?" gwaeddodd nerth esgyrn ei ben, ac yna roedd Mason wrth ei ochr.

"Y dihiryn!" gwaeddodd, gan droi oddi wrth Math a saethu i'r nos. "Almaenwr oedd o. Fe'i gwelais i o." Yna rhedodd oddi wrth Math gan danio'n wyllt.

Ysgydwodd ei ben yn araf wrth ddychwelyd, ac roedd Olaf yn dynn wrth ei gwt.

"Mae wedi dianc," meddai. "Mae'n rhaid ei fod wedi ein dilyn yn ddistaw bach. Ydach chi'n iawn, Sarjant? Be aflwydd mae'r gwylwyr yna yn ei wneud?" ychwanegodd, cyn aros am ateb, ac i ffwrdd ag ef i geryddu'r milwyr.

Roedd Math wedi ymysgwyd drwyddo ac eisteddodd yno yn yr eira, ei gefn ar weddillion un o'r muriau.

Safai Olaf yno wrth ei ymyl, â'i wyneb yn ddwys ac yn welw yng ngolau'r lleuad.

"Math," meddai'n ddistaw, ei lais yn grynedig. "Doedd yna ddim Almaenwr."

"Dim Almaenwr? Ond. . ."

"Mason a geisiodd dy ladd di, Math. Fe'i gwelais i o yn rhedeg o'r drws yna eiliad cyn y ffrwydrad."

"Capten Mason?" ebe Math yn syn. "Mason? Ond pam yn enw rheswm?"

"Wn i ddim, Math," ebe'r llall yn ddwys. "Ond o heno ymlaen mi wnaf i gadw llygad arnat ti."

"Y bradwr," ebe Math ar ei draws yn wyllt. "Wyt ti'n meddwl mai Mason a'n bradychodd, Olaf?"

Yna tawelodd y ddau wrth iddynt weld Capten Mason yn dychwelyd gyda'r gwylwyr.

Am weddill y noson honno ni symudodd Math gam oddi wrth ochr Olaf a phan ddaeth y bore taflai edrychiad ofnus i gyfeiriad Mason yn awr ac yn y man. Ond ni chymerai Mason arno fod dim o'i le. Nid oedd wedi newid o gwbl; yr oedd yr un mor sarhaus a ffroenuchel ag erioed.

Er y gwyddent fod y gelyn yn y pentrefi o gylch yr arfordir, mynnodd Olaf eu bod yn gadael y mynydd-oedd ac yn mynd tuag yno.

"Mae'r eira'n lân ar y bryniau yma," meddai. "Mae ôl ein traed ymhob man yn dweud wrth y gelyn ymhle'r ydan ni, a does neb yma a all ein helpu."

Roedd Capten Mason wedi agor ei fap ar ei lin ac yn ei astudio'n fanwl.

"Mae'n dweud y gwir," meddai toc, gan dynnu sylw'r lleill at y map. "Mi fydd llai o eira yn y dyffrynn-oedd, a digon o ôl traed i guddio'n rhai ni yn y pentrefi. Christiansen, wyt ti'n gwybod am y pentrefi yma? Mae digon ohonynt fan hyn ar hyd glan y ffiord."

Ysgwyd ei ben yn araf a wnaeth Olaf wrth syllu ar y map.

"Mae'r lle yma yr un mor ddieithr i mi ag ydi o i chwithau, Capten," meddai'n araf. "Un o'r de ydw i, nid o'r gogledd yma."

Yna, wedi meddwl yn ddwys am rai munudau, ychwanegodd, "Y peth gorau i ni ei wneud ydi mynd oddi wrth yr arfordir ymhellach i'r wlad. Ar hyd

79

glannau'r ffiord y mae'r rhan fwyaf o'r Almaenwyr.''

Unwaith eto roedd Capten Mason yn cyd-weld ag ef.

"Ac yna,'' meddai, heb dynnu ei lygaid oddi ar y map o'i flaen, "dros y ffin i Sweden.''

"Sweden?'' ebe Mason. "Ond mae milltiroedd i'w teithio cyn cyrraedd y ffin. Fe gymer ddyddiau lawer i ni.''

"Nid efo'r fyddin gudd yn ein helpu, Capten,'' meddai Olaf yn ddistaw.

Teimlodd Math ryw gyffro dieithr yn ei fron wrth iddo glywed sôn am y fyddin gudd.

"Byddin gudd Norwy,'' meddai'n isel, â'i lais yn grynedig. "Ond sut ar y ddaear...?''

Roedd chwerthiniad Mason yn ddigon sbeitlyd. "Y fyddin gudd,'' meddai yntau fel eco. "Does ond rhyw ddyrnaid ohonyn nhw yn y wlad yma i gyd. A sut, yn enw popeth, yr wyt ti am ddod i gysylltiad â nhw, Christiansen? Cerdded i'r pentref agosaf yn y lifrai milwrol yna a gofyn am gael cyfweliad â nhw? Ddywedodd neb wrthat ti mai dynion sy'n ymguddio ydyn nhw?''

"Fe wn i am fyddin gudd Norwy, Capten,'' ebe yntau'n chwyrn. "A fydd neb yn dod i gysylltiad â nhw. Ei haelodau fydd yn dod i gysylltiad â chi.''

Cipiodd y map o law Mason ac edrych arno'n fanwl.

"Mae yna rai ohonyn nhw fan hyn,'' meddai, gan bwyntio â'i fys at y map, "pentref Vervik, ychydig i'r de-ddwyrain oddi yma. Fe wn i eu bod yno, er nad wyf yn adnabod yr un ohonynt. Maen nhw wedi achosi digon o helynt i'r Almaenwyr ers tro.''

Roedd y dirmyg yn amlwg yn llygaid y Capten o hyd wrth iddynt hel eu pethau ynghyd a chychwyn yn llinell hir i lawr ochr y mynydd tua'r dyffryn islaw. Ni welsant yr un dyn byw yn unman ar y daith, a chan fod hugan wen dros bob un ohonynt, gwyddent nad oedd modd i'r gelyn eu gweld o hirbell ynghanol yr eira trwchus.

Unwaith, a hwythau wedi cyrraedd llawr y dyffryn, buont yn gorwedd ynghanol yr eira wrth i awyren fechan, â chroes ddu'r gelyn ar ei hadenydd, hedfan yn ôl a blaen uwch eu pennau.

''Mae'r dihirod yn chwilio amdanom ni,'' ebe Olaf, ac atgasedd yn llenwi ei lygaid, a'i ddwylo'n dynn am ei wn.

''Paid â bod yn ffŵl,'' gwaeddodd Mason arno, wrth ei weld yn anelu'n ofalus at yr awyren a oedd yn hofran uwch eu pennau fel cudyll uwchben llygoden. ''Fedri di byth ei tharo â hwnna. Wnei di ddim ond dangos iddyn nhw ein bod ni yma.''

Rhoddodd y gwn i lawr yn araf, a buont yn swatio yno, â'u calonnau yn eu gyddfau, nes i'r awyren ddiflannu'n ysmotyn du ar y gorwel.

''Mae'n amlwg eu bod nhw ar ein trywydd ni,'' ebe Capten Mason wrth godi ar ei draed a rhwbio'r eira mân oddi ar ei ddillad. ''Gwnewch yn siŵr fod y gynnau yna'n barod i danio, a chadwch eich llygaid yn agored.''

Daeth yr awyren, neu un gyffelyb iddi, yn ei hôl ddwywaith yn ystod y prynhawn hwnnw, a gwastraffwyd rhagor o amser yn ymguddio yn yr eira. Yna, pan oedd yr haul yn dechrau cochi wrth suddo dros y myn-yddoedd, daethant at ffordd, ac roedd oerni'r hwyrnos eisoes yn rhewi'r ychydig eira a oedd arni. Roedd yn llawer rhwyddach cerdded ar yr eira caled, ac er bod sŵn eu traed yn clecian arno, mentrodd Olaf ar ei hyd a'r wyth arall yn ei ddilyn, yn ddigon petrusgar i ddechrau, ac yna, wrth i fwy o hyder ddod i'w calonnau ac wrth i'r caddug guddio'r wlad oddi amgylch, yn llawer cyflymach.

Unwaith yn unig y bu'n rhaid iddynt neidio i ffos ddofn ar ochr y ffordd wrth i sŵn modur nesáu. Gor-weddai pawb yno ar y rhew caled â'u hanadl yn gymylau o'u cwmpas, wrth i lori, a oedd yn llawn o filwyr, fynd heibio. Ond wrth iddynt glywed sŵn canu hapus yr Almaenwyr yn diasbedain i'r nos, gwenodd Olaf.

"Dydyn nhw ddim yn chwilio amdanom ni, mae'n amlwg," meddai gan helpu Math i ddringo ochr lithrig y ffos. "Mae'n rhaid na welodd yr awyren yna monom ni."

Cododd cryman o leuad felen i oleuo'r ffordd iddynt cyn hir, a brysiodd Olaf ei gamau, gan annog y lleill i wneud yr un modd.

"Mae'n rhaid i ni chwilio am le i gysgu heno," meddai. "Fedrwn ni ddim cysgu allan yn yr eira bob nos."

Stopiodd pawb fel un gŵr pan glywsant sŵn ci yn udo rywle yn y pellter.

"Fferm," ebe Olaf yn isel. "Mae yna fferm yn rhywle heb fod ymhell."

Tynnodd y gwydrau nerthol o'i fag a syllu drwydd-ynt i'r nos. Yna, eu rhoi i Math ac amneidio tua'r pellter. Ni allai Math weld dim ond llwydni'r eira ymhobman am ychydig. Yna gwelodd y cysgod duach, a rhoddodd y gwydrau'n ôl i Olaf.

"Fferm," meddai fel carreg ateb. "Wyt ti'n meddwl ei bod yn ddiogel, Olaf?"

Cododd y llall ei ysgwyddau. "Rhaid i ni fod yn ofalus, dyna'r cyfan," sibrydodd.

Aethant yn fwy gwyliadwrus nag erioed wrth i adeiladau'r fferm godi'n gysgodion duon o'u cwmpas. Bellach nid oedd sŵn o gwbl ond sŵn cwynfan isel y gwynt wrth iddo godi'r eira mân yn gymylau yn y caeau o'u hamgylch, a sŵn llafurus eu hanadlu yn yr oerni. Cerddasant yn ofalus ar flaenau eu traed ar hyd y rhew caled ar ganol y ffordd ac yna oedodd Olaf, a'r wyth arall yn oedi ar yr un pryd fel petai pawb ohonynt yn bwpedau ar yr un llinyn.

Amneidiodd y Llychlynwr i gyfeiriad adeilad uchel ychydig bellter oddi wrth weddill adeiladau'r fferm. "Y sgubor," sibrydodd wrth glust Math. "Cymer ofal, a dim un smic o sŵn cofia."

Aethant at y drws cyn ddistawed â llygod, a diolch i'r drefn ei fod yn wynebu oddi wrth y tŷ. Gwichiai'n uchel wrth i Olaf ei agor yn araf ond ni chlywyd yr un sŵn o'i fewn ar wahân i sŵn llygoden fawr yn crafu rywle yn y trawstiau.

Ymbalfalodd Olaf ei ffordd i mewn, y lleill yn ei ddilyn yn ofalus, ac er mor fain oedd y gwynt, teimlai Math y chwys yn llifo'n gynnes i lawr ei wyneb. Roedd cyn dywylled â'r fagddu yn y sgubor wedi i'r drws gau o'u holau.

"Rydw i am fentro goleuo matsen," sibrydodd Olaf. "Byddwch yn barod â'r gynnau yna."

Gwasgai Math garn ei wn yn dynn wrth i fflach sydyn y fatsen oleuo'r adeilad. Dim ond chwarter munud o oleuni ac yna'r tywyllwch yn dduach nag erioed, ond roedd eu llygaid wedi gweld y cwbl.

"Ble well? Mae fel plas y brenin." Clywodd Math lais Olaf rywle o'r tywyllwch â thinc o hapusrwydd ynddo.

Caeodd Math yntau ei lygaid yn dynn a gwelodd yr olygfa oddi mewn i'r hen sgubor yn ei feddwl eto, cyn blaened â phe byddai rhywun wedi ffrydio'r lle â goleuni llachar. Gwyddai nad oedd yno fawr ddim ond ychydig o sachau'n llawn gwenith neu datws neu faip, a hen lori na fu ar y ffordd ers y dyddiau cyn y Rhyfel, yn ôl y we pry cop a'i gorchuddiai fel amdo, ar y llawr isaf. Ond ar y llawr uchaf, a ymestynnai fel pig cap dros hanner yr sgubor, roedd gwellt glân a'i arogl yn llenwi ei ffroenau wrth iddo graffu i'r tywyllwch.

"Dyma hi, fan hyn." Clywyd llais Olaf yn galw arnynt wedi iddo roi ei law ar yr ysgol bren a arweiniai at y gwellt.

Dilynodd Math sŵn ei lais, un o'r lleill yn gafael yn dynn wrth gynffon ei gôt, ac yna wedi rhoi ei law ar risiau'r ysgol, dringodd yn ofalus nes teimlo'r gwellt yn cau amdano'n gynnes, yn gynhesach ac yn esmwythach na'r un flanced ar yr un gwely y bu'n cysgu ynddo erioed.

Wedi i Gapten Mason drefnu fod un ohonynt i wylio bob eiliad o'r nos, syrthiodd Math i gwsg difreuddwyd. Roedd yr holl gyffro a'r ymdrech galed i gerdded drwy'r eira wedi ei flino'n fwy nag a dybiai, ac er ei fod yn ddigon newynog roedd cwsg yn felysach, ac ni chwiliodd am y darn siocled caled a oedd yn ei fag cyn cysgu, fel ag y gwnaethai'r lleill.

Roedd yn fore bach, a'r awyr yn dechrau llwydo cyn codiad haul, pan deimlodd Olaf yn ei ysgwyd yn ysgafn.

"Be . . . be . . . ?" Rhuthrodd Math am ei wn ac yna gwenu pan sylweddolodd ymhle'r oedd, a digwydd-iadau'r diwrnod cynt yn dod yn ôl iddo'n fyw.

"Dy dro di i wylio, Math," ebe'r llall. "Mae'n well i ti ddeffro pawb pan fydd y wawr yn torri. Rhyw hanner awr eto."

Roedd yn ddigon golau eisoes iddo weld y wlad o'i amgylch pan graffai drwy'r tyllau rhwng prennau'r hen sgubor. Ar un ochr i'r adeilad doedd dim ond y caeau yn ymestyn tua'r mynyddoedd ar y gorwel. Aeth Math i'r ochr arall, a gwynt main y bore bach yn tynnu dŵr o'i lygaid wrth iddo graffu drwy'r twll ar y fferm islaw.

Fferm fechan ydoedd ac nid oedd dim byd anghyff-redin yn ei chylch. Ond yr hyn a wnaeth i'w galon gyflymu oedd gweld y pentref yn y pellter.

"Vervik," ebe Olaf yn isel wrth ei ysgwydd. "Fe fydd rhywun i'n helpu fan acw."

"Wyt ti'n siŵr eu bod yno, Olaf?"

Chwarddodd Olaf yn ddistaw. "Mae yna gann-oedd yn perthyn i'r fyddin gudd ar draws ac ar led y wlad yma, Math," meddai. "Maen nhw'n siŵr o fod yna, paid ti â phoeni am hynny."

Clywyd sŵn drws yn agor oddi tanynt yn rhywle, ac wedyn sŵn dyn yn pesychu.

Gwasgodd Math garn y gwn yn dynn wrth iddo weld y ffermwr, gŵr canol oed, digon tlawd yr olwg arno, yn dod drwy ddrws y ffermdy â bwced ar ei fraich, ac yn anelu am y sgubor.

"Olaf," sibrydodd yn wyllt, a'i lais yn gryg.

Rhoddodd Olaf ei fys ar ei wefus fel arwydd iddo fod yn ddistaw. Yna cododd ei wn o'r gwellt wrth ei ochr ac aeth i eistedd wrth ben yr ysgol, â'i wn yn anelu at ddrws y sgubor islaw.

Teimlai Math ei galon fel pe bai'n curo dros yr holl wlad wrth iddo sefyll yno wrth ysgwydd Olaf. Agorodd drws y sgubor, pesychodd y ffermwr eto wrth iddo ddod i mewn i'r adeilad, â blaen gwn Olaf yn ei ddilyn bob cam o'r ffordd. Ond nid edrychodd y gŵr i fyny unwaith. Agorodd geg un o'r sachau, llenwi'r bwced â'r gwenith ohoni cyn cau ei cheg yn ôl yn dynn, a mynd allan gan gau'r drws ar ei ôl.

"Mae'n bryd i ni symud," ebe Olaf, gan fynd drwy'r gwellt a rhoi cic ysgafn i bob un o'r lleill i'w dihuno.

Rhoddodd ei fys ar ei wefusau i'w rhybuddio i fod yn ddistaw. "Amser cychwyn," meddai'n isel. "Mae'r ffermwr yn y beudy acw. Mi fydd. . ."

Oedodd yn sydyn wrth iddo glywed sŵn traed yn clindarddach ar yr eira caled.

Rhuthrodd Math at y twll yn y wal, a gwelwi.

"Olaf, Mason!" meddai'n wyllt.

Ond roedd y ddau wrth ei ysgwydd eisoes yn welw gan ofn.

"Almaenwyr," ebe Olaf yn floesg wrth iddo weld y ddau filwr arfog yn cerdded i mewn i'r tŷ fferm.

"Wel, maen nhw'n chwilio am rywun, a does dim angen gofyn am bwy," ebe Capten Mason yn ddistaw.

Edrychodd Math o'i gwmpas yn wyllt ond gwyddai nad oedd gobaith ganddynt i ddianc heb i'r milwyr eu gweld.

"Dan y gwellt, brysiwch!" cyfarthodd Capten Mason. "A'r gynnau yna'n barod. Brysiwch, maen nhw'n dod o'r tŷ."

Nid oedd angen dweud eilwaith. Diflannodd pob un ohonynt i'r gwellt, fel llygod yn gwibio am noddfa,ac yno y gorweddent, gan anadlu'n drwm. Toc clywsant ddrws y sgubor islaw iddynt yn agor, ac wedyn sŵn chwerthin y ddau filwr wrth iddynt rwygo'r sachau â'u bidogau ac edrych ar yr hen lori. Bu bron i Math â gweiddi mewn dychryn pan glywodd un ohonynt yn dringo'r ysgol. Roedd bron â mygu dan y gwellt, ac roedd y llwch yn crafu pen draw ei wddf, gan fygwth codi peswch arno, wrth iddo glywed sŵn y fidog yn gwanu'r gwellt o'i gwmpas. Caeodd ei lygaid gan ddisgwyl teimlo blaen miniog yr arf yn suddo i'w gorff. Ond yna daeth cyffro o'r gwellt wrth ei ochr, bloedd sydyn o ofn o enau'r milwr, ac yna'r holl adeilad yn atseinio i sŵn gwn-sten Olaf Christiansen.

Cododd Math ar amrantiad, a'r gwellt yn hanner ei orchuddio. Safai Olaf wrth ei ochr, y gwn yn cyfarth yn ddi-stop yn ei law, a'r milwr, â'i ddwylo yn gwasgu i'w stumog, yn baglu ar draws yr ysgol cyn syrthio a diflannu o'i olwg i'r llawr islaw.

Cipiodd Olaf wn Math o'i law wrth i'w un ef wagio. Ar un naid roedd ar ben yr ysgol yn ysgubo'r llawr isaf â'i fwledi eirias. Erbyn i Math ei gyrraedd, roedd y ddau filwr yn gorwedd yn llonydd ar y llawr, a phobman yn ddistaw eto heb sŵn ond sŵn dŵr yn diferu'n araf o drwyn yr hen lori wedi i fwledi Olaf ei thyllu fel gogor.

Roedd wyneb Capten Mason yn glaerwyn mewn tymer.

"Y dihiryn," gwaeddodd yn wyneb Olaf. "Yr adyn. Rwyt ti wedi ein dedfrydu ni i farwolaeth."

"Doedd dim arall y gallwn i ei wneud," ebe Olaf yn ddistaw, gan daflu gwn Math yn ôl iddo, a chodi ei wn ef ei hun o'r gwellt a'i ail-lenwi. "Eiliad arall a byddai'r milwr yna wedi rhoi ei fidog yn un ohonom ni. Doeddet ti ddim yn disgwyl i mi eu dwyn yn garcharorion debyg?"

"Mi fydd pob Almaenwr yn y wlad yma yn chwilio amdanom ni rŵan," gwaeddodd Mason yn ei wyneb. "Be wyt ti'n 'i feddwl fydd yn digwydd pan fydd yr Almaenwyr yn sylweddoli fod y ddau yna ar goll?"

Ond trodd Olaf ei gefn arno a dringo i lawr yr ysgol yn araf.

"Felly mae'n well i ni ei chychwyn hi oddi yma ar unwaith," meddai, gan droi un o'r milwyr â'i droed. "Does dim amser i'w wastraffu."

Trodd i wynebu'r drws yn sydyn wrth weld y ffermwr yn sefyll yno â'i geg yn llydan agored, a'i weflau fel y galchen.

"Dim un smic o sŵn, gyfaill," cyfarthodd Olaf gan anelu'r gwn ato.

Yna aeth y tu ôl iddo, rhoi hergwd galed iddo i mewn i'r ysgubor a chau'r drws yn dynn.

"Faint ohonyn nhw sydd yna?" gwaeddodd yn wyneb gwelw'r ffermwr. "Faint? Brysia!"

"Dim ond y ddau yma," ebe yntau â llais crynedig wrth iddo weld y gweddill o'r dynion yn anelu eu gynnau ato. Ni allai Math beidio â theimlo tosturi tuag ato, ond nid oedd mymryn o gydymdeimlad yn llais Olaf Christiansen.

"Pwy a'u hanfonodd yma?" gwaeddodd eto, gan godi ei wn yn fygythiol.

"Wn i ddim. Ar fy llw, wn i ddim," crefodd y llall, a'r olwg ar ei wyneb yn ddigon i argyhoeddi unrhyw un ei fod yn dweud y gwir. "Fel hyn y maen nhw'n dod bob amser, yn y bore bach neu yn nhrymder nos, i chwilio'r lle."

Yna dechreuodd wasgu ei ddwylo yn ei gilydd, a gwneud sŵn wylo, wrth edrych ar y ddau filwr llonydd ar lawr y sgubor.

"Bydd yr Almaenwyr yn fy nghrogi i am hyn," llefodd. "A'm teulu? Beth am fy nheulu i?"

"Fydd y gelyn byth yn dod o hyd i'r ddau yma, gyfaill," ebe Olaf ac yna ychwanegodd yn gyfrwys, "ond mae gennyt ti fwy i boeni yn ei gylch na dau Almaenwr. Rydan ni'n perthyn i fyddin gudd Norwy. Mae'r gelyn felltith ar ein holau ni ac roedden ni ar ein ffordd adref cyn i ti ddod â'r dihirod yma ar ein gwarthaf ni."

Rhuthrodd y ffermwr i fraich Olaf, a'r ofn yn ymddangos yn waeth nag erioed yn ei wyneb.

"Dod yma ar eu hynt fel ag y maen nhw'n mynd i bob fferm yn yr ardal yma wnaethon nhw," meddai'n floesg, a'i lais yn codi mewn dychryn. "Rydw i cystal Norwyad â neb. Fyddwn i byth yn dweud wrth y gelyn. Ewch rŵan!" Ceisiodd wenu a mynd tua'r drws. "Mi fyddwch ymhell oddi yma cyn i'r awdurdodau sylweddoli fod dau filwr ar goll a . . ."

Neidiodd Olaf rhyngddo a'r drws yn gyflym a phwyso'r gwn yn erbyn ei stumog.

"Er mwyn i ti gael cyfle i'n bradychu ac anfon y gelyn ar ein holau?" gofynnodd yn chwyrn.

Agorodd ceg y llall i brotestio ond ni ddaeth yr un gair ohoni. Roedd fel pe bai wedi ei barlysu gan ofn.

"Ewch â'r ddau yna allan a'u cuddio'n rhywle," ebe Olaf wrth bedwar o'r milwyr, mor ddidaro â phe byddai yn eu gorchymyn i fynd allan i chwarae yn yr eira.

"A thithau," meddai, gan afael yng ngholer y ffermwr yn dynn a'i dynnu yn nes ato. "Mae angen dillad arnom ni. Dillad cyffredin ffermwyr."

Caeodd llygaid y ffermwr yn dynn. "Naw o ddyn-ion," meddai'n isel. "Wyddoch chi ddim sut y mae pethau yn Norwy heddiw dan y gelyn? Does gen i ond un siwt ers y blynyddoedd cyn y Rhyfel, a'r carpiau yma sydd amdana i. Ymhle ar y ddaear y galla i gael dillad i naw o ddynion?"

"Dy fusnes di ydi hynny," ebe Olaf wrtho, ac yna, gan orchymyn y lleill i wylio'r ffermwr, aeth i gyfeir-iad y ffermdy ar ras.

Dychwelodd toc gan wthio gwraig y ffermwr o'i flaen. Roedd mwy o ddychryn yn ei hwyneb na hyd yn oed yn wyneb ei gŵr, a phan welodd y Comando yn cario'r ddau filwr allan drwy ddrws y sgubor, dechreuodd sgrechian nerth esgyrn ei phen. Trawodd Olaf hi ar draws ei hwyneb i'w thawelu ac yna, tra bu hi'n wylo'n ddistaw ar y llawr, meddai, ac ychydig o dosturi yn ymwthio i'w lais, "Mae'n ddrwg gen i, gyfeillion. Norwyad fel chwithau ydw innau, ond mae bywydau llawer o bobl yn y fantol."

90

"Ti," ychwanegodd, a'r caledwch yn ôl yn ei lais, gan bwnio'r ffermwr â'i wn. "Beth am y dillad yna?"

"Ond does gen i ddim . . ." dechreuodd yntau gwyno eto. "Fe gewch y rhain a. . ."

"Mae gen ti ffrindiau yn y pentref, debyg?" ebe Olaf ar ei draws.

Yna gwthiodd ef drwy'r drws. "Mae'r wraig yn aros yma," meddai, gan ruthro i'w braich a'i rhwystro wrth iddi geisio brysio ar ôl ei gŵr. "Os byddi di yn ein gwerthu ni i'r gelyn, fydda i ddim yn petruso cyn pwyso'r glicied yma. Wyt ti'n deall?"

Gwyliodd Math y ffermwr yn brysio tua'r tŷ, ac yna'n dod allan gan wthio beic digon hynafol yr olwg arno, ac er yr holl rew a oedd ar y ffordd, ymaith ag ef ar ei gefn yn ddibetrus tua'r pentref. Gwaedai ei galon drosto a thros y wraig a barhâi i wylo'n hidl yn y sgubor. Yna, gan orchymyn Mason a'r lleill i'w gwylio'n ofalus, aeth Olaf allan gan amneidio ar Math i'w ddilyn.

"Oedd raid i ti fod mor gas?" Roedd llais Math yn chwyrn wrth iddo ddilyn y Llychlynwr drwy oerni'r bore tua'r beudy, lle'r oedd un fuwch yn brefu am ei godro.

Eisteddodd Olaf ar y stôl drithroed a adawodd y ffermwr mor ddisymwth pan glywodd sŵn y saethu, pwysodd ei ben ar ochr gynnes y fuwch a dechrau ei godro. Roedd sŵn y llaeth wrth iddo chwistrellu i'r bwced yn dod ag atgofion melys am ei blentyndod yn ôl i Math.

"Mae'r Rhyfel yma'n gwneud anifeiliaid ohonom i gyd," ebe Olaf yn ddistaw. "Ond mae'n bywydau ni i gyd yn y fantol, cofia. Fedrwn i wneud dim arall."

"Ond nid y gelyn ydi'r ffermwr yna," gwaeddodd Math. "Un o'th bobl di ydi o, Olaf. A doedd dim rhaid i ti ddychryn cymaint ar ei wraig o."

"Math, Math," ebe yntau, â rhyw dristwch dieithr yn ei lais. "Dyma'n hunig obaith ni, y wraig yna. Fe fydd hi'n cadw'r ffermwr yna rhag ein bradychu ni. Wnaiff o ddim byd o'i le tra bydd ei wraig yn ein dwylo ni. Ac mae digon o fradwyr yn Norwy, cofia. Fe wnaiff ambell ddyn unrhyw beth i achub ei fywyd ef ei hun."

Yna cododd a rhoi'r bwced ar y llawr yn y gornel cyn mynd ati i fwydo'r fuwch mor ddeheuig â phe bai wedi bod yn ffermwr erioed.

"Dyna'r unig ffordd o adael i'r fyddin gudd wybod ein bod ni yma, Math," meddai. "Ychydig efallai sy'n perthyn iddi, ond mae pawb yn gwybod amdani, ac os yw'r ffermwr yna yn dweud y gwir amdano'i hun, yna mi fydd ein hanes ni'n siŵr o gyrraedd clust-iau cyfeillion."

"Ac os ydi o'n fradwr?"

"Y wraig, Math. Bydd hynny'n ddigon i gadw ei geg ar gau," atebodd yntau, gan fynd ar draws y buarth yn ôl tua'r sgubor.

"Cer â'r wraig yna i'r tŷ a gad iddi wneud ei gwaith," meddai wrth un o'r milwyr wedi iddynt gyrraedd. Yna dringodd yn ôl i ganol y gwellt ac eistedd yno'n dawel cyn ychwanegu, "Allwn ni wneud dim yn awr ond aros a gobeithio."

Buont yn disgwyl yn hir, a Chapten Mason yn cerdded yn ôl a blaen yn ddi-baid, gan wylltio'n gacwn a chicio'r gwellt weithiau oherwydd i Olaf beidio â chydsynio ag ef i ddianc cyn i'r ffermwr ddychwelyd.

Roedd y cysgodion yn hir ar yr eira, ac ambell bluen wen yn chwyrlïo heibio i ddrws y sgubor pan glywsant sŵn gwichiadau olwynion y beic yn dychwelyd. Aeth Olaf i lawr yr ysgol fel mellten.

"Ble buost ti mor hir, y gwalch?" gofynnodd wrth i'r ffermwr ddod trwy'r drws a gollwng pentwr o hen ddillad ar y llawr wrth ei draed.

"Roedd yn anodd," meddai, gan edrych o'i amgylch yn ofnus.

"Dillad bwgan brain ydi'r rhain," ebe Olaf gan ddal crys tyllog rhyngddo a'r ychydig olau a ddeuai drwy'r drws o gyfeiriad y machlud.

"Mae'n ddrwg gen i," ymddiheurodd y ffermwr. "Ond mae pobl yn dlawd yma. Does dim i'w sbario ganddynt. Dim ond digon o ddillad i bedwar sydd yna..."

"Digon i bedwar?" bloeddiodd Olaf yn ei wyneb. "Digon i bedwar?"

"Ond fe af i chwilio am fwy yfory," ebe'r llall. Yna arhosodd ar ganol ei frawddeg a thorrodd gwên lydan ar draws ei wyneb.

"Paid ti â gwneud ffŵl ohona i, yr adyn," dechreuodd Olaf yn wyllt.

Yna fferrodd ei waed wrth iddo glywed y llais o'r drws.

"Gollyngwch yr arfau yna, y dihirod!" meddai gŵr bychan a safai yn yr agoriad â gwn otomatig yn ei ddwylo.

"Paid ti â meiddio, lanc," ychwanegodd wrth i Olaf godi ei wn. "Mae fy nynion i o amgylch y sgubor yma ac mae deg o ynnau yn anelu atoch chi."

Wrth iddo ollwng ei wn i'r llawr, edrychodd Math o'i amgylch a gwelai ffroenau gynnau yn anelu ato drwy'r tyllau yng nghoed muriau'r sgubor. Yna, wedi i bawb ohonynt ollwng ei arf, daeth y gŵr bychan i mewn i'r ysgubor, a dau arall yn dynn wrth ei gwt yn chwifio'u gynnau yn fygythiol.

Tra bu'r ddau'n cadw Olaf a'i wŷr â'u dwylo ar eu pennau, aeth yr arweinydd drwy eu pocedi yn gyflym. Yna wedi sicrhau nad oedd mwy o arfau gan-ddynt, amneidiodd tua'r drws.

"Allan, y dihirod," cyfarthodd, gan roi pwniad brwnt i Math yn ei gefn i'w frysio. "A dim un cam o'i le neu fe fyddwch wedi eich claddu yn yr eira yma cyn nos."

Aethpwyd â hwy i'r ffermdy lle'r oedd y wraig eisoes wedi ei rhyddhau.

Nid oedd yn ffermdy mawr, a chan fod y naw wedi eu gwthio i gongl yr ystafell, nid oedd llawer o le i'r dynion eraill.

"Pwy ydach chi?" cyfarthodd yr arweinydd yn wyneb Olaf.

Ond camodd· Capten Mason tuag ato yn ddigon dewr.

"Capten Mason o'r Comando," meddai'n gadarn. "Fy nynion i ydi'r rhain. Fe'n gollyngwyd ni wrth barasiwtiau ddoe i ymosod ar orsaf radio gyfrin-achol Galdanger."

Edrychodd y llall i fyny arno am eiliad. Yna cododd ei law a'i daro'n galed ar draws ei wyneb.

Ni symudodd Mason. Fflachiodd gwylltineb o'r llygaid oeraidd am eiliad fer ond safai yno'n hollol lonydd gan edrych yn syth o'i flaen.

"Mae'n dweud y gwir," ebe Olaf yn ddistaw. "Un o'r wlad yma fel tithau ydw innau, wedi dianc i ymladd dros fy ngwlad. Mae'n gwaith ni yma yn gyfrinachol ond paid â cheisio dweud na wyddost ti am yr ymgyrch ar y plas ddoe."

Cododd y gŵr bychan ei ysgwyddau. "Dydi hynny ddim yn profi mai ar ffo oddi yno yr ydach chi," meddai. "Mae'r gelyn yn ceisio dod o hyd i'r fyddin gudd mewn llawer dull a modd. Pwy ydach chi?"

"Mae'r lifrai yma'n dweud pwy ydan ni," ebe Mason, a rhyw dinc o gweryl yn ei lais. "Ac mae'r ddau Almaenwr a saethwyd yn y sgubor yna yn profi nad y gelyn ydan ni."

Chwarddodd y llall yn ei wyneb. "Gwrando di arna i, lanc," meddai, a'r gwn yn dechrau chwifio'n fygythiol eto. "A gwrando di'n astud. Fe wnaiff y gelyn unrhyw beth i'n dal ni. Fis yn ôl daethom o hyd i ddau awyrennwr o Brydain yn y mynyddoedd. Roedd y ddau wedi disgyn wrth barasiwt ar ôl i'w hawyren ddisgyn mewn ymgyrch awyr. Roedden nhw'n cuddio yn y bryniau acw yn disgwyl i'r fyddin gudd ddod i'w hachub. Ond Almaenwyr oedden nhw, yn ceisio cael gwybod pwy oedd dynion y fyddin gudd yn y pentref yma. Roedden nhw hefyd yn gwisgo'r lifrai iawn ac fe saethon nhw Almaenwr er mwyn argyhoeddi ein dynion ni eu bod yn dweud y gwir. Ond wedi i ni anfon neges radio i Lundain a chael gwybod fod y ddau ŵr, yr oedden nhw'n

95

defnyddio'u henwau, wedi eu lladd ers wythnos, yna . . .''

"Neges i Lundain? Radio?'' Daeth cyffro a gwên i lygaid Mason. "Ond mi fedrwch gael sicrwydd pwy ydan ni felly.''

"Rydan ni wedi anfon neges eisoes, gyfaill,'' ebe'r arweinydd, a mwy o fygythiad nag erioed yn ei lais. "Disgwyl am eu hateb yr ydan ni'n awr ac os ydach chi'n dweud celwydd, dyma'r noson olaf i chi ar y ddaear yma. Gwnewch yn fawr ohoni, gyfeillion,'' ychwanegodd, gan droi ei gefn arnynt a mynd trwy'r drws.

Daeth gweddill y dynion i mewn ac aethpwyd â'r milwyr Comando allan fesul un. Wrth i un o'r Norwyaid arfog arwain Math drwy'r drws, rhedai'r chwys yn oer i lawr ei gefn. Roedd arno ofn rhoi'r un cam o'i le ac aeth fel oen bach o flaen y gŵr ar draws y caeau tua'r pentref.

Nid oedd neb yn unman, a heb Olaf Christiansen wrth ei ochr, teimlai'n unig ac yn ddiamddiffyn. Yna wedi cyrraedd tŷ bychan mewn rhes o rai cyffelyb, gwthiodd y gŵr ef drwy'r drws, trwy gegin lle'r oedd y teulu'n bwyta wrth y bwrdd heb gymryd y sylw lleiaf ohono, ac yna i lawr grisiau cerrig, culion ym mhen pellaf yr ystafell. Wedi iddynt gyrraedd seler fechan o dan y tŷ, goleuodd y gŵr gannwyll a'i rhoi mewn potel ar y llawr cyn mynd allan a chau'r drws yn dynn ar ei ôl.

Clywodd Math sŵn y clo yn troi, a gwyddai nad oedd gobaith iddo ddianc. Oni bai am hen fatras wely fudr, nid oedd dodrefn o gwbl yn yr ystafell. Aeth i eistedd arni a gwylio'r cysgodion yn dawnsio ar hyd y muriau cerrig llaith, wrth i'r awel chwythu o dan y drws ar fflam y gannwyll.

Yno y bu drwy'r nos honno a'r dydd dilynol. Collodd bob syniad am rediad amser, ac er i'r gŵr a'i carcharodd ddod â bwyd a diod iddo, nid oedd gan Math syniad pa un ai brecwast ynteu swper ydoedd. Pan ddaeth y gŵr yno am y drydedd waith roedd gwahaniaeth mawr yn ei ymddygiad. Agorodd y drws led y pen a gwenai ar Math wrth afael yn ei fraich a'i godi ar ei draed.

"Amser mynd, gyfaill," meddai gan fynd drwy'r agoriad ac wrth iddo ei ddilyn, sylwodd Math fod y gwn yn hongian ar ei ysgwydd bellach ac nid yn ei ddwylo fel cynt.

Roedd yn dechrau nosi wrth iddynt fynd allan i'r stryd. Aeth y gŵr i mewn i sied bren a oedd wrth ochr y tŷ, a thynnu dau feic oddi yno. Arhosodd nes bod Math yn eistedd ar un ohonynt ac yna dringodd yntau ar y llall ac ymaith â'r ddau allan o'r pentref, y Norwyad yn gyrru'n wyllt a Math yn ymdrechu'n galed i'w ddal.

Wedi rhyw hanner awr o deithio caled, nid oedd hanner cymaint o eira ar y ddaear, a gallai Math deithio'n llawer cyflymach. Yna i ffwrdd â hwy ar draws caeau nes cyrraedd coedwig fechan o goed pîn ymhell o olwg pob tŷ a phentref. Yno mewn llannerch ynghanol y coed roedd gweddill y dynion yn disgwyl amdanynt.

Rhedodd Olaf at Math ac ysgwyd ei law fel pe bai heb ei weld ers blynyddoedd.

"Roeddwn i'n dweud wrthat ti y byddai'r fyddin gudd yn ein helpu," gwenodd. "Mae'r awdurdodau

97

yn Llundain wedi eu hargyhoeddi ein bod yn dweud y gwir.''

Taflodd un o'r dynion fwndel o hen ddillad ar y llawr a'u gorchymyn i'w gwisgo, ac wedi iddynt newid i'r carpiau, aeth â'r dillad milwyr oddi arnynt. Yna taflodd yr arweinydd ei wn-sten yn ôl i Math.

''Mae'n ddrwg gen i orfod eich dychryn y noson o'r blaen,'' meddai'n ddigon tyner. ''Ond allwn ni ddim bod yn rhy ofalus yn y busnes yma. Mae gormod o elynion o'n cwmpas.''

Yna, wedi galw pawb ynghyd a rhoi mwy o arfau iddynt, safodd o'u blaenau yno yng ngolau'r lleuad, a'r gwynt yn suo'n ysgafn yn y brigau uwch ei ben.

''Maen nhw'n anfon awyren ysgafn yma ymhen hanner awr,'' meddai'n ddistaw.

''Awyren ysgafn? Ond mae'n rhy bell i awyren ysgafn ddod yr holl ffordd i Norwy,'' ebe Math ar ei draws, â rhyw anesmwythder yn gymysg ag amheuaeth yn llenwi ei galon. ''Fedr awyren ysgafn. . .''

''Mae'n dod o Sweden,'' ebe'r gŵr.

''Ond dydi Sweden ddim yn ymladd.''

''Mae'r fenter yma mor bwysig yn ôl yr awdurdodau yn Llundain,'' ebe'r gŵr bychan, ''nes eu bod am fentro anfon awyren o Sweden yma i'ch cyrchu adref. Mae angen Sarjant Ifans arnyn nhw yn Llundain ar unwaith, ac mae mynd tua'r ffin yn cymryd gormod o amser yn eu tyb. Felly maen nhw am fentro anfon awyren ysgafn yma ac yna ei glanio yn Sweden â chymorth y Gwasanaeth Cudd yno, a'i rhoi ar long i fynd adref.''

Aeth Math gam yn nes pan alwodd y gŵr ei enw eto. ''Fi ydi Sarjant Ifans,'' meddai'n araf.

"Rwyt ti'n ddyn go bwysig yng ngolwg yr awdur-dodau," ebe'r llall, gan edrych arno'n fanwl. "Maen nhw am dy gael di'n ôl, doed a ddelo. Ti sydd i ddych-welyd, ynghyd ag un arall. Dim ond digon o le i'r peilot a dau arall sydd ar yr awyren. Bydd y fyddin gudd yn mynd â'r gweddill ohonoch chi ar draws y ffin i Sweden pan ddaw cyfle, a bydd raid i chi ddod o hyd i'ch ffordd eich hun o'r fan honno."

Yna mi af i efo Sarjant Ifans yn yr awyren." Clyw-odd Math lais Capten Mason o'r gwyll o'i ôl.

Daeth chwerthiniad ysgafn o enau Olaf Christian-sen.

"Llwfrgi, Capten?" meddai, â dirmyg lond ei lais. "Gadael y gweddill o'ch dynion i achub eu bywydau eu hunain?"

Rhuthrodd Mason tuag ato'n wyllt.

"Does neb yn fy ngalw i'n llwfrgi, Christiansen," gwaeddodd, gan godi ei wn a bygwth taro Olaf ag ef. Ond cododd Olaf ei ben-glin i'w stumog, cipiodd y gwn oddi arno wrth iddo blygu mewn poen ac yna trawodd ef dan glicied ei ên, nes bod sŵn y glec yn atsain yn y brigau uwchben.

"Os wyt ti am ddianc a gadael dy ddynion," meddai'n sur, "i ffwrdd â thi. Does dim angen dynion o'r fath yn Norwy."

Cododd Capten Mason ar ei draed yn simsan. Taf-lodd un edrychiad deifiol i gyfeiriad Olaf, ac yna codi ei wn o'r eira wrth ei draed.

"Y gorchymyn a gefais i," meddai'n dawel, "cyn cychwyn ar y fenter yma oedd fy mod i ddod â Sarjant Ifans yn ôl yn ddiogel. A dyna'n union yr ydw i am ei wneud."

"Dyna ddigon," cyfarthodd yr arweinydd, â digon o awdurdod yn ei lais i ddistewi pawb. "Nawr, gwrandewch yn astud."

Safodd pawb yno ynghanol y coed, y gwynt yn rhewi'r chwys ar eu cefnau ac yn brathu'n finiog drwy'r dillad carpiog a oedd amdanynt. Yna clywsant sŵn fel su gwenyn ymhell ar y gorwel.

"Barod?" gwaeddodd y gŵr bychan, a rhedodd y dynion ar ei ôl o'r llannerch at gae bychan ar gwr y goedwig.

Wedi i dri gŵr redeg at gwr y cae â thair fflachlamp fechan, aeth yr arweinydd at Math a Chapten Mason a'u tynnu o'r neilltu.

"Bydd yr awyren yn glanio ar yr ochr bellaf i'r cae," eglurodd, "ac yn rhedeg tuag yma. Wrth iddi droi, rhaid i chi redeg a neidio i mewn iddi. Fydd dim eiliad i'w wastraffu. Deall?"

"Ydan," ebe'r ddau gyda'i gilydd.

Yna roedd dwndwr yr awyren yn union uwch eu pennau, a gallai Math ei gweld fel eryr enfawr, yn ddu yn erbyn llwydni awyr y nos. Gwelodd y tair fflachlamp yn goleuo ar y cae o'i flaen. Tri golau egwan, ond roedd yn ddigon i'r peilot. Newidiodd sŵn peiriant yr awyren ysgafn wrth iddi droi o amgylch y cae unwaith. Yna i lawr â hi. Diffoddodd y peiriant am eiliad a doedd dim sŵn i'w glywed ond sŵn y gwynt yn chwibanu o gwmpas ei hadenydd. Yna, wrth i'r olwynion redeg ar hyd y ddaear i gyfeiriad Math a'r Capten, rhuodd y peiriant eto nes eu byddaru'n lân.

"Nawr," gwaeddodd yr arweinydd nerth esgyrn ei ben.

Un cam yn unig a roddodd Math tuag at yr awyren,

ac yna daeth y fflachiadau o'r goedwig, a'r bwledi'n sboncio'n wyllt ar hyd y ddaear o'u cwmpas.

Daeth ysgrech o enau'r arweinydd. ''Y gelyn,'' gwaeddodd. ''Y gelyn. Gwasgarwch.''

Daliwyd Math a'r Capten rhwng y gelyn yn y goedwig a'r fyddin gudd ar yr ochr arall. Roedd yr awyren yn ei chychwyn ar draws y cae wrth i Math ei daflu ei hunan ar y ddaear wrth ochr Mason, a dechrau ymgripio'n ôl tua phen draw'r cae, a'r bwledi'n llinellau cochion yn yr awyr uwch ei ben.

''Ffordd hyn, brysia!'' gwaeddodd y Capten ac yna roeddynt trwy'r gwrych, a dynion y fyddin gudd o'u cwmpas eto.

Daeth bonllef o lawenydd oddi wrthynt wrth iddynt glywed sŵn yr awyren yn diflannu i awyr y nos. Ond ni theimlai Math fel bloeddio gan fod ei unig gyfle i ddianc wedi cilio.

Yna nid oedd ganddo amser i hel meddyliau. Clywodd sŵn fel sŵn carreg yn syrthio i fwced gwag o gwr y goedwig.

''Bomiau mortar,'' gwaeddodd Capten Mason wrth ei ochr. ''Pennau i lawr. Brysiwch!''

Gwasgodd Math ei hun i'r ddaear wrth iddi grynu o'i amgylch. Yna roedd y bomiau'n syrthio'n fân ac yn fuan, gan ddryllio'r gwrych yn ddarnau, a pheri i'r cerrig a'r pridd syrthio'n gawodydd o'u cwmpas, a'r dwndwr yn ddigon i ddeffro'r meirw.

''Am y bryniau, brysiwch!'' Clywodd Math lais yr arweinydd. ''Does gennym ni ddim gobaith fan hyn.''

Yna roedd llaw gref Olaf Christiansen yn gafael ym mraich Math. Cododd yntau ar ei gwrcwd, saethu

101

stribed o fwledi tua'r goedwig, ac yna rhedodd yn ei blyg ar draws y cae. Cadwai Mason ac Olaf yn dynn wrth ei gwt ac roedd mwy o gysgodion i'w gweld yn ffoi o'u cwmpas wrth i ychydig o ddynion dewr y fyddin gudd aros yn y ffos i gadw'r gelyn draw.

Drwy'r nos buont yn teithio ar draws y bryniau tua'r mynyddoedd uchel ar y gorwel a phan ddaeth y bore bach â'i gawod o eira mân i'w ganlyn, roedd dynion Mason i gyd yno, ynghyd â rhyw chwech o wŷr y fyddin gudd.

"Mae ffiord rhwng y bryniau fan acw," ebe'r arweinydd, wedi cynnull pawb ynghyd. "Mae rhagor o'n dynion ar yr ochr arall iddi. Rhaid i ni ddianc ar draws y dŵr."

Ond roedd Olaf o'i gof yn lân. Nid oedd Math erioed wedi gweld cymaint o wylltineb yn y llygaid gleision.

"Mae bradwr yn ein mysg," gwaeddodd yn wyneb yr arweinydd. "Fedri di ddim gweld hynny. Roedd yna fradwr wedi dweud wrth y gelyn ein bod ar ein ffordd i Norwy, ac yn awr hyn."

"Gad y bradwr i ni, gyfaill," oedd unig ateb y llall, a rhyfeddai Math ei fod mor ddidaro. "Rydan ni wedi arfer delio â bradwyr yn y fyddin gudd. Cyrraedd y ffiord ydi'n gwaith ni yn awr. Fe awn ni ar ôl y bradwr wedyn."

Roedd llygaid Olaf yn melltennu wrth iddo gamu tuag at Gapten Mason.

"Roeddet ti'n gwybod cystal â minnau fod yr awyren yna ar ei ffordd," meddai'n isel. "Fe ddywedodd yr arweinydd wrthym ni echdoe. Doedd neb arall yn gwybod amdani."

102

Edrychodd yntau'n sarhaus arno am eiliad, a chongl ei geg yn crynu.

"Paid ti â dechrau codi ffrae arall, Christiansen," meddai rhwng ei ddannedd, "neu. . ."

Ni chafodd gyfle i orffen gan i'r ddaear godi'n un chwydfa gymysg o bridd ac eira rhyw ganllath o'u holau.

"Y gelyn," gwaeddodd Olaf wrth i bawb ei daflu ei hunan ar y llawr.

Edrychodd Capten Mason drwy ei wydrau ac yna eu rhoi i Math. Gallai eu gweld yn glir yn y dyffryn islaw, dwy lori yn llawn o Almaenwyr arfog.

"Maen nhw ar ein trywydd ni o hyd," gwaeddodd arweinydd y fyddin gudd, ac yna i ffwrdd â hwy i fyny ochr y bryn. Roedd anadlu awyr rewllyd y bore yn boen iddynt, gan fod yr eira meddal yn mynnu glynu eu traed wrth y ddaear, a'r gwynt, wrth iddo godi eira mân o ben y creigiau geirwon, yn chwipio'n ddidrugaredd i'w hwynebau.

"Mi fydd raid iddyn nhw ein dilyn ni ar droed i'r mynyddoedd yma," gwenodd yr arweinydd wedi iddynt gyrraedd pen y bryn. "Fe fydd hynny'n arafu ychydig arnyn nhw ac yn rhoi cyfle i ni ddianc."

Edrychodd Math o'i gwmpas, ac oddi tanynt, ar yr ochr arall i'r bryn, yr oedd ffiord yn ymestyn rhwng y bryniau. Roedd ei dyfroedd tawel yn ddulas a chopaon gwyngalchog y bryniau fel pe baent wedi eu peintio arni.

"Fan acw, ar lan y ffiord," gwaeddodd yr arweinydd, gan ddangos pentref bychan a mwg cyrn y tai yn cyrlio'n ddiog i fyny i awyr y bore. "Ewch am y pentref. Bydd cyfle i ni groesi'r ffiord oddi yno."

Hanner y ffordd i lawr y bryn yr oeddynt pan glyw-
sant sŵn dieithr, sŵn a barodd i'r gwaed fferru yng
ngwythiennau Math.

"Messerschmitt," gwaeddodd wrth iddo weld yr
ysmotyn du yn yr awyr ar y gorwel.

Rhedodd pawb i gysgod y creigiau wrth i'r awyren
ruthro tuag atynt. Yna roedd fflachiadau cochion yn
wincio arni a'r bwledi'n ffrwydro ymysg y creigiau.

Cuddiodd Math ei ben yn ei ddwylo. Clywodd
ysgrech o enau un o'r dynion wrth iddo rowlio i lawr
ochr serth y bryn, a'r ddaear yn codi'n wrymiau o'i
amgylch. Yna roedd sŵn yr awyren yn diflannu yn y
pellter.

"Arhoswch lle'r ydach chi, mae'n dod yn ôl,"
clywodd lais Mason yn gweiddi arnynt. Yna roedd y
ddaear yn crynu eto wrth i'r Messerschmitt chwyrlïo
uwch eu pennau, ei chysgod yn tywyllu ochr y bryn,
a'r bwledi eirias yn syrthio'n gawodydd angheuol o'u
cwmpas.

Nid oedd gobaith iddynt symud wrth i'r awyren
droi o'u cwmpas. Ond wedi ymosod arnynt am y
bumed waith fe'i gwelsant yn diflannu dros y gorwel.

"Mae'i gynnau'n weigion," gwenodd Math, gan
godi ar ei draed. Ond syrthiodd yn ei ôl drachefn wrth
i fwled chwibanu oddi ar y graig yn ei ymyl.

Roedd rhes o Almaenwyr ar ben y bryn y tu ôl
iddynt yn rhedeg i ymguddio ymysg y creigiau.
Trodd y milwyr Comando a dynion y fyddin gudd i'w
hwynebu, ac, wrth iddo weld Olaf wrth ei ochr yn
anelu at y gelyn, daeth rhyw hyder o'r newydd i
Math. Gwyrodd yno yng nghysgod y graig a

phwyso'r glicied nes bod y gwn-sten yn sboncio'n ei ddwylo wrth iddo saethu'r bwledi tua phen y bryn.

Yna roedd y bomiau mortar yn syrthio o'u cwmpas eto, gan rwygo'r ddaear. Roedd y gelyn yn cau amdanynt yn araf ac nid oedd dim y gallai dynion y fyddin gudd a'r Comando ei wneud ond mynd i lawr ochr y bryn o'u blaenau, o graig i graig, ac oedi yn awr ac yn y man i ymladd.

"Peidiwch â mynd at y pentref yn awr," ebe'r arweinydd gan eu harwain oddi wrth y tai. "Ein brwydr ni ydi hon, nid brwydr merched a phlant."

"Ond y ffiord, fan acw," ebe Capten Mason yn syn. "Rydan ni'n mynd ar ein pennau i'r trap."

Suddodd calon Math, ac am unwaith roedd yn cyd-weld yn hollol â'r Capten. O'u blaenau'n awr doedd dim ond dyfroedd oer, tywyll y ffiord, ac o'u holau ochr y bryn, a'r gelyn yn llifo i lawr tuag atynt.

"Mi allwn ddianc wedi nos," ebe Olaf, a'r cyffro'n fflachio yn ei lygaid wrth iddo dynnu'r bin o fom-llaw bychan cyn ei hyrddio at y gelyn.

Gwylltiodd Capten Mason yn gandryll. "Nos?" gwaeddodd yn wyllt. "Mae'r nos ymhell gyfaill. Fedrwn ni byth ddal y giwed yna yn ôl tan y nos. Mi fydd mwy ohonyn nhw ar ein gwarthaf ni toc. Mae ar ben arnom. Waeth i ni roi'r ffidil yn y to ddim, neu fydd yr un ohonom ar ôl."

Aeth llygaid Olaf yn gulion wrth iddo edrych yn sarhaus ar y Capten.

"Felly y mae'n rhaid iddi fod, Capten," meddai'n ddistaw. "Fe safwn ni yma ac ymladd, nes y bydd y fwled olaf wedi ei thanio."

Yna trodd oddi wrth Mason a dechrau saethu'n

wyllt eto i ben y bryn. Toc dychwelodd yr awyren i chwistrellu'r dynion â'i bwledi.

Brathodd Math ei wefl nes bod y gwaed yn gynnes ar ei ên, mewn ymdrech i beidio â chodi a rhedeg oddi yno'n wyllt. Yna gorweddodd ar ei gefn ar y ddaear ac anelu ei wn tuag at yr awyren. Rhuodd y Messer-schmitt uwch ei ben a throi eto, nes y gellid gweld yr haul yn disgleirio ar y croesau duon ar ei hadenydd.

Yna gwelodd Math un o ddynion y fyddin gudd yn gosod ei wn yn ofalus ar graig o'i flaen gan gymryd ei amser i anelu tuag ati. Wrth i'r awyren nesáu safodd yn hollol lonydd er bod yr holl ddaear wrth ei draed yn crynu, a'i fys yn dynn ar y glicied.

Daeth pesychiad ysgafn o beiriant yr awyren, yna cwmwl o fwg gwyn yn cyrlio o'i thrwyn wrth iddi droi a throsi uwchben. Ni pheidiodd y gwn â chyfarth wrth iddi droelli dros gopa'r bryn o'u blaenau. Wedyn, cyn gynted â'i bod o'r golwg, daeth ffrwydrad uchel rywle o ochr arall y bryn a chododd colofn o fwg dudew i fyny i awyr las y bore.

''Ffyliaid,'' ebe Capten Mason yn flin wrth i ddyn-ion y fyddin gudd weiddi mewn llawenydd. ''Be ydi un awyren? Mae digon o rai eraill ar ôl ganddyn nhw.''

Roedd y gelyn ar eu gwarthaf eto, yn eu gyrru yn nes at ddyfroedd dyfnion y ffiord. Gwelodd Math hen fwthyn, a oedd bellach wedi dadfeilio'n llwyr, heb fod ymhell oddi wrtho. Ymgripiodd drwy'r creigiau tuag ato, a'r bwledi'n dawnsio o'i amgylch. Pan oedd y drws agored o'i flaen, ochneidiodd mewn gollyngdod wrth feddwl am y noddfa a gâi o fewn y muriau cerrig.

Ni theimlodd y boen yn ei ysgwydd chwith nes

106

gweld y gwaed yn llifo'n araf i lawr ei fraich ac yn cochi'r eira wrth ei draed. Ni theimlodd ddim ond trawiad ysgafn. Syllodd yn syn at dwll y fwled yn ei ysgwydd ac yna daeth hanner ysgrech o'i enau wrth iddo weld Capten Mason yn anelu ato eilwaith.

"Na, na," gwaeddodd Math yn wyllt, gan godi ei law dde at ei wyneb a chau ei lygaid yn dynn.

Clywodd glec y gwn yn atseinio yn y muriau o'i gwmpas. Wedi iddo agor ei lygaid eto, gwelai Mason yn rhuthro i'w glun ac yn rowlio ymysg y creigiau. Safai Olaf heb fod ymhell oddi wrtho, a'i wn yn mygu yn ei law. Saethodd gawod o fwledi ar ôl Mason wrth iddo syrthio o'u golwg. Wedyn, rhedodd at ochr Math, a'i wyneb yn welw.

"Roedd o . . . roedd o am fy saethu i, am fy lladd i," ebe yntau, ei lygaid yn wyllt, a'i draed fel pe baent wedi glynu wrth y ddaear. "Capten Mason. Fe geisiodd o fy lladd i."

"Chaiff o ddim cyfle i wneud eto, Math. Tyrd!" Gafaelodd Olaf yn ei fraich yn dyner a'i arwain yn ôl at y dynion eraill, gan adael Mason yn gorwedd yn llonydd yno ymysg y creigiau ar lan y ffiord.

"Does dim rhaid gofyn pwy oedd y bradwr yn awr, Math," meddai Olaf wrth roi'r Sarjant i eistedd â'i gefn ar graig uchel.

"Ond pam ceisio fy lladd i?" gofynnodd yntau, a'i lygaid yn dal yn wyllt.

Rhwygodd Olaf y crys oddi ar ei ysgwydd. "Pwy a ŵyr," meddai'n dawel, gan sychu'r gwaed oddi ar fraich Math. "Ysbïwr oedd o. Bradwr. Mae'n amlwg yn awr." Ac ychwanegodd â gwên, "Twll bwled glân. Fe fyddi fyw eto."

Wrth iddo ddechrau diolch i Olaf am achub ei fywyd, dechreuodd Math grynu fel deilen. Roedd pob cymal o'i gorff yn ysgwyd, nes i'r llall roi ei ddwylo amdano a'i godi ar ei draed.

"Aros wrth fy ochr i ydi'r peth gorau i ti," gwenodd. "Doedd y gwarchodwr a gefaist gan dy benaethiaid fawr o beth."

Roedd gwên ar wyneb yr arweinydd pan ddaeth o hyd iddynt hefyd.

"I lawr at lan y dŵr fan acw, brysiwch," meddai.

Trodd Math ei ben, ac fe'i syfrdanwyd pan welodd y cychod yn dod tuag atynt ar draws y ffiord.

"Cychod! Ond...?" dechreuodd.

"Ein dynion ni o'r ochr arall i'r ffiord," gwenodd y llall. "Maen nhw wedi gweld y frwydr o'r bryniau. Roeddwn i'n gwybod na fydden nhw'n hir cyn dod yma."

Er i Math fynnu ei fod yn ddigon cryf i gerdded, gafaelodd Olaf yn ei fraich a hanner ei gario i lawr at lan y dŵr.

"Rwyt ti'n rhy bwysig i ddim ddigwydd i ti'n awr," gwenodd wrth i'r ddau wylio'r cychod yn nesáu.

Yna, pan oeddynt ryw ddecllath o'r lan, dechreuodd Olaf, Math a milwyr y Comando symud tuag atynt wysg eu cefnau, tra oedd dynion y fyddin gudd a'r dynion o'r cychod yn chwistrellu ochr y bryn â'u bwledi i gadw pennau'r gelyn i lawr.

Er bod y boen yn llosgi yn ei ysgwydd yn awr, daliai Math y gwn-sten dan yr ysgwydd arall, a thaniai'n ddi-baid wrth i'r dŵr gyrraedd amdano. A phan deimlai na allai symud cam arall, roedd dwylo cryfion yn ei dynnu dros ochr un o'r cychod. Bu'n gorwedd yno ar ei waelod am hir cyn mentro edrych dros yr ymyl.

Roedd y ddau gwch ynghanol y ffiord eisoes, a'r bwledi'n syrthio o'u cwmpas gan yrru'r dŵr yn gawodydd bychain tua'r nen. Ond yr hyn a'i cyffroes fwyaf oedd gweld dynion y fyddin gudd yn parhau i ymladd ymysg y creigiau ar y lan.

"Maen nhw wedi bod mewn gwaeth sefyllfa lawer tro," ebe'r cychwr, wrth i Math ddechrau protestio. "Fe fyddan nhw'n siŵr o ddianc, paid â phoeni."

Ond roedd y dagrau'n ei dagu wrth iddo eu gwylio. Yna dechreuodd deimlo'n benysgafn, a gafaelodd yn ochr y cwch i'w atal ei hun rhag siglo.

"Rwyt ti'n wan, wedi colli gormod o waed," ebe Olaf, gan eistedd wrth ei ochr a chodi pen Math ar ei lin.

Ond ni chlywodd Math yr un gair. Roedd yn anymwybodol cyn i Olaf eistedd i lawr.

Pan ddaeth Math ato'i hun roedd Olaf ac un o'r milwyr yn ei godi o'r cwch ar yr ochr arall i'r ffiord. Agorodd ei lygaid yn araf. Roedd y boen yn ei ysgwydd yn waeth, a brathodd ei wefl i'w rwystro rhag gweiddi.

"Paid â cheisio symud," ebe Olaf wrtho, gan fynd ati i rwymo ei ysgwydd yn dynn â rhwymau yr oedd un o'r milwyr Comando wedi eu hestyn iddo o'r bag a oedd ar ei gefn.

Wedi iddynt rwymo ei fraich yn dynn wrth ei fynwes, teimlai'r ysgwydd ychydig yn esmwythach, er bod y chwys fel perlau ar ei dalcen o hyd wrth iddo ymdrechu i godi ar ei draed.

"Pe byddai hyn yn digwydd mewn llyfr," ceisiodd wenu wrth siglo yno'n simsan ymysg y creigiau ar lan y ffiord, "mae'n debyg y dylwn i ddweud wrthych chi am fynd yn awr, a 'ngadael i fan hyn."

Chwarddodd Olaf yn uchel.

"Paid â phoeni, Math," meddai. "Fyddwn ni fawr o dro'n dy gael di i rywle diogel. Wedyn mi gawn rywun i drin y twll bwled yna."

Roedd y frwydr yn dal i boethi ar yr ochr arall i'r dŵr, ond nid oedd gan y cychwyr fawr o ddiddordeb ynddi bellach.

"Mae'n ddrwg gen i, ond allwn ni ddim gadael i chi aros yn y pentref yma," meddai un ohonynt toc, gan edrych ar draws y ffiord. "Mae'r gelyn wedi ein gweld yn croesi, a fyddan nhw ddim yn hir cyn dod yma i chwilio'r lle."

"Ond fedr o ddim cerdded ymhell. Mae o wedi colli gwaed a..." dechreuodd Olaf brotestio'n hallt gan edrych i gyfeiriad Math.

"Does dim y gallwn ni ei wneud," oedd ateb parod y llall. "Fe awn â chi i fyny'r ffiord am ychydig mewn cwch mwy na hwn. Wedi hynny bydd raid i chi gerdded i bentref o'r enw Manvik. Dydi o ddim ymhell o'r lanfa. Mae ffrindiau yn eich disgwyl yno."

Cyn iddo orffen siarad roedd sŵn nerthol y cwch-modur mawr yn nesáu tuag atynt drwy ddyfroedd y ffiord gul. Toc gwelodd Math ef yn dod heibio i dro yn y graig, cwch pysgota hynafol, a'i un corn coch yn chwydu cymysgfa o fwg du a gwreichion i bobman.

Llwyddodd i gerdded ato heb gymorth neb, a'r dŵr yn golchi o gwmpas ei fynwes wrth iddo ei gyrraedd. Tynnwyd ef ar y bwrdd yn frysiog gan ddau lanc, yr unig griw yn ôl yr hyn a welai Math, ac yna roedd Olaf a milwyr y Comando yn dringo dros yr ochr hefyd, a'r hen gwch yn griddfan, pob ystyllen ynddo'n gwichian, wrth iddo deithio tua'r gogledd gan gadw'n dynn at y creigiau uchel a amgylchynai'r ffiord.

Llifai'r dŵr i mewn yn araf i waelod y cwch, a oedd yn drewi gan aroglau pysgod. Siglai'n ôl a blaen ar donnau ysgafn y ffiord, a dechreuodd Math ymoll-wng a llawenhau pan welodd un o'r llanciau'n mynd i ben blaen y cwch ac yna'n neidio i'r lan, ag un pen i raff hir yn ei law. Wedi iddo glymu pen blaen y cwch wrth fôn coeden farw, amneidiodd ar y milwyr iddynt ddod allan.

"Byddwch yn ddiogel yma," meddai, gan neidio yn ôl i'r cwch. "Os dilynwch chi'r llwybr acw tua'r

111

bryniau, fe gyrhaeddwch Manvik ymhen dwy awr. Bydd rhywun yn eich disgwyl.''

A heb air yn rhagor, ymaith ag ef yn ôl ar hyd y ffiord. Roedd y cymylau'n isel ar y bryniau wrth i'r milwyr gychwyn ar hyd y llwybr, a'r gwynt yn cwynfan yn y coed pîn a dyfai ar ochrau serth y bryn hyd at lan y dŵr. Toc daeth yr eira mân i chwyrlïo i'w hwynebau ac er yr holl ymarfer roedd yn rhaid iddynt ymdrechu'n galed i gyrraedd y pentref cyn nos.

Wedi iddo gerdded milltir neu ddwy, roedd Math wedi ymlâdd yn lân. Roedd ei ysgwydd yn curo gan boen, a'i fraich yn chwyddedig. Oedodd am ennyd, a'r eira'n syrthio'n gwrlid o'i amgylch, nes y daeth Olaf yn ôl.

''Fyddwn ni ddim yn hir,'' meddai. ''Tyrd!''

Rhoddodd ei fraich amdano a hanner ei gario i fyny'r bryn. Wedi iddynt gyrraedd y copa a chychwyn i lawr yr ochr arall, nid oedd golwg o'r llwybr yn unman. Doedd dim i'w weld ond yr eira fel blanced dros yr holl wlad a dannedd miniog y creigiau'n ymddangos yn dduon yma ac acw. O'u blaenau ni allent weld dim ond y miloedd o blu eira yn chwyrlïo'n wyllt. Yna, pan oedd hyd yn oed Olaf wedi blino'n lân, ac yn meddwl am godi lloches eira iddynt gysgodi ynddi nes i'r storm gilio, gwelsant olau egwan yn fflachio ychydig lathenni o'u blaenau.

Daeth nerth o'r newydd iddynt wrth iddynt frysio tuag ato.

''Gofalus,'' ebe Olaf, gan dynnu ei wn oddi ar ei ysgwydd.

Ond roedd Math wedi blino gormod ac mewn gormod o boen i feddwl yn dreiddgar bellach. Teimlai y byddai prysuro i freichiau'r gelyn, hyd yn oed, er mwyn cael cynhesrwydd gwely esmwyth, yn fendith.

Oedodd Olaf pan welodd rywun yn sefyll wrth y golau. Ni allai ddweud pa un ai merch ynteu gŵr ydoedd, cyfaill neu elyn, oherwydd yr eira a lynai wrth ei wyneb a'i ddillad. Safodd y ddau yno'n craffu ar ei gilydd drwy'r gwyll am eiliad ac yna ochneidiodd Olaf mewn rhyddhad pan glywodd lais yn galw arno.

"Mae'r gelyn yn gryf," meddai'r llais isel.

"Ond mae byddin gudd Norwy yn gryfach," gwaeddodd Olaf.

Ennyd o ddistawrwydd, ac yna brysiodd y gŵr tuag atynt.

"Arnulf ydw i," meddai, gan ysgwyd llaw ag Olaf. "Mae Manvik i lawr yn y gwyll yna, ac mae dynion y fyddin gudd yn disgwyl amdanoch chi."

"Mae angen meddyg ar fy ffrind," ebe Olaf. Fedri di gael gafael ar un?"

"Does dim yn amhosib," gwenodd y llanc, gan arwain y ffordd drwy'r eira. "Myfi ydi arweinydd y fyddin gudd yn Manvik. Ychydig a welwn ni ar y gelyn yma. Mae'r pentref yn rhy ddiarffordd. Ond mi fyddwn ni'n gweld digon arnyn nhw wedi mynd allan o'r pentref," ychwanegodd gan roi ei ysgwydd i Math. "Os na ddaw'r Almaenwyr atom ni, rydan ni'n eitha' bodlon mynd atyn nhw."

Wedi iddynt gyrraedd y pentref aeth Arnulf â hwy i neuadd fechan lle disgwyliai mwy o ddynion amdanynt. Roedd bwyd a diod ar eu cyfer ar y bwrdd hir wrth y wal, a chyn hir roedd y lle'n ferw o siarad a chwerthin, a'r dynion yn ymddwyn fel pe baent wedi adnabod ei gilydd erioed.

Bachgen ifanc oddeutu ugain oed ydoedd Arnulf, ei wallt cyn felyned â chae ŷd dan haul Medi, a'r llygaid, fel rhai Olaf, cyn lased â'r awyr ar ddiwrnod o haf. Gŵr ifanc na allai neb ei gasáu ydoedd, ond gallai'r wên lydan a oedd ar ei wyneb droi'n wylltineb ar amrantiad, ac er bod ei fysedd yn feinion a'i ddwylo cyn feddaled â dwylo unrhyw ferch, gwyddai sut i'w defnyddio i ymladd â'r dihiryn mwyaf.

"Fe fyddwch chi yn y pentref am rai dyddiau, nes i ni gynllunio ffordd i'ch cael oddi yma," eglurodd. "Yn awr, mae'n rhaid i chi wahanu. Mae cuddfan wedi ei pharatoi ar gyfer pob un ohonoch chi. Does neb i fynd allan nes y clywch chi oddi wrtha i. Nawr mae gennych ddau funud i ffarwelio.

Edrychodd Math i fyw llygaid Olaf Christiansen wrth ysgwyd ei law.

"Diolch i ti am achub fy mywyd i, Olaf," meddai'n ddistaw.

Yna teimlai law Arnulf yn ysgafn ar ei ysgwydd. "Rwyt ti'n dod efo mi," meddai. "Fyddwn ni fawr o dro cyn gwella'r ysgwydd yna."

Dilynodd Math ef allan i'r nos unwaith eto ac ar draws y stryd nes dod at dŷ bychan, sgwâr, a safai ar ei ben ei hun ar gwr y pentref.

Roedd y gegin yr arweiniwyd ef iddi yn dlodaidd ond yn lân, a'r tân coed yn y grât yn llenwi'r ystafell â'i gynhesrwydd cartrefol. Wrth iddo eistedd ar gadair esmwyth wrth y tân daeth merch ifanc drwy ddrws ystafell arall a sefyll yno'n ddigon swil am eiliad gan syllu arno.

"Dyma fy chwaer, Sigrid," ebe Arnulf, wrth iddi ddod i ysgwyd llaw â Math. "Does neb ond ni'n dau yma er pan fu farw fy mam. Fe wnaiff Sigrid edrych ar dy ôl di'n iawn.''

Roedd y ferch eisoes yn tywallt dŵr o'r tegell pygddu a oedd wrth y tân i ddysgl fechan. Yna, wedi helpu Math i dynnu ei grys oddi amdano, aeth ati'n ddeheuig i lanhau'r briw yn ei ysgwydd. Neidiodd yntau mewn poen wrth i'r cadach rwbio twll y fwled.

Toc ymsythodd y ferch ac ochneidio'n uchel, ac wedyn edrychodd ar ei brawd.

''Mae'r fwled yn ei ysgwydd o hyd,'' meddai. ''Mae'n rhaid i ni gael meddyg yma ar unwaith.''

Nid arhosodd Arnulf i glywed rhagor. Rhoddodd ei gôt yn ôl amdano ac aeth allan i'r nos. Wedi iddo fynd eisteddai'r ddau arall yno yng ngolau'r lamp olew a oedd ar y bwrdd, a Sigrid yn siarad yn ddi-baid, a'i llais hudolus yn peri i'r llestri ar y dresel dderw dincial weithiau. Dywedodd wrtho mai siopwr oedd ei brawd, ond nad oedd llewyrch ar bethau wedi dyfodiad y gelyn i Norwy. Er ei bod hi ddwy flynedd yn iau nag ef, nid oedd ofn yn rhan o'i chymeriad o gwbl. Adroddodd ei hanes yn ymladd ochr yn ochr â dynion y fyddin gudd, hanesion a oedd yn codi gwallt pen Math gan eu herchylltra, ond roedd atgasedd llwyr yng nghalon y ferch at y gelyn a oedd wedi meddiannu ei gwlad.

Wrth eistedd yno yn noddfa'r gegin, dechreuodd Math deimlo'n gysglyd. Roedd sŵn cartrefol y cloc ar y mur, yr eira mân yn chwipio ar wydr y ffenest, a'r coed pîn yn clecian yn fflamau'r tân yn peri iddo anghofio ei holl flinder. A phan ddaeth Arnulf drwy'r drws roedd Math yn cysgu'n drwm.

Agorodd ei lygaid yn araf wrth deimlo llaw ar ei ysgwydd ac yna safodd ar ei draed yn simsan.

Roedd gŵr tal, canol oed yn sefyll wrth ochr Arnulf, â bag du bychan yn ei law.

"Dyma Doctor Lutjens," gwenodd Arnulf. "Mae o wedi arfer â gwella ein dynion ni. Fydd o fawr o dro'n cael y fwled yna o dy ysgwydd di."

Arweiniwyd Math i lofft fechan ym mhen y tŷ a suddodd i wely plu esmwyth. Gwyliodd y meddyg yn rhoi ei offer ar fwrdd bychan wrth y gwely. Daeth ychydig o gyffro i'w lygaid pan welodd Dr Lutjens yn tywallt hylif o botel ar ddarn o glwt ac yn dod tuag ato'n araf. Yna, cyn i Math gael cyfle i brotesio, trawodd y cadach ar ei wyneb.

Teimlodd Math yr holl ystafell yn troi o'i gwmpas wrth iddo anadlu surni'r hylif. Caeodd ei lygaid a theimlai fel pe bai'n nofio drwy dwnel tywyll.

Yna roedd yn ymdrechu i agor ei lygaid eto, ond ni welai ddim ond niwl. Cau ei lygaid a'u hailagor, a'r cysgod du'n syllu arno, a hwnnw'n araf droi yn wallt ac yn llygaid Sigrid.

"Sigrid," meddai'n ddistaw, wrth ei gweld yn gwenu arno.

"Popeth drosodd yn awr," ebe hithau, gan godi cwpan at ei wefusau.

"Drosodd? Ond . . . ?"

"Rwyt ti wedi bod yn cysgu ers dwy awr, Math," ebe hithau. "Mae Doctor Lutjens wedi mynd adref ers awr."

"Yna aeth at y bwrdd wrth y gwely a chodi'r fwled loyw oddi arno a'i dangos iddo.

"Doedd ryfedd fod dy ysgwydd yn dy boeni," meddai, "a darn o ddur fel hwn ynddi."

Yna dododd y fwled ym mhoced ei gôt, a grogai wrth gefn y drws.

"Efallai y bydd yn dod â lwc i ti," gwenodd. Yna, wedi sicrhau ei fod yn gyffyrddus, diffoddodd y lamp a mynd o'r ystafell gan ychwanegu, "Cysgu ydi'r peth gorau i ti yn awr. Fe fyddi'n ddyn gwahanol erbyn y bore."

Pan ddaeth y bore, teimlai Math yn llawer gwell gan fod y boen wedi lleddfu. Gallai ysgwyd ei fraich, ac, er bod ei ben yn nofio am eiliad wrth iddo godi o'r gwely, wedi iddo aros yn llonydd ar ganol llawr y llofft daeth yr hen hyder a'r nerth yn ôl i lenwi ei galon.

Roedd storm y noswaith flaenorol wedi gostegu ers oriau a'r eira'n drwchus ymhob man. Tywynnai'r haul o awyr las ddigwmwl ar y gwynder, nes ei ddallu bron wrth iddo sbecian drwy'r ffenest wrth ymwisgo'n araf. Wedi gwisgo amdano, eisteddodd ar y gwely am ychydig cyn mentro drwy'r drws ac i lawr y grisiau.

"Math, wyt ti'n iawn?" Daeth Sigrid ato a'i arwain at gadair o flaen y tanllwyth tân.

"Faint o'r gloch ydi hi?"

"Mae wedi deg. Rwyt ti wedi bod yn cysgu ers oriau."

Yna aeth y ferch ati i baratoi brecwast o laeth a bara du iddo, ac er nad oedd y bwyd yn addas i gi, teimlai Math fel pe bai wedi bwyta gwledd orau ei fywyd.

"Rydan ni wedi anfon neges i Lundain i ddweud ymhle'r ydach chi," ebe'r ferch toc. "Byddwn yn cael

117

ateb ganddyn nhw gyda hyn ac wedyn mi fedrwn ben-
derfynu pa beth i'w wneud efo chi.''

"Olaf a'r lleill? Ble maen nhw?'' gofynnodd Math.

"Paid â phoeni amdanyn nhw. Maen nhw'n ber-
ffaith ddiogel. Ond mae un neu ddau o'r gelyn wedi
dod i'r pentref yma i aros neithiwr. Paid â mynd
drwy'r drws yna beth bynnag wnei di.''

Wrth weld ei wyneb yn gwelwi, ychwanegodd yn
sydyn â gwên lydan ar ei hwyneb, "Dim byd i boeni
yn ei gylch. Maen nhw'n aros yma weithiau, ond
fyddan nhw byth yn ymyrryd â ni.''

Diflasodd Math yn lân y diwrnod hwnnw. Nid
oedd dim i'w wneud ond eistedd yno'n gwylio fflam-
au'r tân yn dawnsio i fyny'r simdde. Ni châi fynd
allan ac ni châi edrych drwy'r ffenest hyd yn oed.
Gwrandawai ar fywyd syml y pentref yn mynd rhag-
ddo fel arfer y tu allan i'r ffenest. Ond pan ddaeth
canol y prynhawn, gwyddai fod rhywbeth o'i le, oher-
wydd gallai deimlo'r cyffro'n ysgubo drwy'r pentref
fel tân o flaen y gwynt.

Rhuthrodd Arnulf drwy'r drws â'i wynt yn ei
ddwrn.

"Y gelyn!'' gwaeddodd, â'i wyneb yn wyn.
"Maen nhw'n chwilio pob tŷ yn y pentref. Maen nhw
ar eu ffordd yma!''

Cipiodd Sigrid y cwpan o law Math, a brysio at y
ddysgl wrth y ffenest i'w golchi.

"Ffordd hyn, brysia!'' gwaeddodd Arnulf arno
gan dynnu Math ar ei ôl i fyny'r grisiau, drwy ddrws
llofft fechan. Yna tynnodd y Norwyad fwrdd uchel
oddi wrth y mur a neidio ar ei ben. Rhoddodd ei ddwy

law ar y nenfwd a phwyso. Ymddangosodd twll sgwâr yn y nenfwd.

"I mewn, brysia!" cyfarthodd Arnulf, wrth helpu Math i ddringo drwyddo. Yna taflodd y gwn-sten ar ei ôl a chau'r pren arno, wrth i sŵn esgidiau trymion a dynion yn gweiddi'n haerllug gyrraedd ei glustiau o'r stryd islaw.

Roedd yn dywyll fel y fagddu ar Math, heb yr un llygedyn o oleuni yn unman. Arhosodd yno'n hollol lonydd â'i law ar ei wn, ac ofn anadlu arno bron wrth iddo glywed sŵn traed yn rhedeg i fyny'r grisiau i'r llofft oddi tano. Clywodd y milwyr yn gweiddi ac yn curo'r waliau â'u gynnau. Daliai ei wynt wrth iddo glywed rhywun yn ymbalfalu â'i ddwylo ar hyd y nenfwd wrth ei draed, a'r chwys yn byrlymu i lawr ei wegil.

Yna clywodd y drws yn cau â chlep ac aeth pobman yn ddistaw eto. Ond ni fedrai yn ei fyw ymlacio am eiliad. Gwyddai eu bod yn y tŷ o hyd oddi wrth y sŵn cnocio a glywai drwy'r muriau. Roedd ei goes yn ei phlyg oddi tano, yn binnau bach i gyd, ond ni feiddiai symud yr un fodfedd.

Yno y bu, am oriau maith yn ei dyb ef, nes y clywodd sŵn Arnulf yn y llofft, a phan ffrydiodd y goleuni drwy'r twll sgwâr roedd yn syndod ganddo ddeall mai hanner awr yn unig y bu yn ei garchar.

"Maen nhw wedi mynd," gwenodd Arnulf, gan ei helpu i lawr drwy'r twll. "Chawson nhw afael ar neb. Fyddan nhw ddim yn ein poeni ni eto am ychydig. Diolch byth fod y storm yna neithiwr wedi cuddio ôl eich traed."

Bu Math yn nhŷ Arnulf a'i chwaer heb symud oddi

yno am wythnos gyfan, a daeth i hoffi'r Norwyaid ifainc yn fawr. Wedi cyd-fyw â hwy teimlai fel pe bai wedi eu hadnabod erioed ac fe'u hystyriai hwy fel brawd a chwaer iddo. Drwy'r nosweithiau hirion eist-eddai'r tri wrth y tân coed yn gwrando ar y gwynt yn rhuo oddi allan, ac yn siarad am y dyddiau melys cyn i'r Rhyfel ddod i rwygo'r byd, ac anfon Math mor bell oddi cartref.

Ni welodd yr un o'r milwyr eraill yn ystod yr amser y bu yn y tŷ a dyheai am gael gweld Olaf wrth ei ochr unwaith eto.

Yna un noson, pan oedd ar fin troi i'w wely, cod-odd Sigrid y darn carped tyllog a oedd ar yr aelwyd. Oddi tano sylwodd Math fod y llawr wedi ei wneud o lechi sgwâr. Cymerodd y ferch gyllell hir a gwthio ei llafn rhwng dwy o'r llechi. Yn araf deg cododd un ohonynt, ac oddi tani ymddangosodd twll bychan sgwâr a blwch radio ynddo.

Tynnwyd y radio o'r twll a'i rhoi ar y bwrdd yn ofalus.

''Does gennym ni ddim hawl i gadw radio yn y tŷ,'' eglurodd Sigrid gan wenu. ''Ond mae pawb yn gwneud.''

Aeth at y ffenest wedi diffodd y lamp, a gwylio'r stryd oddi allan drwy gil y llenni tra oedd ei brawd yn troi botymau'r set radio. Daeth gwich uchel i lenwi'r ystafell ac yna sŵn miwsig yn mynd a dod fel tonnau'r môr. Yna'r gwichiadau eto cyn i lais pell rhywun yn darllen newyddion gyrraedd clustiau Math.

''Llundain. Y newyddion o Lundain,'' meddai'n syn.

Gwenodd Arnulf a rhoi ei fys ar ei wefusau i'w rybuddio i fod yn ddistaw.

Roedd llais y gŵr ar y radio'n mynd ac yn dod, weithiau'n glir ac yn uchel, a thro arall mor ddistaw fel mai prin y gallent glywed gair. Yna clywyd mwy o fiwsig ac aeth Arnulf yn glustiau i gyd.

"Rydan ni'n disgwyl neges o Lundain," sibryd-odd, fel pe bai ganddo ofn i rywun ei glywed. "Wyt ti wedi clywed y negesau yma o'r blaen?"

Roedd Math wedi eu clywed ganwaith, negesau mewn côd y byddai'r awdurdodau yn Llundain yn eu hanfon i'r byddinoedd cudd ar draws Ewrop, ond ni feddyliodd erioed y byddai ef yn gwrando arnynt un diwrnod mewn bwthyn ynghanol Norwy.

"Mae Tobi'n mynd adref," ebe'r llais ar y radio. "Mae'r cadno gwyn wedi dianc."

Yna gallai Math weld y cyffro yn wyneb Arnulf yng ngolau'r tân wrth i'r llais pell gyhoeddi, "Mae'r eira'n dadmer ar do'r plas. Mae'r eira'n dadmer ar do'r plas."

"Yr eira'n dadmer ar do'r plas?" meddai Sigrid, gan ddod at y bwrdd yn wyllt. "Dyna fo, Arnulf. Dyna'r neges i ni."

Cododd Arnulf oddi wrth y bwrdd a sythu o flaen Math."

"Rydan ni wedi bod yn disgwyl am y neges yna ers wythnos," meddai.

"Eira'n dadmer? Ond..." Roedd Math druan gymaint yn y niwl ag erioed.

"Mae'n gwneud synnwyr i ni," gwenodd Arnulf. "Mae'n golygu ein bod i..."

Yna distawodd yn sydyn wrth i'r llais ar y radio

ddweud, "Mae gennym neges bwysig i ddynion Norwy. Mae'r cadno coch wedi lladd yr ieir. Mae'r cadno coch wedi lladd yr ieir."

Edrychodd Arnulf a'i chwaer ar ei gilydd yn fud am ychydig.

"Pwy ydi'r cadno coch?" gofynnodd Math, â rhyw anesmwythyd yn ymwthio i'w galon wrth iddo weld y ddau arall â'u hwynebau fel y galchen.

"Ein busnes ni ydi hynny," ebe Arnulf yn ddigon swta, gan fynd ati i roi'r set radio yn ôl yn y twll yn y llawr.

Yna pan oedd y carped yn ei le unwaith eto, a'r lamp yn olau ar y bwrdd, eisteddodd i wynebu Math ac meddai, gan ei wylio'n ofalus, "Wyt ti'n barod i orffen dy waith, Math?"

"Gorffen fy ngwaith? Pa waith?"

"Y gwaith y daethost ti yma i'w wneud."

Aeth wyneb Math cyn wynned â'r eira a orchudd-iai'r pentref.

"Ond rydach chi am fy helpu i fynd adref oddi yma," meddai'n wyllt.

"Dydi'r gwaith ddim wedi ei wneud," torrodd y llall ar ei draws yn chwyrn. "Mae miloedd yn di-bynnu arnat ti, Math. Dyna oedd ystyr y neges yna am yr eira ar y plas. Mae'r awdurdodau yn Llundain am i ni fwrw ymlaen â'r ymgyrch."

"Ond mae hynny'n amhosib," meddai Math, ac ofn dybryd wedi ei feddiannu'n llwyr. "Does dim digon ohonom ni."

"Mae digon o ddynion y fyddin gudd yn barod i helpu, Math," ebe'r ferch, gan eistedd wrth ei ochr a rhoi ei llaw yn dyner ar ei fraich.

"Ond dydan ni ddim yn barod o bell ffordd. Mae angen paratoi manwl ar gyfer ymgyrch fel hon." Byddai Math yn rhoi unrhyw beth am gael ei ryddhau.

"Mi fyddwn ni'n paratoi popeth," ebe Sigrid yn ddistaw. "Mi fydd rhai ohonom yn ymosod ar y maes awyr sydd yn ymyl y plas, a rhai ar y gwersyll milwyr, sydd hefyd wrth ei ymyl, er mwyn tynnu sylw'r gelyn, tra bydd rhai eraill yn ymosod ar y plas."

"Ac mae rhai o'n dynion ni eisoes yn gweithio yn y lle," meddai Arnulf, â'i lygaid yn gyffro i gyd.

Bu Math yn dwys ystyried y sefyllfa am hir, gan synfyfyrio i'r tân. Yna cododd ei ysgwyddau.

"O'r gorau," meddai. "Wedi'r cwbl, dyna pam y daethom ni i'r wlad yma. Pa bryd?"

"Nos yfory," atebodd Sigrid, gan dynnu gwn otomatig Almaenaidd o dan bentwr o hen ddillad yng ngwaelod y cwpwrdd a dechrau ei lanhau.

"Nos yfory?"

"Ie, Math. Fedrwn ni ddim fforddio gwastraffu mwy o amser. Mae pob munud yn cyfrif."

Yna gwenodd, a dal y gwn i fyny a'i ddangos i Math. "Un o'r arfau gorau posib," meddai. "Diolch byth fod y gelyn yn eu defnyddio."

Cymerodd Math y gwn oddi arni a'i ddal yn ei law.

"Sigrid a gafodd hwnna oddi ar un o'r gwylwyr pan oeddem ni'n ymosod ar drên a oedd yn llawn ffrwydryddion ryw fis yn ôl," meddai Arnulf. "A diolch i'r drefn, roedd yna ddigon o fwledi iddo ar y trên hefyd."

Rhoddodd Math y gwn yn ôl iddi, ac aeth ei wyneb yn ddwys eto.

"Pwy fydd yn arwain yr ymgyrch?" gofynnodd. "Dydi Capten Mason ddim yma'n awr a . . . "

"Arnulf," ebe'i chwaer, gan edrych oddi wrth Math a synfyfyrio i'r tân.

"Arnulf?" ebe Math fel carreg eco. "Ond mae Olaf . . . "

"Fydd Olaf Christiansen ddim yn dod ar yr ymgyrch y tro yma," meddai Arnulf yn dawel. "Fi fydd yn arwain a . . . "

"Olaf ddim yn dod?" ffrwydrodd Math. "Ond mae o'n gwybod mwy na neb arall am yr ymgyrch yma. Mae o wedi ymarfer efo mi. Mae o yn Norwyad ac . . . "

"Ac mae o'n fradwr, Math," ebe llais ysgafn y ferch.

Daeth saib hir o dawelwch, heb ddim i dorri arno ond sŵn anadlu trwm Math a sŵn y fflamau'n ysu'r coed yn y grât.

"Ond mae hynny'n amhosib," chwarddodd Math yn uchel toc, rhyw chwerthin cogio a oedd yn glynu rywle yn ei wddf. "Olaf Christiansen ydi'r dyn gorau sydd gennym ni. Mae o wedi ymladd yn erbyn y gelyn, ac wedi achub fy mywyd i."

Ond nid oedd chwerthin yn llygaid y ddau arall. Rhoddodd Sigrid ei llaw ar ysgwydd Math yn dyner eto ac ochneidiodd yn uchel.

"Fe wn i ei fod yn ffrind i ti, Math," meddai. "Ond fedri di ddim fforddio cyfeillgarwch adeg rhyfel. Mae Olaf Christiansen yn fradwr. Dyna oedd y neges olaf yna ar y radio. Ef ydi'r cadno coch."

Tynnodd Math ei llaw ymaith yn gas, a chododd ar ei draed gan weiddi'n fygythiol yn wyneb Arnulf . . .

"Be ŵyr y penaethiaid yn Llundain am Olaf?" gwaeddodd, â phob dafn o waed wedi diflannu o'i wyneb. "Maen nhw'n rhy bell i wybod beth sy'n digwydd yma. Capten Mason oedd y bradwr. Fe brofodd y dihiryn hynny ei hun pan geisiodd fy lladd i mewn gwaed oer."

"Wyddom ni ddim byd am hynny, Math," ebe Arnulf. "Ond fydd Llundain ddim yn gwneud camgymeriad yn aml. Maen nhw wedi darganfod fod bradwr yn ein mysg ni ac mai Olaf Christiansen yw'r bradwr hwnnw, ac mae hynny'n ddigon da i mi."

Gwthiodd Math ef oddi ar ei ffordd a rhuthrodd am ei gôt yn wyllt.

"I ble'r wyt ti'n mynd?" Clywodd lais Sigrid o'i ôl wrth iddo fynd am y drws.

"I chwilio am Olaf," meddai yntau. "Fe greda i eich stori pan ddywed Olaf ei hun wrtha i mai ef yw'r bradwr."

"Paid â bod yn ffŵl, Math. Rwyt ti'n chwarae â thân," ebe Arnulf, â'i lais yn llawn bygythiad.

"Dydw i ddim wedi gwneud dim arall er pan laniais i yn y wlad felltith yma," dechreuodd Math, heb weld Sigrid yn codi ei gwn o'i ôl. "A pheth arall. . ."

Yna daeth cri uchel o'i enau wrth i garn gwn y ferch syrthio'n galed ar ei wegil.

Daeth Math ato'i hun wedi i Sigrid dywallt dŵr am ei ben. Gorweddai wrth y drws, ar lawr y gegin. Cododd ac eistedd yno am ychydig gan riddfan yn uchel, ac yna teimlodd ei ben yn chwibanu fel petai trên yn chwyrlïo drwyddo. Caeodd ei lygaid yn dynn wrth deimlo'r chwydd a oedd wedi codi arno, a phan agorodd hwy ac edrych ar ei law, roedd gwaed cynnes ar ei fysedd. Cododd yn frysiog gan droi dwrn y drws a'i ysgwyd.

"Mae o wedi ei gloi, Math," ebe llais ysgafn Sigrid y tu ôl iddo.

Trodd yntau'n araf ac anadlu'n swnllyd mewn dychryn pan welodd y gwn yn ei llaw yn anelu ato. Nid oedd golwg ar Arnulf yn unman ac am funudau hir ni ddywedodd y ferch air, dim ond syllu arno'n fud.

"Eistedd, Math," meddai toc, gan gyfeirio at y gadair â'r gwn, ac wrth iddo ei ollwng ei hunan i lawr gyferbyn â hi, ni thynnodd Sigrid ei llygaid oddi arno am eiliad, ac roedd ei bys yn dynn ar y glicied.

"Dydw i ddim yn hoffi hyn, Math," meddai'n dyner, er bod ei llygaid yn melltennu. "Arnulf a ddywedodd wrtha i am dy rwystro."

Edrychodd Math yn gas arni am eiliad, ac yna ceisiodd wenu, er bod gwenu'n anodd iawn iddo ar y pryd.

"Does dim rhaid i ti wrth y gwn yna," meddai'n dawel. "Wna i ddim ceisio dianc."

Gwenodd hithau hefyd ond daliai'r gwn yn dynn yn ei llaw o hyd.

"Dwyt ti ddim yn deall, nac wyt, Math?" meddai, â'i llygaid yn llaith. "Fedri di byth ddeall. Dwyt ti ddim wedi byw dan draed y gelyn fel ni. Wyddost ti ddim be ydi ofn gwirioneddol, ofn clywed sŵn saethu yn y stryd, ofn clywed cnoc ar y drws yn nhrymder nos ac ofn i rywun dy fradychu. Fedrwn ni ymddiried yn neb, Math, ddim hyd yn oed yn ein ffrindiau gorau. Mae Arnulf a minnau wedi gweld gormod yn cael eu cyrchu ymaith yng ngheir y Gestapo, heb obaith dychwelyd ganddynt."

Roedd tosturi Math tuag ati yn ei lethu, ac yna cof-iodd am Olaf a'i lygaid gleision, nwyfus a'i chwerth-iniad iach, a daeth gwg i'w wyneb.

"Ac Olaf?" gofynnodd, a'i geg yn sych fel y garthen.

Ochneidiodd Sigrid yn uchel a rhoddodd ddarn arall o bren ar y tân, heb dynnu ei llygaid oddi arno.

"Mae Arnulf yn trefnu pethau'n awr," meddai'n isel. "Paid â'm beio i, Math." Roedd rhyw erfyniad yn ei llais wrth iddi edrych i fyw ei lygaid. "Ond mae bywydau pawb yn y pentref yma yn y fantol cofia, dy fywyd dithau hefyd, a miloedd o rai eraill ar draws Ewrop. Fedrwn ni ddim fforddio cael bradwr yn ein mysg."

Roedd llais Math yn grynedig. "Ond Olaf? Fyddai Olaf byth yn bradychu neb."

Edrychodd Sigrid ar y cloc cyn codi ar ei thraed yn sydyn.

"Deg o'r gloch. Amser mynd," meddai, gan ym-drechu i roi ei chôt amdani a chadw'r gwn wedi ei anelu at Math yr un pryd. ''Bydd yn ofalus, mae rhai o'r Almaenwyr yn dal i fod ar hyd y lle yma.''

''I ble'r ydan ni'n mynd?'' gofynnodd yntau'n wyllt. ''Nos yfory y mae'r ymgyrch yn ôl Arnulf.''

Teimlodd ei goesau'n gwegian dano, fel pe baent yn barod i'w ollwng wrth iddi fynd tua'r drws.

''Mae'n rhaid i ti gael gweld, Math,'' meddai. ''Dyna orchymyn Arnulf. Mae'n rhaid i'r dynion i gyd ddod i weld. Bydd yn rhybudd iddynt rhag ofn i rywun arall geisio ein bradychu. Brysia,'' ychwanegodd yn flin wrth ei weld yn petruso ar ganol llawr y gegin. ''Mae yna ormod o'r gelyn o gwmpas i ni fedru aros allan yn hir.''

Daeth chwa o wynt rhewllyd i'w wyneb wrth i Math fynd drwy'r drws ar ei hôl. Roedd yr eira caled yn clecian dan draed a'r holl wlad wedi ei boddi yng ngolau lleuad lawn.

''Rhaid i ti fod yn ddewr, Math,'' ebe'r ferch wrth ei ochr. ''Fydd yr hyn a weli di ddim yn hyfryd o bell ffordd. Ond rhyfel ydi rhyfel.''

Ni allai Math ddweud yr un gair wrth iddo ei dilyn o'r pentref ac ar draws y caeau. Gwyddai yn ei galon pa beth oedd o'i flaen, ond ar hyd y daith ceisiai ei argyhoeddi ei hun mai breuddwydio yr oedd, ac y byddai'n deffro ynghanol y gwely plu yn nhŷ Arnulf cyn i'r hunllef droi'n ffaith.

Prysurodd y ferch ei chamau pan welodd goedwig fechan yn ymddangos yn ddu ynghanol gwynder y pellter. Roedd traed Math cyn drymed â dau sachaid o blwm, a methai'n lân â brysio. Yna roedd blaen gwn Sigrid yn pwnio'i ochr a'r bygwth yn llenwi ei llais.

"Brysia, Math!" gorchmynnodd, "Maen nhw'n disgwyl."

Roedd tuag ugain ohonynt yno, ynghyd â'r milwyr Comando, yn sefyll yn dorf fechan ynghanol cae ar gwr y goedwig. Daeth Arnulf i gyfarfod â Math, ond ni ddywedodd yr un gair wrtho. Trodd at ei chwaer ac amneidio arni, ac aeth hithau at y dynion a rhoi ei llaw yn ysgafn ar ysgwyddau chwech ohonynt, ar ôl syllu'n fanwl i'w hwynebau.

Roedd calon Math yn taranu yn ei fynwes wrth iddo weld y chwe gŵr yn mynd o'r neilltu gan sefyll yn un llinell, a phob un ohonynt yn llenwi ei wn yn araf. Yna daeth lwmpyn i'w wddf wrth iddo weld y cysgod tal a safai ar ei ben ei hun o'u blaenau am y tro cyntaf.

"Olaf!" gwaeddodd gan gamu tuag ato. Ond rhuthrodd dau o'r dynion i'w freichiau a'i dynnu'n ôl yn frwnt.

"Math!" Roedd llais Olaf yn ddieithr iddo. "Dywed wrthyn nhw, Math. Dywed wrthyn nhw fy mod i gystal Norwyad â hwythau."

Trodd Math i wynebu Arnulf gan weiddi'n wyllt yn ei wyneb, y ddau ŵr yn dal i afael yn ei freichiau fel dau granc.

"Rwyt ti'n waeth na'r Gestapo," gwaeddodd Math yn uchel. "Nid Olaf ydi'r bradwr."

Aeth Arnulf i sefyll ychydig oddi wrtho ac meddai, â'i lais yn hollol gadarn, "Olaf Christiansen, rwyt ti wedi dy gael yn euog o frad gerbron dynion byddin gudd Norwy. Does ond un ddedfryd i fradwr. Mae gen ti hawl i ddweud unrhyw beth cyn i ni..."

"Rydw i'n ddieuog," gwaeddodd Olaf yn wyllt ar ei draws, a'i lais yn llawn dagrau. "Rydw i'n ddieuog. Mason oedd y bradwr. Math, dywed wrthyn nhw, Math!''

Cododd Arnulf ei fraich ac â chil ei lygaid sylwodd Math ar y chwe gŵr yn codi eu gynnau at eu hys-gwyddau.

Gwelodd fraich Arnulf yn syrthio'n sydyn a chae-odd Math ei lygaid yn dynn. Daeth y glec i ddiasbed-ain ym mrigau'r coed gerllaw wrth i'r chwe gwn boeri tân ar yr un pryd â'i gilydd. Ac yna distawrwydd llethol.

Agorodd Math ei lygaid yn araf a gwelodd y cysgod du yn llonydd ar yr eira. Yna trodd ei gefn arno a sefyll eto fel gŵr wedi ei barlysu.

''Am adref, brysiwch,'' cyfarthodd Arnulf. ''Bydd y gelyn yn siŵr o fod wedi clywed sŵn y saethu.''

''Tyrd yn dy flaen, brysia,'' ychwanegodd, gan afael ym mraich Math a'i dynnu ar ei ôl. ''Mae popeth heibio yn awr.''

''Ond...ond...ei saethu mewn gwaed oer, ac yntau heb wneud dim o'i le.'' Ni allai Math gadw'r dagrau rhag llifo i lawr ei ruddiau. Teimlai gasineb atynt, a phe byddai'r gwn-sten ganddo byddai wedi mynd o'i gof yn lân ac wedi eu rhidyllu â bwledi.

Yna roedd llais tyner Sigrid yn sibrwd wrth ei glust.

''Mi fyddi'n diolch i ni am hyn ryw ddiwrnod, Math. Fe gei di weld mai ni oedd yn iawn. Cofia ein bod ni'n gyfarwydd â thrin bradwyr; fe wyddom ni'n iawn ein bod yn gweithredu'n gyfiawn.''

Ond ni ddywedodd Math yr un gair wrthi ar y ffordd yn ôl i'r pentref.

Ychydig iawn o gwsg a gafodd y noson honno. Bob tro y teimlai ei lygaid yn trymhau ac y dechreuai

130

suddo i bwll tywyll, diwaelod, gwelai wyneb siriol Olaf o'i flaen, a chlywai ei lais yn gweiddi arno. Yna deffrôi'n domen o chwys, a methai'n lân â'i gadw ei hun rhag crynu fel pe bai'r dwymyn arno.

Ond cyn y bore bach, pan oedd awyr y dwyrain yn cochi cyn codiad haul, aeth cyffro'r noswaith gynt yn drech nag ef, a chysgodd am awr neu ddwy. Sigrid yn gwenu arno o'r drws â chwpanaid o goffi yn ei llaw a'i deffrôdd. Gwenodd yntau, nes i ddigwyddiadau'r nos ddod yn ôl iddo, ac yna edrychodd oddi wrthi. Ond daeth y ferch i sefyll wrth ei wely a tharo'r cwpan yn ei law.

"Mi fyddi di'n teimlo'n well ar ôl yfed hwn," meddai, cyn mynd at y ffenest ac agor y llenni. Ffrydiodd pelydrau'r haul i mewn i'r ystafell a pheri i'r llwch ddawnsio'n bont aflonydd rhwng y gwely a gwydr y ffenest.

"Mae digon o waith i'w wneud y bore yma," meddai wrth ei wylio'n yfed y coffi chwerw, ac roedd yn amlwg oddi wrth ei hymddygiad ei bod wedi anghofio'n llwyr eisoes am Olaf Christiansen. "Mae Arnulf a rhai o'r dynion yn disgwyl amdanat ti yn y gegin."

Wedi iddi fynd allan a chau'r drws ar ei hôl, cymerodd Math ei amser i orffen y coffi a gwisgo amdano. Nid oedd ganddo awydd brysio i ryngu bodd dynion y fyddin gudd y bore hwn. Yna, wrth glywed sŵn lori drom yn mynd heibio i'r ffenest, aeth i sbecian rhwng y llenni.

Gwyrodd ei ben yn sydyn a mynd ar ei gwrcwd wrth y ffenest, a'i galon yn cyflymu wrth iddo weld lori'n llawn o filwyr y gelyn yn mynd heibio.

"Arnulf, Sigrid," gwaeddodd, gan redeg yn wyllt i lawr y grisiau, "y gelyn, y gelyn. Maen nhw yma!"

Roedd Arnulf wrth waelod y grisiau ar amrantiad, a'i wyneb fel y galchen. Yna, wrth iddo sylweddoli'r hyn a welodd Math, gwenodd, a daeth y gwrid yn ôl i'w ruddiau'n raddol.

"Does dim rhaid eu hofni nhw," meddai. "Maen nhw'n aros yn y pentref yma am ychydig ddyddiau. Y rhai dieithr sy'n dod i chwilio amdanom heb rybudd sydd i'w hofni."

Roedd wyneb Math yn welw o hyd wrth iddo eistedd wrth y bwrdd yn y gegin. Eisteddai Arnulf a Sigrid a gŵr arall o'i ddeutu, tra safai un arall o wŷr y fyddin gudd wrth y ffenest yn gwylio'r stryd y tu allan.

"Mae Leif yn gweithio'n yr orsaf radio yn Gald-anger," ebe Arnulf wrth gyflwyno'r gŵr, a eisteddai wrth ei ochr, i Math. "Dydi o ddim yn arbenigwr fel yr wyt ti cofia. Dim ond cadw trefn a glanhau'r lle y mae o a dau o'n dynion eraill ni."

Wedi ysgwyd llaw â Math, tynnodd Leif ddarn o bapur o'i boced a'i roi ar y bwrdd o'i flaen. "Dyma gynllun o'r orsaf radio," meddai. "Fe anfonais i un arall i Lundain; efallai dy fod wedi ei weld. Ond mae hwn ychydig yn fanylach."

Tynnodd luniau o'r orsaf o boced arall, lluniau wedi eu tynnu â chamera nad oedd Math wedi eu gweld o'r blaen. Roedd pedwar ohonynt, ac wedi i Leif eu rhoi ar y bwrdd, astudiodd Math hwy'n ofalus. Nid oedd yr un ohonynt yn eglur iawn, ond o gofio'u bod wedi eu tynnu dan drwyn y gelyn, ni allai

lai na rhyfeddu at ddewrder y dynion yr oedd yn ym-
wneud â hwy.

"Mae'r hen blasty ar ben clogwyn wrth y ffiord,"
eglurodd Leif ac, er ei fod wedi clywed y cwbl o'r
blaen cyn cychwyn ar ei daith, yr oedd Math yn glust-
iau i gyd.

Cyfeiriai Leif at y lluniau wrth egluro. "Mae dwy
wifren drydan yn amgylchynu'r lle ar dair ochr,"
meddai, "a gwylwyr arfog yn cerdded o'u cwmpas
bob eiliad o'r dydd a'r nos."

"A'r ochr arall?"

"Y clogwyn, a'r ffiord oddi tano," ebe Leif.
"Mae'r plas ar ben y dibyn a does dim angen gwifren
fan honno; does ond silff gul o graig rhwng gwaelod
wal y tŷ a phen y clogwyn."

"A'r tu mewn?"

Amneidiodd y llall ar y cynllun o'i flaen. "Tri llawr
iddo," meddai. "A seler enfawr. Y gwylwyr yn cysgu
ar y llawr uchaf, swyddogion ac ystafell fwyta eang ar
yr ail lawr a swyddfeydd ar y llawr isaf."

"A'r seler?"

"Chawn ni ddim mynd yn agos i'r seler," ebe Leif.
"Yno y mae'r radio gyfrinachol. Mae gwylwyr ar
waelod y grisiau sy'n arwain iddi a drws dur i fynd
drwyddo."

"Oes yna ffordd arall i'r seler?" gofynnodd Math.

Ysgwyd ei ben yn araf a wnâi'r Norwyad ac roedd
yn amlwg oddi wrth yr olwg yn ei lygaid ei fod yn falch
nad ef oedd yn esgidiau Math. Edrychodd ar un neu
ddau o'r lluniau eto cyn ychwanegu, "Mae gwersyll y
gelyn ryw filltir o'r plas. Pe byddai angen cymorth,

fydden nhw fawr o dro cyn anfon mwy o filwyr oddi yno.''

Crafodd Math ei ên yn araf gan astudio'r lluniau'n fanwl.

"Faint o ddynion sydd gen ti, Arnulf?" meddai toc, a'i lygaid yn ddwys.

"Ugain," ebe yntau.

"Ugain?" gwaeddodd Math. "Ond mae mwy na dwbl hynny yn y plas yn ôl y cynlluniau yma, a llawer mwy yn y gwersyll."

"Mae'n ddigon," ebe Arnulf yn araf. "Mae gennym ni gynllun gwell i'th gael di i'r plas yna nag a oedd gan dy benaethiaid yn Llundain. A chofia na fydd yr Almaenwyr yn ein disgwyl y tro hwn. Wnân nhw ddim dychmygu y byddem ni'n ddigon ffôl i ymosod ar y lle mor fuan ar ôl methu y tro diwethaf."

"Digon ffôl," chwarddodd Math. "Ffwlbri noeth ydi'r cwbl petaet ti'n gofyn i mi."

Anwybyddodd Arnulf y dirmyg yn ei lais, ac meddai, "Mae yna faes awyr gan y gelyn ryw hanner can milltir o'r plas i gyfeiriad y de."

"Fe wn i hynny hefyd," gwenodd Math.

"Ac fe wyddom ni eu bod yn arbrofi ag awyren newydd yno," meddai Arnulf, gan ei anwybyddu eto. "Y gwersyll wrth y plas yw'r un agosaf at y maes awyr. Bydd dynion y fyddin gudd a nifer o filwyr Comando yn ymosod ar y maes awyr yn hwyr y prynhawn yma, gan obeithio camarwain y gelyn i gredu eu bod am ddinistrio'r awyren."

"A byddant yn anfon milwyr yno o'r gwersyll i helpu," ychwanegodd Sigrid, "a ninnau'n ymosod ar y plas a'r orsaf radio."

"Rydan ni wedi methu unwaith," ebe Math ar ei thraws yn ddigon sur.

Chwarddodd Arnulf yn ysgafn. "Wnawn ni ddim methu eto, Math," meddai, ei lais yn llawn hyder. "Bydd dynion y fyddin gudd yn ymosod ar y plas drwy'r gwifrau trydan, a thra bydd y gwylwyr yn brysur yn ein hwynebu ni, byddi dithau a rhai o'r dynion yn ymosod o'r cefn."

"O'r cefn? Ond. . .?"

"Fyddan nhw ddim yn disgwyl neb o'r fan honno," gwenodd Sigrid.

"Clogwyn serth yn codi'n syth o'r ffiord!" Roedd llais Math yn cyfleu'i syndod a'i fraw.

"Ond y ffordd honno yr awn ni i'r plas. A phaid â phoeni, mae'r dynion fydd efo ti yn arbenigwyr ar ddringo. Maen nhw wedi byw yn y mynyddoedd a fydd mymryn o glogwyn yn ddim iddynt."

Syllodd Math ar lun o'r plas a oedd wedi ei dynnu oddi ar gwch ar y ffiord ac aeth yn oer drosto wrth iddo weld y graig uchel yn codi'n syth o'r dŵr.

"A beth petai'r gelyn yn peidio ag anfon milwyr o'r gwersyll i'r maes awyr?" gofynnodd yn sydyn.

"Rydan ni wedi byw digon ymysg y dihirod i wybod sut y maen nhw'n meddwl ac yn gweithredu," gwenodd Sigrid. "Ond i wneud yn berffaith siŵr, mae un o'n dynion ni'n gwylio'r gwersyll y funud yma, a bydd yn anfon i ddweud wrthym cyn gynted ag y bydd y milwyr yn ymadael."

"Ac os na fyddan nhw'n ymadael?"

"Yna bydd raid i ni aros am gyfle arall?" ebe hithau'n dawel.

Erbyn iddynt orffen siarad o gylch y bwrdd roedd

yn ganol y bore a hebryngwyd Math yn ôl i'w ystafell a'i siarsio i aros yno i astudio'r lluniau nes y byddai'n amser cychwyn. Arhosodd yntau yno gan orwedd ar ei wely am hir yn gwylio'r haul yn llunio patrymau ar y nenfwd ac yn gofidio na fyddai Olaf wrth ei ochr. Yna aeth ati i astudio'r lluniau'n ofalus eto, ac er ei fod yn cofio cynllun yr hen blas ers y tro diwethaf, astudiodd y cyfan eto nes y cofiai bob twll a chornel ohono.

Yn hwyr y prynhawn y daeth Sigrid drwy'r drws, â gwên lydan ar ei hwyneb.

"Heno, Math," meddai, a'i llais yn fwy cyffrous nag arfer. "Rydan ni'n mynd heno. Mae'r ymosod-iad ar y maes awyr wedi dechrau ac mae llawer o'r milwyr wedi ymadael â'r gwersyll. Ond yn well fyth, mae neges wedi dod o Lundain: maen nhw am drefnu ymgyrch awyr ar y gwersyll tra y byddwn ni'n ymosod ar y plas."

Teimlai Math iasau oerion yn rhedeg i lawr asgwrn ei gefn wrth iddo feddwl am yr hyn a oedd o'i flaen, ac ni allai ddweud yr un gair wrthi, dim ond sefyll yno'n syllu'n fud o'i flaen.

"Mi fyddwn ni'n cychwyn wedi iddi nosi," ebe hithau, gan frysio allan eto.

Clywodd Math ddrws y tŷ yn cau, ac aeth at y ffenest a gwylio'r ferch yn cerdded ar hyd y stryd gan gicio'r eira'n chwareus. Gwyliodd hi'n mynd, a rhyf-eddai eto y gallai fod mor llawen a dihidio ychydig oriau cyn rhoi gwn ar ei hysgwydd i wynebu holl nerth y gelyn. Yna agorodd ei lygaid led y pen mewn drys-wch llwyr wrth iddo weld Sigrid yn oedi i siarad ag un o filwyr y gelyn.

"Be ar y ddaear?" meddai'n uchel, wrth weld y ddau'n cychwyn law-yn-llaw ar hyd y stryd o'r pentref.

"Sigrid!" meddai. "Sigrid! Nid ti?"

Roedd yn amlwg fod y gŵr wedi bod yn aros amdani. Er bod y ffenest ynghau, clywai Math eu chwerthin iach wrth iddynt ddiflannu o'i olwg.

"Sigrid," meddai eto, gan fynd i orwedd ar ei wely, wedi mwydro'n lân. Yna cododd ar ei draed yn frysiog ac aeth i lawr y grisiau, ddau ris ar y tro.

"Arnulf, Arnulf," gwaeddodd yn wyllt wrth ei weld ef a Leif yn eistedd wrth y bwrdd. "Sigrid. Mae hi..." methai'n lân â dod o hyd i'w eiriau.

"Sigrid?" gofynnodd Arnulf.

"Ie. Ond dwyt ti ddim yn deall. Mae hi efo un o'r milwyr yn y pentref ac mae..."

Daeth gwên i wyneb Arnulf.

"Yr Almaenwr yna?" meddai. "Mae Sigrid yn gyfeillgar iawn ag o ers dyddiau. Dim byd o'i le yn hynny, debyg?"

"Dim byd o'i le? Ond...?"

Yna petrusodd Math yn sydyn. "Mi wela i," meddai, wrth weld y ddau arall yn edrych yn rhyfedd arno. Yna chwarddodd yn uchel. "Cyfeillachu â'r Almaenwyr i'w camarwain rhag meddwl eich bod yn perthyn i'r fyddin gudd. Da iawn, Arnulf. Mi wela i yn awr."

"Na, dwyt ti ddim yn gweld, Math," ebe'r llall yn araf. "Mae'r Almaenwr yna am ein helpu ni i ymosod ar yr orsaf radio heno. A dweud y gwir wrthat ti, rydan ni'n dibynnu mwy arno fo na neb arall. Fe wnaiff y llanc yna dy waith di'n llawer haws."

137

"Bradwr ydi o?" gofynnodd Math yn syn, a'r gair yn dod â'r loes yn ôl i'w galon am eiliad, wrth iddo gofio am Olaf.

"Na, Math, nid bradwr ydi o," ebe Arnulf.

Yna, meddyliodd yn ddwys am eiliad, gan syllu ar Math.

"Tyrd," meddai. "Fe gei di weld beth sy'n digwydd. Tyrd efo mi."

Gadawyd Leif yn y tŷ a brysiodd Math allan ar ôl Arnulf, mewn mwy o benbleth nag erioed.

"Rhaid i ni frysio neu fe fydd yn rhy hwyr," ebe Arnulf gan gyrchu'r ddau feic o'r sied. Yna i ffwrdd â hwy o'r pentref, ac er i filwr neu ddau fynd heibio iddynt, ni chymerodd yr un ohonynt sylw o Math.

"Paid â chymryd arnat dy fod yn ei hadnabod," ebe Arnulf â chil ei geg wrth iddynt weld Sigrid a'r milwr o'u blaenau. Ceisiodd Math gadw ei lygaid ar y ffordd wrth fynd heibio iddynt, ac roedd arno ofn clywed y milwr yn gweiddi arno unrhyw eiliad. Ond wrth iddynt fynd heibio iddynt, cododd y ferch ddyrnaid o eira, ei wasgu'n belen gron a'i daflu'n chwareus at yr Almaenwr. Yna, yn sŵn eu chwerthin llawen, ymaith â Math ac Arnulf gan adael y pentref o'u holau.

"I ble'r ydan ni'n mynd?" gofynnodd Math toc, a'i anadl yn cymylu o'i gwmpas.

Ond ni ddywedodd y llall air, dim ond amneidio i gyfeiriad hen sgubor a safai ar ei phen ei hun ar gwr cae.

Wedi neidio oddi ar ei feic, gwthiodd Arnulf ef drwy ddrws y sgubor, a Math yn dynn wrth ei sawdl.

"Mae o am weld y sioe," meddai Arnulf wrth ddau

ŵr arfog a safai ar lawr y sgubor. "Mae hi ar ei ffordd."

Yna aeth y pedwar i guddio y tu ôl i hen beiriannau fferm a oedd yn y sgubor. Swatiodd pawb yno, yn ddistaw fel llygod, a phan glywsant sŵn traed yn clecian ar yr eira wrth y drws, a chwerthiniad y ferch yn eu dilyn, gwyddai Math yn iawn beth oedd ar fin digwydd.

Cyflymodd ei galon wrth iddo weld y drws yn agor yn araf a Sigrid yn camu i mewn gan dynnu'r milwr ar ei hôl, yntau'n petruso ennyd gan edrych o amgylch yr hen adeilad fel pe bai ofn arno. Yna caeodd y ferch y drws a sefyll yno yn y gwyll yn ei wynebu.

"Sigrid," gwenodd yntau gan afael yn ei llaw.

Yna diflannodd y wên, a gwelwodd wrth iddo weld gynnau milwyr y fyddin gudd yn anelu ato.

"Paid ti â meiddio, Fritz," gwaeddodd Arnulf wrth i Sigrid gamu oddi wrth yr Almaenwr.

Cododd yntau ei freichiau'n araf uwch ei ben, a'r ofn ar ei wyneb yn troi'n atgasedd pur wrth iddo syllu ar y ferch. Yna, wrth i Arnulf a'r ddau arall ddod tuag ato, poerodd yn ddirmygus ar y llawr wrth ei thraed.

Cerddodd Arnulf o gwmpas y milwr yn araf ac edrych yn fanwl arno, fel ffermwr yn mesur a phwyso anifail cyn ei brynu. Ac meddai'n chwyrn, "Dy ddillad, gyfaill. Tynn nhw oddi amdanat."

"Fy nillad? Ond . . . ?"

"Dy ddillad," gwaeddodd Arnulf yn ei wyneb, gan gipio'r gwn o law un o'r dynion a'i wthio'n frwnt i ochr y milwr. "Brysia!"

Tynnodd yntau ei lifrai oddi amdano'n araf. Cododd Arnulf y gôt lwydlas oddi ar y llawr.

"Iawn," gwenodd.

Yna cododd weddill y dillad, eu rhoi dan ei gesail a mynd allan, a Math a Sigrid wrth ei sawdl.

"Fe wyddoch be i'w wneud â'r dihiryn," meddai, gan droi yn y drws ac amneidio ar y ddau ŵr arall. Yna i ffwrdd â hwy ar draws y caeau i gyfeiriad y pentref.

"Ffyliaid," gwaeddodd Math yn wyllt wedi iddynt gyrraedd tŷ Arnulf. "Ffyliaid, pob un ohonoch chi! Welais i erioed neb yn gwneud peth mor ffôl. Rydach chi'n gwahodd y Gestapo i ddod i chwilio amdanoch chi."

"Os meddwl am y milwr yna yr wyt ti," ebe Arnulf yn sur, gan fynd drwy bocedi dillad yr Almaenwr yn ofalus cyn eu rhoi ar y bwrdd fesul un, "paid â phoeni mwy amdano. Bydd fy nynion yn siŵr o gael gwared â'r corff. Mae un neu ddau o'r dihirod yn diflannu'n gyson yn yr eira yma."

"Ond dwyn un o'u milwyr," ebe Math, â'i lygaid yn fflamio. "Cyn gynted ag y bydd y gelyn yn gweld ei golli, byddant yma'n chwilio am Sigrid."

"A bydd Sigrid wedi diflannu," gwenodd ei brawd. "Wedi iddi orffen ei gwaith heno bydd hi'n mynd i bentref Selbergen ymhell yn y mynyddoedd, i aros gyda ffrind. Bydd ganddi enw newydd ac mae papurau ffug yn barod ar ei chyfer."

"A bydd pobl y pentref yma'n sicrhau fod y stori amdani'n cyrraedd clustiau'r gelyn," ebe hithau gan wenu.

"Stori? Pa stori?" gofynnodd Math yn syn.

Cododd y ferch ei hysgwyddau fel pe na bai ganddi ddiddordeb o gwbl yn y busnes.

"Fel y rhedodd y milwr yna a hithau i ffwrdd gyda'i gilydd," meddai.

Cododd Arnulf gas sigarét arian, ac enw'r milwr

arno, oddi ar y bwrdd, ac yna ei waled ac un neu ddau o bethau personol eraill.

"A bydd dynion y fyddin gudd yn mynd â'r rhain yn ddigon pell oddi yma," eglurodd gan wenu. "Byddant yn cael eu gwerthu neu eu colli yn Oslo ac yna fe wnawn ni'n siŵr eu bod yn dod i ddwylo'r Gestapo. Wedyn mi fydd y dihirod yn chwilio am Sigrid a'r milwr yna fan honno. O, mi fyddwn ni'n siŵr o'u rhoi ar y trywydd anghywir, paid ti â phoeni."

Ysgydwodd Math ei ben a dechreuodd yntau wenu'n awr hefyd.

"Rwyt ti'n waeth na chadno, Arnulf," meddai.

"Mae'n rhaid i ti fod yn gadno yn y busnes yma," ebe yntau'n ddwys. "A thra bydd y Gestapo a'r fyddin yn chwilio am Sigrid a'r milwr yn Oslo, bydd Sigrid yn byw'n hapus dan enw newydd yn Selbergen, gannoedd o filltiroedd oddi yno."

"A'r milwr?"

Ond anwybyddu'r cwestiwn a wnaeth Arnulf. Cododd y dillad oddi ar y bwrdd.

"Dyna ti, Math," meddai. "Gobeithio eu bod yn dy ffitio."

"Fy ffitio i?" ebe yntau mewn syndod. "Ond dydw i ddim am wisgo lifrai'r gelyn."

"Brysia i newid," cyfarthodd Arnulf. "Byddwn yn cychwyn gyda hyn. Rho'r dillad yna amdanat. Bydd yn llawer haws i ti ddwyn y teclyn yna wedyn."

Brysiodd Math i fyny'r grisiau, ac wedi gwisgo dillad yr Almaenwr amdano, safodd o flaen y drych hir i'w edmygu ei hunan. Roedd y dillad yn ei ffitio fel maneg. Cerddodd yn ôl a blaen o flaen y drych, ac yna gwridodd pan glywodd Sigrid yn curo'i dwylo'n ysgafn wrth iddi ei wylio o'r drws.

"Fe wnei di Almaenwr dan gamp," gwenodd. "Rwyt ti'n edrych yn union fel un ohonyn nhw yn y dillad yna."

Safai Arnulf y tu ôl iddi ac wedi syllu'n fud ar Math am funud, camodd heibio i'w chwaer i'r ystafell.

"Pob lwc i ti, Math," meddai, gan ysgwyd llaw ag ef. "Rydw i'n mynd yn awr. Fe'th welaf di yn y bore gobeithio."

"Ydi'r amser wedi dod?" gofynnodd Math. "Dydw i ddim . . ."

"Mae Arnulf a'i ddynion yn mynd ar draws gwlad i ymosod ar y plasty o gyfeiriad y wifren," eglurodd Sigrid. "Mewn cwch y byddwn ni'n mynd, Math. Fe fyddwn yno ar yr un pryd."

Sicrhaodd Arnulf fod ei wats ef yn union ar yr un amser ag un ei chwaer, ac yna cofleidiodd hi cyn diflannu drwy'r drws. Wedi iddo fynd bu Sigrid yn eistedd ar y gwely am hir, heb ddweud yr un gair. Yna cododd ac arwain Math i lawr y grisiau a thrwy'r gegin i'r sied yn yr ardd.

Yno, dan hen sachau a oedd yn hanner llawn o datws, roedd gynnau a ffrwydryddion a bomiau-llaw. Aethant â'r cwbl i'r tŷ, a buont wrthi'n ddiwyd, wedi goleuo'r lamp, yn glanhau ac yn llenwi'r gynnau.

Roedd yn tynnu at hanner nos pan aeth y ddau o'r tŷ a sefyll wrth y drws i wrando'n astud. Yna, wedi sicrhau nad oedd neb o gwmpas, arweiniodd y ferch ef o'r pentref ac wedyn ar hyd llwybr cul rhwng y creig-iau. Er ei bod yn dywyll fel y fagddu cyn codiad lleuad, roedd Sigrid yn adnabod y ffordd fel cefn ei llaw.

"Fyddwn ni ddim yn hir cyn cyrraedd Galdanger os awn ni ar hyd y ffiord," sibrydodd. Rydan ni bron ar lan Halfiord ac mae honno'n arwain i'r Nordfiord lle mae'r plas."

Ni lithrodd ei throed unwaith wrth iddi afael yn arddwrn Math a'i dynnu ar ei hôl. Toc clywai yntau sŵn ysgafn y tonnau'n torri ar gerrig mân, a dôi'r gwynt i chwythu'n oerach ar ei wyneb, a gwyddai'n awr eu bod ar lan y ffiord. Arhosodd y ddau yno am ychydig nes i'w llygaid ddygymod â'r tywyllwch, a thoc gwelodd Math gysgodion yn codi o ganol y creigiau o'i amgylch ac yn brysio tuag atynt.

"Leif," sibrydodd y ferch, ac atebodd yntau gan arwain gweddill y dynion tuag ati.

Roedd chwech ohonynt â rhaffau preiffion wedi eu lapio am eu hysgwyddau, ac un ohonynt yn cario set radio nerthol ar ei gefn.

"A'r cychod?" gofynnodd y ferch, wedi iddynt ymgynnull o'i chwmpas.

Chwibanodd Leif yn isel a chlywodd Math sŵn ysgafn rhwyfau'n torri'r dŵr. Craffodd i dywyllwch y ffiord a gwelodd y cychod yn ymddangos o'r düwch, dau gwch rwber mawr, a gŵr arfog yn rhwyfo pob un.

Aeth Sigrid a dynion y fyddin gudd atynt; roedd y dŵr yn codi at eu cluniau cyn iddynt ddringo i mewn i'r cychod simsan ac eistedd ynddynt yn hanner cylch. Yna, heb air o enau neb, i ffwrdd â hwy i lawr y ffiord, gan gadw'n dynn wrth odre'r clogwyn, lle'r ymunai â'r dyfroedd tawel, du.

Roedd bron yn ddau o'r gloch pan neidiodd y cychwr i'r lan o'r cwch a gludai Math a Sigrid, a thynnu'r cwch ar ei ôl wrth rimyn o raff hir.

"Plas Steinkjet," sibrydodd y ferch yng nghlust Math ac amneidio at ben y clogwyn. Craffodd Math i fyny'r graig serth a fferrodd ei waed wrth iddo weld cysgod du'r hen blasty'n erbyn yr awyr serog. Crynodd drwyddo wrth ddychmygu'r dasg a oedd o'i flaen, ac yna, er mwyn cael rhywbeth arall i feddwl amdano, aeth i gynorthwyo'r gwŷr o'r cwch arall i neidio i'r lan.

Nid oedd ond silff gul o graig ar waelod y clogwyn i'w cynnal. Swatiai pob un ohonynt yno'n dynn wrth ei gilydd a'r tonnau'n torri dros eu traed yn awr ac yn y man. Daeth sŵn gwichian pell o'r radio ac meddai'r gŵr â'r offer-gwrando ar ei glustiau, "Mae Arnulf a'i ddynion yn barod, Sigrid."

"Perffaith," sibrydodd hithau, gan afael ym mraich Math. "Wyt ti'n iawn, Math?"

"Iawn," atebodd yntau er nad oedd yn teimlo felly o gwbl.

"Maen nhw'n hwyr," ebe'r ferch toc ar ôl gwrando'n astud am ychydig. "Fe ddylen nhw fod yma bellach."

Edrychodd pawb i fyny i'r awyr uwch eu pennau a gwrando. Ond nid oedd sŵn yn unman ond sŵn y tonnau'n chwarae wrth eu traed, a sŵn chwerthin pell yn dod o'r plas ar adegau. Roedd yr oerni'n brathu drwy eu dillad a theimlai Math y ferch yn crynu wrth ei ochr. Roedd yntau hefyd wedi colli pob ymdeimlad yn ei draed, gan fod ei fysedd wedi rhewi'n gorn.

Leif a'i clywodd gyntaf.

"Sshh," meddai'n sydyn. Gwrandawodd pawb yn

astud, a theimlai Math y cyffro'n cyflymu ei galon wrth iddo glywed sŵn fel sŵn haid o wenyn rywle ar y gorwel pell. Yna roedd bysedd meinion y goleuadau nerthol yn saethu tua'r awyr, a dwndwr pell y gynnau'n llenwi ei glustiau, ac ambell fflach yn goleuo'r awyr wrth i'r gynnau chwilio am yr awyrennau.

Cyn hir roedd yr haid yn union uwchben a dechreuodd gwn mawr gyfarth o ben y clogwyn a'u byddaru'n lân. Gallai Math weld awyren Lancaster yn glir yn erbyn yr awyr, yna roedd mwy ohonynt, pob un yn llwythog gan fomiau yn ôl sŵn llafurus eu peiriannau. Clywodd eu sŵn yn diflannu dros ben y clogwyn ac yna daeth ysgrech y bom cyntaf i rwygo'r nos, wrth i'r gwersyll gael eu holl sylw.

"Yn awr," gwaeddodd Sigrid, a chamodd un o'r gwŷr yn ôl i ddŵr y ffiord a thynnu ei fraich yn ôl. Taflodd fach haearn yn uchel tua'r clogwyn, neidr o raff yn cyrlio ohono. Daeth sŵn dur yn taro craig, a daliodd pawb ei wynt wrth i'r gŵr dynnu'n galed yn y rhaff.

"Iawn," meddai, gan godi ei draed ar ochr y clogwyn a diflannu i'r gwyll, â rhaffau eraill yn hongian ar ei ysgwydd. Toc clywsant y rhaffau yn siffrwd i lawr y graig wedi i'r dringwr eu clymu yn rhywle, a dechreusant ddringo.

Roedd yn haws nag a dybiai Math, ac er ei fod yn anadlu'n drwm cyn cyrraedd pen y clogwyn, dringodd i'r darn craig cul, a redai o gylch waliau'r hen blas, yn ddiogel ac eistedd yno, a'i draed yn hongian dros yr ymyl.

Cyn gynted ag yr eisteddodd daeth sŵn saethu o'r ochr arall i'r plas, a gwyddai fod Arnulf a'i ddynion yn ymosod. Yna fe'i byddarwyd gan sŵn seiren yn sgrechian o do'r plas. Rhoddodd Math ei ddwylo dros ei glustiau, a chaeodd ei lygaid yn dynn. Crynodd y ddaear wrth i wŷr y fyddin gudd chwythu'r wifren drydan yn chwilfriw.

Clywyd sŵn dynion yn gweiddi mewn Almaeneg a sŵn traed trymion yn rhedeg.

"Arhoswch yn llonydd," ebe'r ferch yn ddistaw wrth i'r dynion godi ar eu traed. "Mae'n ddigon buan."

Teimlai Math yn ddiwerth hollol wrth eistedd yno, â'i gefn ar wal gadarn y plas, yn gwrando ar y frwydr yn ffyrnigo ar yr ochr arall heb fedru gwneud dim i helpu. Daeth ysgrech sydyn a rhedodd iasau oerion i lawr asgwrn ei gefn. Yna mwy o fomiau-llaw yn ffrwydro, a'r bwledi'n chwibanu i'r nos ac yn dawnsio'n swnllyd oddi ar gerrig yr hen adeilad.

Cododd pawb ei ben mewn syndod pan aeth yr awyr yn olau fel dydd.

"Y dihirod," ebe Sigrid rhwng ei dannedd, wrth iddi weld llafn o olau llachar yn byseddu'r nos o do'r tŷ. "Mae ganddyn nhw chwilolau yna. Fydd gan Arnulf a'i ddynion ddim siawns o gwbl yn awr."

Er na fedrai weld ochr arall y plas, gwyddai Math fod goleuni'n ysgubo'r lle ac yn dangos dynion y fyddin gudd i'r gelyn fel petai'n ganol dydd. Yna daeth sŵn stacato gwn-peiriant trwm o ben y tŷ i chwistrellu pobman â'i fwledi angheuol, a gwasgodd Math ei figyrnau'n dynn.

"Mi fydd y gwn yna wedi ysgubo Arnulf a'r lleill oddi ar wyneb y ddaear," meddai'n wyllt yng nghlust Sigrid.

Edrychodd hithau o'i chwmpas ac yna amneidiodd ar Leif.

"Leif," meddai. "A oes angen cymorth arnat?"

Ond ysgwyd ei ben a wnaeth Leif, codi ar ei draed, a dechrau dringo wal y tŷ. Dringai fel pry copyn ar wydr ffenest, a gwyliodd Math ef yn cyrraedd y to, yn aros yno ar ei gwrcwd, yn ddu yn erbyn y goleuni. Gwelodd ef yn tynnu rhywbeth o'i wregys, yn tynnu ei fraich yn ôl ac yna'n taflu'r bom-llaw, cyn gorwedd ar ei hyd ar y to.

Ysgydwodd y ffrwydrad y tŷ drwyddo i'w sylfaen a thawodd clecian undonog y gwn-peiriant ar amrant-iad. Wedyn roedd Leif ar ei draed ar y to yn tywallt y bwledi o'i wn otomatig. Clywodd Math sŵn gwydr yn torri'n deilchion ac yna diffoddwyd y golau gan adael pobman yn dywyllach nag erioed.

Ffyrnigodd sŵn y brwydro o flaen y plas wrth i Leif ddringo'n ôl tuag atynt. Yna pan oedd y nos yn atseinio i sŵn saethu a dynion yn gweiddi, amneid-iodd y ferch tuag at ffenest fechan â gorchudd arni a oedd ychydig bellter oddi wrthynt, a'r rhimyn lleiaf o olau yn ymddangos heibio iddi i'r nos. Aeth Leif ati, codi ei wn a thrawo'r carn yn ei herbyn yn galed. Ffrydiodd goleuni allan wrth i'r ffenest a'i gorchudd chwalu'n deilchion. Aeth Leif drwyddi fel mellten, a'r lleill yn dynn wrth ei gwt.

Safodd pawb yno i wrando. Roeddynt ar risiau ar lawr isaf y tŷ, a'r grisiau'n arwain i fyny i'r llawr uwchben. Ym mhen draw rhodfa gul, a drysau swyddfeydd yn arwain ohoni ar bob ochr, gwelai Math risiau cerrig yn arwain i'r seler. Anfonodd Sigrid dri o'r dynion i fyny'r grisiau i'r ail lawr ac yna amneidiodd ar y lleill i'w dilyn ar hyd y rhodfa, â'i gwn yn dynn yn ei llaw.

Arhosodd eiliad wrth ddrws un o'r swyddfeydd ac amneidio ar Math. Gwrandawodd y ddau â'u clustau'n dynn ar y drws. Clywsant sŵn siarad cyffrous a sŵn radio wrth i rywun anfon neges drwyddi. Gwenodd Sigrid a thynnu bom-llaw o'i gwregys. Amneidiodd ar Math eto ac wrth iddo afael yn nwrn y drws a'i droi'n araf, tynnodd Sigrid y pin o'r bom. Agorodd Math y drws a thaflodd y ferch y bom drwyddo. Cafodd Math amser i gau'r drws â chlep. Clywodd waedd o ddychryn yn dod drwyddo, ac yna roedd y drws yn chwilfriw a llond y rhodfa o fwg ac arogl powdwr gwn.

Ar yr un eiliad, ymddangosodd gwyliwr ar ben y grisiau a arweiniai i'r seler. Edrychai'n hurt arnynt ac yna roedd Sigrid yn rhedeg tuag ato, â'i gwn yn poeri tân o'i blaen. Neidiodd dros y milwr wrth iddo rowlio i lawr y grisiau cerrig.

"Sigrid!" gwaeddodd Math wrth iddo weld milwr arall ar waelod y grisiau'n anelu ati, ac fel petai'r ddau ag un meddwl rhyngddynt, gwyrodd y ferch a saethodd Math stribed o ergydion dros ei phen. Gwelodd hwy'n dawnsio'n fflamgoch oddi ar y drws dur y tu ôl i'r gwyliwr, a hwnnw'n gollwng ei wn yn araf cyn syrthio i'r llawr.

Ar ben y grisiau roedd dau o filwyr y fyddin gudd yn gwyro ac yn anelu ar hyd y rhodfa. Tynnodd Sigrid y lifer trwm a agorai'r drws dur. Rhedodd Math i'w helpu ac yna ochneidio mewn rhyddhad o weld nad oedd y drws ar glo.

"Na, paid!" ebe Math wrth i Leif frysio tuag atynt

â bom yn ei law. "Dim bomiau fan hyn, a pheidiwch â dinistrio'r radio yn enw popeth."

Ciciodd Leif y drws dur yn agored a rhuthrodd Sigrid drwyddo. Gwenodd wrth weld nad oedd neb yno, ac amneidiodd ar Math i'w dilyn. Roedd ei ddwylo'n llaith ar garn y gwn wrth iddo gamu i'r ystafell. Edrychodd o'i gwmpas yn ofnus. Yn un pen i'r seler, a oedd o gryn faint, roedd drws yn arwain i ystafell arall. Aeth ar flaenau ei draed ato a gwrando, ond nid oedd sŵn i'w glywed. Yna aeth at y set radio enfawr a oedd ar ganol llawr y seler a'i hastudio'n fanwl.

"Wel," ebe'r ferch yn araf.

"Dyma hi," ebe yntau, heb dynnu ei lygaid oddi arni. "Mae angen chwarter awr arna i."

"Hanner awr os dymuni," gwenodd hithau, ac yna aeth drwy'r drws a Leif wrth ei sawdl. "Mae mwy o'n hangen ni yn yr ystafelloedd eraill yna," meddai cyn cau'r drws yn dynn ar ei hôl.

Roedd y chwys yn pistyllu i lawr wyneb Math wrth iddo benlinio wrth y set radio a syllu ar y bocs bychan, du a oedd yn ei chanol. Rhoddodd y gwn-sten ar y llawr wrth ei ochr yn ofalus, a thynnu'r bag offer radio a oedd ar ei ysgwydd, dewis un o'r offer, a mynd ati i dynnu'r teclyn cyfrinachol. Wrth iddo weithio dechreuodd ymlacio, wedi ymgolli'n llwyr yn ei waith. Nid oedd yn clywed y dwndwr o gylch yr adeilad mwyach a gwyddai na fyddai niwed yn dod iddo tra byddai Sigrid a'r lleill ar yr ochr arall i'r drws.

Ochneidiodd mewn gollyngdod pan ddechreuodd y blwch dur ddod yn rhydd. Tro arall yn y sgriw a chododd ef yn ofalus, ei glymu mewn cadachau pwrpasol ac yna ei roi yn y bag ar ei gefn.

Roedd Math ar godi i fynd tua'r drws pan fferrodd ei waed wrth iddo weld y drws a arweiniai i'r ystafell arall yn agor yn sydyn. Roedd ei lygaid bron â neidio o'i ben mewn ofn pan welodd y ddau swyddog yn dod trwyddo yn araf gan siarad â'i gilydd. Edrychodd y ddau'n hurt arno am eiliad ac yna dywedodd un ohonynt rywbeth wrtho mewn Almaeneg cyn mynd at fwrdd bychan yn y gongl, tynnu bwndel o bapurau o'r drôr a mynd allan eto, a'r llall wrth ei gwt fel ci bach.

Safai Math fel delw farmor wrth y set radio, wedi anghofio popeth am y dillad gelyn a oedd amdano. Yna teimlai'r chwerthin yn codi o'i galon a brathodd ei wefl yn galed rhag iddo wneud cawl o bethau drwy chwerthin yn afreolus.

Ond buan y diflannodd y chwerthin. Trodd un o'r swyddogion pan oedd ar fin mynd drwy'r drws ac edrych ar y llawr wrth draed Math. Daeth syndod i'w wyneb wrth iddo weld y gwn-sten a chamodd yn ôl. Yn rhy hwyr y sylweddolodd Math ei gymgymeriad. Nid oedd yr un dilledyn i'w achub bellach gan fod y gwn yn ei fradychu.

"Rolf, Rolf," gwaeddodd y swyddog yn wyllt ar ei gyfaill, a'i law yn ymbalfalu am y gwn wrth ei wregys.

Nid oedd amser i godi'r gwn-sten hyd yn oed. Rhuthrodd Math at y swyddog, gwasgu ei ddyrnau'n dynn a'i daro ar ochr ei wyneb. Neidiodd y swyddog yn ôl, gafaelodd yn ei wn, ond ciciodd Math ei arddwrn. Roedd y glec yn diasbedain ym muriau'r ystafell ond gwibiodd y fwled heibio i ochr traed Math i sboncio oddi ar y wal bellaf. Yr eiliad nesaf roedd dwylo'r swyddog yn cau am wddf y Sarjant. Gwasgai'n dynn a theimlai Math yr ystafell yn dechrau nofio o'i amgylch. Gafaelodd yn dynn am arddyrnau'r swyddog ond gafaelai hwnnw fel cranc, a gwaeddai'n wyllt ar ei ffrind. Gwyddai Math ei bod ar ben arno oni fyddai'n ei ryddhau ei hun ar unwaith. Gwthiodd yn galed yn erbyn y llall, ac yna gwyrodd yn ôl yn sydyn a syrthio i'r llawr. Ehedodd y swyddog dros ei ben a glanio ynghanol y set radio. Ni chafodd gyfle i godi. Roedd Math arno fel llew yn neidio ar hydd. Trawodd ef dan glicied ei ên ac yna cododd y gwn-sten oddi ar y llawr ac anelu, ei waed yn berwi, a'r boen yn ei wddf yn annioddefol.

"Dyna ddigon, gyfaill," ebe llais yr ail swyddog o'r drws.

Trodd Math i'w wynebu ac aeth ei wyneb yn llwyd wrth iddo weld y gwn yn llaw'r swyddog, ac yna gollyngodd ei wn ef ei hun yn llipa.

Ni siaradai'r Almaenwr ei iaith ei hun mwyach, a gwyddai Math cystal ag yntau fod y chwarae ar ben.

"Does ond un gosb i rywun sy'n gwisgo ein gwisg filwrol ni i ymladd yn ein herbyn," cyfarthodd y swyddog arall arno'n wyllt, gan godi ar ei draed yn simsan.

"Na, paid!" gwaeddodd y llall arno wrth ei weld yn tynnu ei wn allan. "Mi fydd y Gestapo'n falch o gael y gwalch yma i'w dwylo. Mae o'n aelod o'r fyddin gudd felltith yna."

Gwenodd yn filain ar Math. "Mi fydd yn edifar iawn gen ti am hyn, y dihiryn," meddai.

Yna pwniodd Math yn ei gefn â'r gwn a'i yrru drwy'r drws i'r ystafell arall o'i flaen. Nid oedd drws arall yn arwain ohoni i unman, a theimlai Math fod ganddo obaith dianc eto, gan fod Sigrid a milwyr y fyddin gudd wrth yr unig fynedfa i'r seler.

"Ac yn awr y bag yna," ebe un o'r swyddogion wrtho, gan estyn ei law allan.

Wedi iddo ei gael, dododd ef ar y bwrdd o'i flaen ac eisteddodd yn ei gadair, a'i wyneb yn llawn sarhad.

"Wnewch chi byth ddysgu," crechwenodd ar Math. "Mae un ymgyrch ar y plas yma wedi methu'n barod. Wnes i erioed feddwl fod y fyddin gudd mor ffôl â rhoi ailgynnig arni mor fuan. Nawr ymhle y cefaist ti'r dillad milwr yma? O ble y daeth y giwed anwaraidd sydd y tu allan i'r plas?"

Edrychodd Math ar y llawr yn fud, ac roedd iasau oerion yn rhedeg i lawr ei gefn.

"Dim tafod, aie?" chwarddodd y swyddog. "Does dim brys o gwbl. Fydd y Gestapo fawr o dro cyn cael pob cyfrinach ohonot ti."

Yna gwnaeth i Math sefyll â'i gefn ar y wal a'i wyneb tua'r drws ac aeth yntau drwy ei bocedi'n frysiog tra safai'r llall yn ei wylio, â'r gwn yn barod yn ei law.

"Dim byd yn ei bocedi," ebe'r swyddog toc. Yna cododd wn-sten Math oddi ar y bwrdd a'i ddal yn ysgafn yn ei law.

"O ble y daethoch chi?" gofynnodd yn dyner ddigon. "Byddai'n well i ti ddweud wrtha i na gadael i'r Gestapo gael eu dwylo arnat ti. O Galdanger? Oslo? Prydain? O ble?"

Syllai Math heibio iddo at gefn y drws heb ddweud yr un gair. Yna plygodd mewn poen wrth i garn y gwn ei daro yn giaidd yn ei stumog.

"Os nad wyt ti am gydweithredu," cyfarthodd y swyddog, "does dim arall amdani."

Gwelai Math yr ystafell drwy niwl coch. Caeodd ei lygaid yn dynn ac ysgwyd ei ben. Yna, wrth edrych heibio i'r swyddog eto, gwelodd symudiad yn y drws. Craffodd arno a gwelai ei fod yn gilagored a blaen gwn yn ymwthio drwyddo'n araf.

"Rydw i'n fodlon taro bargen efo ti," meddai, er mwyn rhwystro'r ddau swyddog rhag edrych i gyfeiriad y drws.

"Dyna welliant," ebe'r Almaenwr. "Llwfrgi wyt tithau rwy'n gweld, fel y gweddill ohonyn nhw. Fe addawa i na ddaw'r un niwed i ti."

"Mae hanner cant ohonom ni," dechreuodd Math. Yna gwaeddodd yn uchel, "Sigrid, nawr!" a neidio dan y bwrdd.

Clywodd y gwn yn cyfarth, a'r darluniau ar y wal yn torri'n deilchion wrth i Sigrid ruthro i'r ystafell. Yna cododd ar ei draed a chipio'r bag oddi ar y bwrdd.

"Ffordd hyn, brysia," gwaeddodd y ferch gan redeg drwy'r seler at waelod y grisiau.

I fyny â hwy, a Sigrid yn saethu'n ddi-baid, nes bod baril ei gwn yn goch gan wres. Yna drwy'r ffenest, a sefyll ennyd ar y silff o graig, cyn cael eu dwylo ar y rhaffau.

Roeddynt hanner y ffordd i lawr y clogwyn pan ddaeth bwled i chwibanu heibio iddynt, ac yna un arall.

"Neidia," gwaeddodd y ferch, a gwelodd Math ei chysgod yn plymio heibio iddo. Edrychodd yntau i lawr i'r tywyllwch unwaith, daliodd ei anadl a gollwng ei afael ar y rhaff. Chwibanai'r gwynt yn ei wallt wrth iddo ruthro tua'r gwagle ac yna roedd dyfroedd tywyll y ffiord yn cau amdano ac yn ei fygu â'u hoerni.

Tybiai Math na fyddai byth yn dod i'r wyneb wrth iddo suddo'n is ac yn is i'r tywyllwch dudew. Teimlai na fedrai ddal ei anadl eiliad yn hwy. Yna ciciodd yn galed a'i deimlo'i hun yn saethu tua'r awyr iach. Edrychodd i fyny a gweld rhyw arlliw o oleuni uwch ei ben, ac yna, pan oedd ei ysgyfaint bron â ffrwydro, gwthiodd ei ben drwy'r dŵr.

Anadlodd yn ddwfn cyn nofio tua throed y graig ac aros yno. Roedd ei ddwylo'n llithro wrth iddo geisio gafael yn y cerrig gwlybion, a'i anadl yn codi'n swigod ar wyneb y dŵr. Roedd y bwledi'n dal i bupuro'r dŵr o'i gwmpas a'u sŵn fel sŵn diferion yn syrthio i'r tân.

''Math, Math,'' clywodd lais isel Sigrid yn galw arno, a nofiodd tuag ati, a phwysau'r dŵr yn ei ddillad yn mynnu ei dynnu i'r dyfnderoedd eto. Trawodd yn erbyn un o'r cychod rwber a theimlodd freichiau'r ferch yn ei gynorthwyo i ddringo iddo.

Gorweddodd Math ar ei waelod, ei goesau'n dal yn y dŵr, wedi ymlâdd yn lân, a phe byddai'r gelyn wedi dod ar ei warthaf y funud honno ni fyddai wedi gwneud unrhyw ymdrech i ddianc o'u gafael. Ond nid felly Sigrid. Roedd yn gryfach ei chalon na'r un dyn. Chwarddodd yn isel wrth weld Math yn gor- wedd yno mor ddiymadferth. Yna, wedi datod y rhaff i ryddhau'r cwch, gwthiodd yn galed yn erbyn y graig nes ei yrru ar ei ffordd drwy'r dŵr.

Pan gododd Math ar ei eistedd roedd y cwch ynghanol y ffiord, a'r ferch yn rhwyfo'n galed.

"Gad i mi wneud," meddai, a gwrid o gywilydd yn codi i'w wyneb wrth iddo geisio tynnu'r rhwyfau oddi arni.

"Fe fydda i'n gynt," oedd ei hateb, gan ei wthio oddi wrthi. "Rydw i wedi hen arfer ar y ffiord yma. Mae'r teclyn yna'n ddiogel gen ti gobeithio?"

Tynnodd Math y bag oddi ar ei ysgwydd ac ymbalfalu am y blwch bychan a oedd ynddo. "Yn berffaith ddiogel," gwenodd. "Diolch i'r drefn. Nawr be sy'n digwydd?"

"Sweden," ebe hithau'n dawel. "Ac yna yn ôl i Lundain â thi. Mae Sweden yn wlad rydd a fyddwn ni fawr o dro cyn dy gael di dros y ffin."

"Ac Arnulf a'r dynion?"

"Mi fyddan nhw'n berffaith ddiogel, paid ti â phoeni. Maen nhw'n gwybod pa beth i'w wneud."

"A'r Comando?" gofynnodd Math yn sydyn. Gan fod Olaf a Chapten Mason wedi mynd teimlai'n gyfrifol am y milwyr a ymunodd ag ef ar yr ymgyrch.

"Bydd y fyddin gudd yn eu gwarchod nes y daw cyfle iddynt ddianc," ebe'r ferch. "Dy gael di a'r teclyn yna i Lundain ydi'n gwaith ni yn awr. Fedrwn ni ddim anfon pawb adref gyda'i gilydd."

Aeth Math yn fud am rai eiliadau. Erbyn hyn roedd y cwch bron â chyrraedd ochr arall y ffiord ac o'r fan lle'r oedd gallai Math weld y plas yn glir, a'r fflamau'n codi'n goch i awyr y nos o'i amgylch. Nid oedd sŵn y gynnau'n tanio i'w glywed mor aml yn awr a gwyddai fod y frwydr bron ar ben.

"Dim ond gobeithio y bydd Arnulf yn cilio'n ddigon buan," ochneidiodd y ferch, ac yna bu'n fud am weddill y daith.

Wedi iddynt gyrraedd y creigiau ar lan y ffiord, tynnodd Sigrid gyllell o'i gwregys. Plannodd ei blaen yng nghanol y cwch rwber, ei lenwi â cherrig, ac yna, wrth i'r aer ddianc ohono'n swnllyd, ei anfon yn ôl i ganol y ffiord, a'r dŵr yn prysur ei lenwi.

"Tyrd, brysia, mae taith hir o'n blaenau ni," meddai, gan gychwyn ar draws y cerrig llithrig i fyny ochr y bryn.

Llithrai Math yn aml a châi drafferth i gadw'n dynn wrth ei sawdl. Roedd Sigrid fel ewig, wedi hen arfer â dringo mynyddoedd, ac arhosai amdano bob yn hyn a hyn, â gwên lydan ar ei hwyneb.

Pan oedd y wawr yn torri a'r cysgodion o'u cwmpas yn ymrithio'n goed a cherrig, gwelsant ffermdy unig o'u blaenau.

"Mi fyddwn ni'n ddiogel fan yma," ebe'r ferch, gan fynd tuag ato'n ofalus.

Chwibanodd yn isel wedi cyrraedd y buarth ac yna aeth at y drws a chnocio'n ysgafn. Daeth sŵn traed o'r ochr arall, ac yna, distawrwydd llethol.

"Mae'r saith ceiliog gwyn yn canu," ebe Sigrid gan wenu, ac edrychodd Math yn hurt arni nes sylweddoli mai geiriau cyfrinachol gwŷr y fyddin gudd oeddynt.

Daeth sŵn bolltau'n symud ac agorwyd y drws. Brysiodd y ddau drwyddo'n ddistaw, ac wedi ei gau'n dynn ar eu holau, arweiniwyd y ddau i gegin fechan gan y gŵr a agorodd y drws. Wedi sicrhau fod y llenni'n dynn ar y ffenest, goleuodd lamp olew a oedd ar y bwrdd a gwasgodd Math ei lygaid am eiliad rhag y golau melyn a lanwai'r ystafell dlawd.

Ffermwr canol oed a safai yno. Roedd ei ddwylo'n

galed fel y tir yr ymdrechai i ennill ei fywoliaeth ohono, wrth iddo ysgwyd llaw â Math. Ni roddodd y ferch enw iddo o gwbl ac ni fu fawr o ymgom rhyngddynt. Daeth â llond dysgl o gawl tatws iddynt a'u gwylio'n bwyta. Yna, wedi iddynt orffen, brysiodd hwy o'r ystafell fel pe bai arno ofn i rywun ddod ar eu traws.

Dilynodd Math a Sigrid ef ar draws y buarth i hen sgubor, drwy'r drws ac yna dringo i'r to a chrafangu drwy ddrws sgwâr bychan nes eu bod rhwng y to a'r nenfwd. Gwyddai Math oddi wrth yr olwg a oedd ar y gwellt a lanwai'r lle fod eraill wedi cysgu yno lawer noson. Gwrandawodd ar y gŵr yn cau'r drws ac yna sŵn ei draed yn diflannu'n ôl i'r tŷ.

"Mae'n berffaith ddiogel fan hyn," gwenodd Sigrid. "Rydw i wedi cuddio yma o'r blaen."

Yna tynnodd ychydig o'r gwellt drosti a cheisio cysgu. Gwnaeth Math yr un modd, ei lygaid yn drwm gan gwsg. Roedd tawelwch y sgubor, heb ddim ond cwynfan isel y gwynt dan y bondo i dorri arno, ynghyd ag arogl y gwellt, a'r ffaith fod y cynhesrwydd yn ffrydio'n ôl i'w gorff, yn ei suo i gysgu. Pan edrychodd y ferch i'w gyfeiriad bum munud yn ddiweddarach roedd yn cysgu'n drwm, a'i law yn dynn am y bag a'r teclyn radio.

Sŵn y drws yn y nenfwd yn agor a'i deffrôdd tua chanol y prynhawn. Eisteddai Sigrid yn y gwellt yn gwylio'r drws pren yn agor yn araf, a'i gwn wedi'i anelu ato. Cyffrôdd Math drwyddo, ond yna gwenodd wrth weld pen ac ysgwyddau Arnulf yn ymddangos drwy'r agoriad. Crafangodd ar ei bedwar i'r guddfan gyfyng, â golwg wedi llwyr ymlâdd arno, a'i lygaid yn goch gan ddiffyg cwsg.

"Gefaist ti o?" oedd ei gwestiwn cyntaf.

Trawodd Math ochr y bag, a gwenu.

"Byddaf fi a Sigrid yn mynd â thi at y ffin rhwng Norwy a Sweden yn y bore," meddai.

"Ond mae Sigrid yn mynd i Selbergen."

"Wedi iddi orffen ei gwaith," gwenodd ei brawd. "Mae popeth wedi ei baratoi eisoes. Byddwn yn cychwyn gyda'r wawr yfory. Byddwn wrth y ffin cyn nos."

"A'r dynion eraill?" gofynnodd Math.

"Yn ddiogel. Paid ti â phoeni. Mae dynion y fyddin gudd yn gwybod sut i edrych ar eu hôl eu hunain."

"Anafwyd rhywun?"

Ni chafodd ateb gan Arnulf, a phan edrychodd Math arno yr oedd yn cysgu'n drwm, â'i ben ar garn ei wn.

Yn oriau mân y bore drannoeth y daeth y ffermwr i gyrchu'r tri ohonynt o'u cuddfan. Aeth y pedwar yn ôl i'r gegin a thaflodd y ffermwr bentwr o hen ddillad i Math a gwneud iddo dynnu'r dillad milwr oddi amdano. Yna gwnaeth i'r tri eistedd wrth y bwrdd i fwyta mwy o'r cawl llugoer ac yfed coffi chwerw.

"Maen nhw'n chwilio amdanoch chi ymhob man," meddai'r ffermwr toc.

Cododd Arnulf ei ysgwyddau fel pe na bai'n poeni o gwbl.

"Y papurau?" gofynnodd.

Aeth y ffermwr ar ei liniau ar yr aelwyd, cododd un o'r cerrig o'r llawr a thynnu blwch o'r twll oddi tani.

ynnodd bentwr o bapurau ohono a'u rhoi iddynt.

"Fedri di ddim mentro o'r mynyddoedd yma heb y
apurau iawn," eglurodd Arnulf wrth Math. "Bydd-
vn yn siŵr o gael ein stopio cyn cyrraedd y ffin. Ond
yddwn yn iawn efo'r rhain."

Craffodd ar y papurau am eiliad, a gwenu. "Fydd-
i neb byth yn dweud mai rhai ffug yw'r rhain,"
neddai.

"Ond fedra i ddim siarad yr iaith pe baen nhw'n fy
tal," protestiodd Math, gan deimlo'r ofn yn dych-
velyd i'w galon. "Dydw i ddim yn medru'r un gair o
Norwyeg nac Almaeneg ychwaith."

"Does dim rhaid i ti," atebodd Arnulf. "Mae
ligon o weithwyr tramor ar hyd y lle yma. Jan Offen-
berg, gweithiwr fferm o wlad Pwyl, wyt ti yn ôl y
bapurau yma. Pe bai rhywun yn gofyn rhywbeth i ti,
malia nad wyt yn deall, a rhoi'r papurau iddyn
nhw."

"Jan Offenberg?" gofynnodd Math, ac yna
rhoddodd y papurau yn ei boced a chodi ar ei draed
wrth weld Arnulf a'i chwaer yn mynd tua'r drws.

Roedd yn olau dydd pan aethant allan i'r awyr
iach. Yno ar ganol y buarth roedd lori fechan yn
hanner llawn o faip. Taenodd y ffermwr sachau dros-
ynt.

"Math," gwenodd Arnulf, gan amneidio at y sach-
au. Gorweddodd yntau ar ben y llwyth maip ac yna
rhoddwyd sach arall drosto, ac aeth y ffermwr ac
Arnulf ati i lwytho mwy ohonynt ar ei ben nes bod
Math yn gorwedd ynghanol y llwyth drewllyd, bron â
mygu.

"Wyt ti'n iawn?" clywodd lais Arnulf yn galw

arno, a chyn iddo ateb, teimlodd y lori'n siglo wrth i'r ddau arall neidio i'r pen blaen.

Roedd sŵn y lori'n ei fyddaru, arogl cryf y maip yn codi cyfog arno a'r lori'n siglo fel cwch mewn storm wrth iddynt yrru ar hyd y llwybrau i lawr y bryniau. Ond roedd y siwrnai'n esmwythach wedi iddynt gyr-raedd llawr y dyffryn a chael ffordd lydan dan yr olwynion. Gorweddodd Math yn ei ôl a dechrau ymlacio, ond yna stopiodd y lori'n sydyn a rhedodd iasau oerion i lawr ei gefn wrth iddo glywed Sigrid yn gweiddi arno'n wyllt.

''Math,'' meddai, ''mae milwyr wedi cau'r ffordd o'n blaenau. Paid â gwneud sŵn o gwbl. Wyt ti'n deall?''

''Ydw,'' atebodd yntau, a'i lais crynedig yn hollol ddieithr iddo.

Aeth y lori yn ei blaen eto ac yna stopio, a Math yn dal ei anadl wrth iddo glywed lleisiau cras y milwyr. Clywodd hwy'n curo ochr y lori â'u gynnau, a'u lleis-iau'n gas ac yn sarhaus wrth iddynt dynnu Sigrid ac Arnulf o'r caban a'u holi. Yna teimlodd ei galon yn colli curiad neu ddau wrth iddo'u clywed yng nghefn y lori, a sŵn eu bidogau'n gwanu'r llwyth maip. Cae-odd ei lygaid yn dynn fel petai hynny'n ddigon i'w arbed. Daliodd ei anadl am hir, a'i gorff yn foddfa o chwys. Yna daeth sŵn y drysau'n cau a llais y milwr yn rhoi gorchymyn iddynt ailgychwyn.

Teimlai Math fel chwerthin yn uchel wrth i'r lori gyflymu eto ond am weddill y daith ni chiliodd yr anesmwythder o'i galon, ac arhosodd yn llonydd fel delw o bren.

Roedd yn hwyrhau pan safodd y lori mewn sgwâr marchnad ynghanol pentref bychan wrth y ffin.

"Math," sibrydodd Arnulf o gefn y lori. "Mae'n ddiogel yn awr."

Gwthiodd Math ei gorff lluddedig o'r lori, pob gewyn ohono'n boenus. Anadlodd yr awyr iach am hir cyn edrych o'i gwmpas yn araf. Nid oedd fawr neb o amgylch ac ni chymerodd yr ychydig bobl a safai yma ac acw sylw o gwbl ohonynt.

"Mae Sweden ryw filltir oddi yma," gwenodd Sigrid. "Tyrd!"

"Yn awr? Rydan ni'n croesi yng ngolau dydd?"

"Na. Ond fe awn ni i weld y ffin," atebodd hithau. "Fyddwn ni ddim yn croesi nes iddi dywyllu."

Cerddodd y tri o'r pentref ac i fyny ochr y bryn o'r tu ôl iddo. Yn y pellter gallent weld goleuni llachar un o drefi Sweden ac ochneidiodd Sigrid yn uchel.

"Does dim rhyfel i'w poeni yn Sweden," meddai'n ddwys. "Does dim rhaid iddyn nhw fyw mewn tywyllwch fel ni."

Yna daeth gwg sydyn i'w hwyneb. "I lawr, i lawr!" cyfarthodd.

Gollyngodd y tri ohonynt eu hunain ar y ddaear galed.

"Be...be sydd?" dechreuodd Math, ond yna gwelodd yntau hwy hefyd.

"Gwylwyr y ffin?" gofynnodd, wrth iddo weld y milwyr islaw iddo.

"Sshh," rhybuddiodd Arnulf gan eu gwylio'n ofalus.

Roedd gynnau nerthol wedi eu gosod yma ac acw

ar hyd y ffin, lori neu ddwy, ac ymlwybrai tanc enfawr tuag ati'n araf.

"Maen nhw'n fwy gwyliadwrus nag arfer,'' sibrydodd Sigrid. ''Maen nhw'n disgwyl i ni groesi'r ffin.''

"Bradwr?'' gofynnodd Math yn syn wrth eu dilyn yn ôl i lawr y bryn.

"Dydw i ddim yn meddwl,'' atebodd Arnulf. ''Rhoi dau a dau efo'i gilydd y mae'r dihirod. Mae colli'r teclyn radio yna wedi bod yn ergyd drom iddyn nhw, ac mae rhywun yn dianc dros y ffin yma bob dydd. Maen nhw'n gwybod mai croesi i Sweden y byddi dithau hefyd, a chofia roedd Christiansen wedi ein bradychu y tro cyntaf ac mae'n debyg ei fod wedi dweud wrthyn nhw y byddem ni'n croesi'r ffin.''

Wrth iddo glywed enw Olaf eto daeth tristwch i lygaid Math.

"Nid Olaf. . .'' dechreuodd, ond wrth iddo weld llygaid Arnulf yn dechrau melltennu, distawodd, a cherddded yn fud tua'r pentref.

Roedd wyneb Arnulf yn ddwysach nag erioed wrth iddynt gerdded tuag at dŷ bwyta wrth sgwâr y farchnad. Safodd Math yn stond pan welodd ddau filwr Almaenaidd yn sefyll y tu allan.

"Yn dy flaen,'' sibrydodd Sigrid yn wyllt, gan afael yn ei fraich. ''Paid â chymryd arnat fod dim o'i le.''

Daeth y milwyr atynt a gweiddi'n haerllug yn eu hwynebau. Nid oedd Math yn deall yr un gair, ond gwyddai mai gofyn am eu papurau yr oeddynt wrth iddo weld y ddau arall yn eu tynnu o'u pocedi. Gwnaeth yntau yr un modd, gan ymdrechu'n galed i atal ei law rhag crynu fel deilen.

Cymerodd y milwyr y papurau oddi arno a'u darllen yn ofalus. Yna edrychodd un ohonynt i fyw ei lygaid am eiliad cyn eu rhoi'n ôl iddo a sefyll o'r neilltu. Cerddodd y tri i'r tŷ bwyta heb edrych yn ôl, ac wedi prynu coffi aethant i eistedd wrth fwrdd yn y gornel ger y drws.

"Paid â dangos gormod o ddiddordeb," rhybudd-iodd Arnulf wrth weld Math yn edrych o'i gwmpas.

Ceisiodd yntau edrych i'w gwpan coffi ond ni allai yn ei fyw beidio ag edrych ar y gŵr tal, a safai wrth y cownter yn siarad â'r perchennog. Roedd ei ddillad trwsiadus yn peri iddo edrych yn wahanol iawn i weddill y cwsmeriaid, ac roedd ei ddwylo fel dwylo glân merch. Ond y llygaid oeraidd a wnâi i'r iasau redeg i fyny ac i lawr asgwrn-cefn Math. Roeddynt fel llygaid llygoden fawr, ac ni chollent ddim a ddigwyddai o'i gwmpas.

"Gestapo," ebe Sigrid yng nghlust Math. "Paid ag edrych arno."

Teimlodd Math y gwaed yn diferu o'i wyneb wrth iddo glywed enw'r heddlu cudd felltith ac wrth iddo godi ei gwpan at ei geg bu'n rhaid iddo afael yn dynn â'i ddwy law ynddo i'w gadw rhag crynu.

"Tyrd!" cododd Arnulf yn sydyn wrth weld y gŵr yn syllu arnynt. Yna gwelodd Math ef yn dod tuag atynt, ei law'n ddwfn ym mhoced ei gôt.

Cyfarthodd rywbeth yn wyneb Arnulf, a rhoddodd ei bapurau iddo. Rhoddodd y gŵr y papurau'n ôl iddo a dal ei law allan o flaen Math. Ymbalfalodd yntau amdanynt yn ei boced a'r gŵr yn gweiddi'n wyllt arno. Cipiodd y papurau ffug o law Math a'u hastudio'n fanwl. Yna gwaeddodd eto, gan roi'r papurau yn ei boced, a'i law'n chwilio am ei wn yn y boced arall.

"Rhed!" gwaeddodd Arnulf nerth esgyrn ei ben gan godi cadair.

Gwelodd Math y gadair yn torri'n ddarnau ar ben gŵr y Gestapo. Yna roedd y byrddau'n chwyrlïo o gylch yr ystafell wrth i bobl godi mewn ofn. Roedd golwg hollol syn ar wyneb y milwr wrth y drws. Nid arhosodd Math i feddwl am eiliad. Plannodd ei ddwrn yn ei stumog. Yna gwelodd y milwr arall yn codi ei wn.

"Halt, halt!" gwaeddodd yr Almaenwr yn chwyrn, wrth i'r bwledi chwibanu heibio i bennau'r tri.

"Y lori, y lori!" gwaeddodd Arnulf gan anelu tuag ati.

Dringodd y tri i'r caban, ac wrth i Arnulf gychwyn y peiriant tynnodd Sigrid wn-sten a oedd wedi ei guddio dan y sedd. Anelodd ef drwy'r ffenest a byddarwyd Math gan sŵn y clecian. Yna doedd dim o'u blaenau ond stryd y pentref ac wedyn y wlad agored. Gyrrai Arnulf fel dyn gwallgof gan gadw i'r strydoedd culion wedi mynd allan i'r wlad. Bu'r milltiroedd yn llithro dan olwynion yr hen lori wrth iddynt ddiflannu i'r nos.

"Mi fyddan nhw'n siŵr o'n dilyn ni," cwynodd Sigrid. "Fyddan nhw fawr o dro yn dod o hyd i'n trywydd ni'n awr, Arnulf."

Ond aros yn fud am hir a wnaeth ei brawd.

"Yn ôl i'r mynyddoedd," meddai toc, wedi meddwl yn ddwys. "Dyna'r lle gorau i ni."

Ond pan oedd y lori wrth odre bryniau isel, a'r

166

wawr ar dorri, daeth sŵn fel sŵn miloedd o gerrig yn
rhowlio i gasgen o ben blaen y lori. Pesychodd y peir-
iant unwaith neu ddwy wrth i gwmwl gwyn o ager
chwibanu ohono. Curodd Arnulf y llyw yn ei wylltin-
eb ond ni symudai'r hen lori gam ar hyd y ffordd
droellog. Neidiodd y tri ohoni ac wrth i Math ruthro
tua'i phen blaen, gwaeddodd Arnulf arno, ''Waeth i
ti heb â gwastraffu amser ddim, Math. Mae hi wedi
gorffen ei hoes. Mae'r siwrnai yma wedi bod yn
ormod iddi.''

I ffwrdd â hwy i fyny'r bryn, gan anelu at y myn-
yddoedd uchel yn y pellter, a'r haul yn codi'n araf ar y
gorwel o'u blaenau. Wedi cyrraedd pen y bryn
eisteddodd y tri yno yn yr eira, wedi ymlâdd yn lân.
Gorweddai Math ar ei hyd gan syllu ar awyr y nos yn
troi'n las golau, a'r sêr yn pylu wrth i'r haul godi ar
ddiwrnod arall.

Neidiodd ar ei draed fel mellten pan ddaeth y
waedd o enau'r ferch.

''Math, Arnulf, y lori!'' gwaeddodd, â dychryn
lond ei llais.

Edrychodd y ddau arall yn syn tua'r dyffryn islaw.
Roedd y lori i'w gweld yn y pellter, fel tegan bychan,
ond er mor bell ydoedd gwyddai'r tri i'r dim nad mor-
grug oedd yr ysmotiau duon o'i chwmpas.

''Y gelyn,'' chwibanodd Arnulf. ''Maen nhw ar
ein trywydd ni.''

Safent yno fel tair delw farmor yn gwylio'r haul yn
fflachio ar arfau'r milwyr ymhell islaw. Yna, pan
welsant hwy'n cychwyn tua godre'r bryn yn un llinell
hir, cyflymodd y tri ar eu taith unwaith eto.

Roedd y pentref yn cysgu yn haul y bore bach wrth

iddynt fynd drwyddo. Nid oedd yn bentref mewn gwirionedd, dim ond rhes o dai ac ychydig ffermydd wedi eu gwasgaru o'u cwmpas. Aethant ar flaenau eu traed heibio i'r tai nes gweld mwg yn cyrlio'n ddiog drwy gorn un o'r ffermdai ar gwr y pentref.

"Bydd yn ofalus, Sigrid," sibrydodd Arnulf wrth i'r ferch oedi a syllu ar y mwg am eiliad, cyn troi oddi wrth y llwybr a mynd tua'r tŷ.

Cnociodd ar y drws yn galed, nes bod y sŵn yn deffro'r cŵn yn y sgubor, a'r rheini wedyn yn ceisio deffro'r wlad. Curo eto a disgwyl, a'r tri ohonynt ar bigau'r drain. Yna daeth sŵn traed at y drws, sŵn bolltau'n agor, a safai gŵr ifanc yn yr agoriad â syndod yn llenwi ei lygaid cysglyd wrth iddo weld y tri yn sefyll yno.

Ymwthiodd Sigrid heibio iddo i'r gegin, a'r ddau arall wrth ei chwt.

"Lloches yn enw popeth," ymbiliodd y ferch ar y ffermwr. "Rhowch loches i ni. Mae'r gelyn ar ein holau ac mae..."

Aeth wyneb y ffermwr yn welw. "Fedrwch chi ddim dod i'r fan yma," meddai, ei lais yn codi mewn dychryn. "Pobl heddychlon ydan ni. Fedrwch chi ddim aros yma. Mi fydd y gelyn yn..."

"Yn enw byddin gudd Norwy," gwaeddodd Arnulf yn ei wyneb. "Mae'r Gestapo ar ein holau, ddyn. Mae rhywle yma i'n cuddio ni."

Roedd enw'r Gestapo yn ddigon i yrru'r gŵr yn lloerig gan ofn. Dechreuodd gerdded yn ôl a blaen yn y gegin, ac roedd golwg fel petai newydd weld drych-iolaeth ar ei wyneb gwelw.

"Ewch, ewch," gwaeddodd yn ffyrnig. "Fedra i

wneud dim. Fydd y gelyn byth yn ein poeni ni yma. Yr arswyd fawr, wyddoch chi ddim be sy'n digwydd i rai sy'n helpu ffoaduriaid yn y wlad yma?''

''A'r gwn yna,'' ychwanegodd wrth ei weld yn hongian ar ysgwydd y ferch. ''Wyddoch chi ddim eu bod nhw'n crogi pobl am gario gynnau?''

Eisteddodd Sigrid ar gadair wrth y bwrdd a dechrau chwarae â'r gwn yn hamddenol.

''Mi fydd y milwyr yn y pentref yma ymhen awr neu ddwy,'' meddai'n araf. ''Fedrwn ni wneud dim ond aros yma i ymladd.''

Dechreuodd y ffermwr ymbil arni eto, a'i freichiau'n chwifio o gwmpas ei ben fel hwyliau melin wynt.

''Yn enw popeth, rwy'n crefu arnoch chi,'' meddai. ''Rydach chi'n peryglu bywyd pawb yn y pentref yma.''

''Lle i ymguddio nes y bydd y milwyr wedi mynd, dyna'r cwbl,'' ebe Sigrid. ''Mae rhyw gongl fach yn rhywle.''

Syllodd y ffermwr drwy'r ffenest am eiliad fel pe bai'n disgwyl gweld y milwyr yn dod tua'r tŷ. Yna trodd i wynebu'r tri eto. Gwelodd Sigrid yn tynnu'r gwn yn ddarnau ar y bwrdd o'i blaen i'w lanhau, ac yna tynnodd ei gôt oddi ar gefn y drws.

''Fydda i ddim dau funud,'' meddai, gan ei rhoi amdano wrth fynd drwy'r drws.

''Beth petai o'n ein bradychu ni,'' ebe Math yn ddwys wedi iddo ddiflannu o'u golwg.

''Fedrwn ni ddim bod mewn gwaeth sefyllfa na'r un yr ydan ni ynddi eisoes,'' meddai Sigrid, a rhyw hanner gwên ar ei hwyneb.

Roedd pob eiliad fel awr wrth iddynt ddisgwyl y ffermwr yn ôl ac yna pan oedd Arnulf ar gychwyn drwy'r drws, clywsant ei sŵn wrth y glwyd.

Daliai'r tri eu hanadl wrth ei glywed yn agor y drws ac yn dod tua'r gegin, a gŵr arall, llawer hŷn nag ef ei hun, wrth ei ochr. Ni ddywedodd y ffermwr air, dim ond amneidio ar y gŵr a safai yno'n eu gwylio'n ofalus.

"Pwy ydach chi?" cyfarthodd, mewn llais awdurdodol. "Pam dod yma i dorri ar heddwch y pentref?"

Cododd Sigrid oddi wrth y bwrdd a chamu tuag ato.

"Rydan ni'n perthyn i fyddin gudd Norwy," meddai. "Mae'r Gestapo a milwyr y gelyn ar ein holau. Lle i ymguddio, dyna'r cyfan a ofynnwn."

Ochneidiodd y gŵr yn uchel.

"Dydw i yn ddim ond athro yn yr ysgol fach yn y pentref yma," meddai. "Wela i ddim sut y galla i eich helpu chi. Ond fedrwch chi ddim aros yma i beryglu bywydau merched a phlant."

"Lle i ymguddio?" crefodd eto. "Rydan ni wedi blino gormod i allu dianc o'u blaenau. Dim ond nes y bydd y milwyr wedi mynd."

Myfyriodd y gŵr yn ddwys am eiliad ac yna aeth at y drws.

"Ffordd yma, brysiwch!" meddai, gan eu harwain allan i'r buarth. Amneidiodd tua'r mynyddoedd yn y pellter. "Dilynwch y llwybr o'r pentref nes dod at geunant cul rhwng y mynyddoedd. Bydd rhywun yn siŵr o'ch helpu."

"Ond mae'r gelyn y tu ôl i ni. Fedrwn ni ddim

mynd ymhell. Rydan ni ar ffo er neithiwr.'' Roedd anobaith yn dod i lais Sigrid.

Gwasgodd y gŵr ei llaw'n dynn, ac edrychodd i fyw ei llygaid.

''Gwna di'n union fel ag yr ydw i'n ei ddweud,'' meddai. ''Nawr brysiwch, neu mi fydd y gelyn ar eich gwarthaf.''

Roedd yr olwg yn ei lygaid a'r angerdd yn ei lais yn ddigon i argyhoeddi Sigrid. I ffwrdd â'r tri eto ar draws y caeau ar hyd y llwybr, er bod y blinder bron â'u llethu. Cwynai Arnulf yn ddi-baid.

''Does neb yma i'n helpu,'' meddai pan oeddynt ynghanol y bryniau ac wedi oedi i orffwys am ychydig. ''Tric oedd y cyfan er mwyn ein cael ni o'r ffordd.''

Ond gwenu'n dirion a wnâi Sigrid gan annog y ddau ymlaen. Aeth yr eira'n fwy trwchus yn y bryn-iau, gan wneud cerdded yn anodd, nes bod eu traed yn trymhau â phob cam. Erbyn iddynt gyrraedd y ceunant rhwng y mynyddoedd yr oedd yn ganol y prynhawn a'u camau'n arafach nag erioed. Teimlai'r tri'n wan gan ddiffyg bwyd wrth iddynt sefyll yno ar ganol y llwybr, clogwyn serth yn codi tua'r awyr ar bob ochr iddynt, a'u pennau o'r golwg mewn cymyl-au llawn eira.

''Nawr be?'' gofynnodd Arnulf gan ei daflu ei hunan ar y llawr.

Edrychodd y tri o'u cwmpas yn ofnus, ond doedd dim ond eira ymhob man a'r creigiau duon yn torri drwyddo yma ac acw.

''Wyt ti'n siŵr ein bod ni ar y llwybr iawn?'' gof-ynnodd Arnulf yn wyllt toc.

Yna daeth clec i ddiasbedain yn y creigiau o'u cwmpas a gwasgar cawod fechan o eira am eu pennau. Syllodd y tri'n fud tua phen y llwybr o'u holau. Safai dau o filwyr y gelyn yno, a'u gynnau ar annel atynt.

"Rhy hwyr," gwaeddodd Arnulf, a dagrau o wylltineb yn rhedeg i lawr ei ruddiau. "Mae'n rhy hwyr, Sigrid. Maen nhw ar ein gwarthaf ni."

Am eiliad yn unig y safodd y tri yno ar ganol y llwybr, eu cegau'n llydan agored wrth iddynt weld y milwyr yn rhuthro tuag atynt, un ohonynt yn plygu ar un ben-glin yn yr eira i anelu'n well.

"Rhedwch!" gwaeddodd Arnulf nes bod y creig-iau'n diasbedain.

Rhoddodd ymddangosiad y gelyn nerth o'r newydd i'w coesau blinedig. Rhedodd y tri ar hyd y llwybr wrth i'r fwled chwibanu uwch eu pennau. Heibio i'r tro yn y llwybr â hwy, gan obeithio dod o hyd i guddfan, ond doedd dim o'u blaenau ond y llwybr cul yn ymestyn, a'r creigiau geirwon yn codi'n syth ar bob ochr iddo.

"Y gwn, y gwn!" rhuodd Arnulf, gan ei gipio oddi ar ysgwydd ei chwaer a chwistrellu'r llwybr o'i ôl â bwledi. "Brysiwch!" gwaeddodd, "fe ddaliaf i'r dihirod yn ôl am ychydig."

"Na, Arnulf, na!" llefodd y ferch, ond gafaelodd Math yn ei braich a'i thynnu ar ei ôl yn wyllt.

Wrth iddynt redeg ar hyd y llwybr, syrthiodd Math ar ei hyd yn yr eira trwchus.

"Be ar y ddaear?" meddai'n syn, gan godi yr un mor sydyn a gweld y wifren drwchus a faglodd ei droed yn yr eira. Anwybyddodd sŵn y saethu o gyfeiriad Arnulf wrth blygu ac astudio'r wifren yn ofalus.

"Sigrid, edrych!" meddai gan afael yn y wifren a'i thynnu, a'i gweld yn codi'n ddu o'i chuddfan yn yr eira, ac yn rhedeg ar draws y llwybr ac i fyny ochr y clogwyn serth.

Daeth llais fel taran o'r clogwyn uwch ei ben.

"Ewch o'r ffordd, brysiwch!" ebe'r llais anweledig. "Peidiwch â chyffwrdd ynddi!"

"Y fyddin gudd," gwaeddodd Sigrid, â gwên o ryddhad yn lledaenu dros ei hwyneb. "Maen nhw'n y creigiau yna."

Craffodd y ddau i fyny ochr y clogwyn ond doedd neb i'w weld yn unman.

"I fyny'r clogwyn, brysiwch!" ebe'r llais eto, ac eco'r creigiau fel pe'n cipio'r llefarwr ymhellach oddi wrthynt â phob gair. "Brysiwch, fe gadwn ni'r gelyn draw!"

Yna, wrth i Arnulf godi ar ei draed a brysio tuag atynt, ac wrth i'r milwr cyntaf ddangos ei drwyn heibio i'r tro yn y llwybr, aeth pobman yn ferw gwyllt. Winciai'r fflachiadau cochion ymysg y creigiau uwchben, wrth i ddynion y fyddin gudd ddechrau saethu o'u cuddfannau. Roedd Math fel pe bai wedi ei lithio. Safai â'i geg yn agored gan wylio'r gelyn yn syrthio blith draphlith ar draws ei gilydd yn eu brys i frysio'n ôl, wrth i'r gawod fwledi godi'r eira o'u hamgylch.

Yna roedd llaw Sigrid ar ei fraich. "Brysia, ffordd hyn!" gwaeddodd, gan ddechrau dringo'r creigiau llithrig.

Dilynodd Math, yna llithrodd yn ôl i'r llwybr mewn cawod o eira a cherrig mân.

"Na," gwaeddodd mewn ofn wrth iddo weld un o'r gelyn yn dod i'r golwg ac yn anelu ato. Ond cyn i eco'i waedd dewi yn y creigiau, clywodd gôr o gleciadau uwch ei ben. Taflodd yr Almaenwr ei ddwylo i fyny, a disgynnodd y gwn cyn iddo lithro i'r llawr yn swp llonydd.

Nid arhosodd Math i weld mwy. Roedd ar ei draed fel mellten. Dringodd i fyny'r clogwyn ar ôl Arnulf a'i chwaer, a'i ddwylo'n gwaedu wrth iddo grafangu am y creigiau geirwon.

Unwaith eto, pan oeddynt yn hollol ddiamddiffyn ar ganol y graig, gwelodd un o'r gelyn islaw yn mentro i'r llwybr, ac yn cymryd ei amser i anelu, cyn iddo yntau hefyd syrthio i'r eira wrth i'r bwledi ddod o hyd iddo.

"Fan hyn, brysiwch!" ebe llais wrth eu pennau.

Rhoddodd Math ochenaid o ryddhad pan welodd y fraich yn ei gymell o'r tu ôl i graig enfawr. Ymgripiodd tua'r lle ar ôl y ddau arall, a'i gael ei hun mewn hafn gysgodol rhwng y graig ac ochr y clogwyn. Ymwthiodd y tri yn dynn wrth ei gilydd y tu ôl i'r gŵr a eisteddai yno â'i wn yn mygu'n ei law.

"Croeso, gyfeillion," gwenodd. "Roedden ni'n dechrau meddwl nad oeddech chi am ddod."

Yna gwelodd un o'r gelyn yn dod heibio i'r tro yn y llwybr islaw a saethodd stribed o fwledi tuag ato.

"Yr hen ŵr o'r pentref? Yr hen athro?" gofynnodd Sigrid.

"Un o'n dynion gorau ni," atebodd y llall. "Mae o wedi anfon llawer o'r dihirod atom ni y ffordd yma. Does yna unman gwell yn y mynyddoedd i ymladd brwydr. Fe anfonodd neges atom y bore yma yn dweud eich bod ar eich ffordd."

Edrychodd Math o'i gwmpas a gweld fflachiadau'r gynnau'n wincio arno yma ac acw ar hyd ochr y clogwyn. Doedd dim arall i ddweud wrtho fod dynion y fyddin gudd yn cuddio ymysg y creigiau, gan nad oedd golwg ohonynt yn unman. Yna syllodd i lawr ar y llwybr cul a oedd wedi ei gau rhwng y ddau glogwyn a sylweddolodd fod y gŵr yn dweud y gwir. Nid oedd unman gwell i ymladd ohono. Byddai ychydig ddynion a gynnau ar y clogwyn uwch ei ben yn ddigon i sicrhau na fyddai gan neb obaith dringo ar hyd y llwybr yn ddianaf. Yna, wrth iddo weld y blwch du a'r lifer hir arno wrth draed y gŵr o'i flaen, sylweddolodd arwyddocâd y wifren drwchus a'i taflodd i'r eira funudau ynghynt.

"Mae yna ddigon o ffrwydryddion wedi eu claddu yn yr eira yna i gadw byddin gyfan draw," ebe'r gŵr, wrth weld Math yn llygadu'r blwch. "Ond fe arhoswn ni nes i ragor o'r dihirod gyrraedd yma yn gyntaf."

"Gyda llaw, Eric ydw i," ychwanegodd, pan oedd pobman yn dawel o'u cwmpas unwaith eto.

"Eric," gafaelodd Sigrid yn ei fraich yn dynn. "Mae'n rhaid i ti ein helpu ni. Gad i mi gyflwyno Sarjant Math Ifans, o'r Llu Awyr, i ti." Amneidiodd y gŵr arno heb gyffroi o gwbl.

"Mae'n rhaid i ni ei ddwyn o'r wlad yma cyn gynted ag y bo modd," ebe'r ferch. "Mae pob milwr a phob dyn Gestapo yn Norwy yn chwilio amdano."

Culhaodd llygaid Eric wrth iddo droi eto, a chraffu i gyfeiriad Math.

"Pethau yn o ddrwg, felly," meddai'n araf. "Gaf i ofyn be ydi'r holl gyffro?" Chwarddodd Arnulf yn isel.

"A thithau'n un o ddynion y fyddin gudd?" meddai. "Fe ddylet ti wybod na fyddwn ni'n rhoi ein cyfrinachau i neb. Ond mae'n bwysig ein bod yn anfon Math yn ôl i Lundain cyn i'r gelyn gael eu dwylo arno.''

Daeth gwên lydan i wyneb Eric.

''Wel,'' meddai, ''os ydi o wedi blino arnom ni, be arall a allwn ni ei wneud ond ei hel oddi yma.''

Yna gyrrodd un gawod arall o fwledi tua'r llwybr islaw a gafaelodd yn y lifer ar y blwch wrth ei ochr. Gwyrodd y tri arall eu pennau wrth ei weld yn ei bwyso. Clywyd sŵn fel sŵn taran, ac ysgydwodd yr holl glogwyn fel petai daeargryn wedi ei daro. Agorodd Math ei lygaid mewn syndod a gweld darn o'r clogwyn ar yr ochr arall i'r llwybr cul yn syrthio'n gawod o greigiau a thân, gan lenwi'r llwybr.

''Fe fydd yn ddigon i gadw'r dihirod yn ôl,'' gwenodd Eric, gan godi ar ei draed yn araf. Roedd cerrig yn treiglo i lawr ochr y bryn o hyd. Yna cododd ei fraich a'i chwifio wrth weiddi ar y gweddill o'r dynion. Gwelodd Math hwy'n codi o ganol y creigiau o'i gwmpas, pob un wedi ei wisgo, fel Eric, mewn dillad gwynion a'i gwnâi'n amhosibl bron i neb eu canfod ynghanol yr eira.

Dringodd pawb i ben y clogwyn ac edrych ar yr olygfa islaw. Chwarddai Eric yn uchel wrth iddo weld milwyr y gelyn yn ymladd i symud y pentwr creigiau a oedd wedi cau'r llwybr. Yna tynnodd fom-llaw bychan o'i boced, tynnu'r pin yn hamddenol ddigon a'i daflu dros yr ochr.

''Rhywbeth bach i'ch cadw chi'n ddiwyd,'' gwaeddodd, cyn cychwyn gyda'i ddynion i lawr ochr arall y bryn.

Roedd yn dywyll erbyn iddynt gyrraedd ceg ogof a

oedd wedi ei chuddio gan lwyni isel o goed, ymhell ynghanol y mynyddoedd uchel.

"Byddwch yn gartrefol yma, gyfeillion," ebe Eric, gan arwain y ffordd i'r ogof, wedi gadael dau ddyn ar wyliadwriaeth y tu allan.

Er mai bychan oedd ceg yr ogof, roedd y gweddill ohoni'n enfawr, ag ogofâu llai'n arwain ohoni i grombil y mynydd. Crogai lamp olew ar y wal, a thaflai ei golau melyn ar y lleithder a redai'n loyw i lawr y muriau, a ffrydiai afon fechan drwy ganol y llawr.

Ond doedd y lleithder yn poeni dim ar ddynion y fyddin gudd. Wedi misoedd lawer o ryfel, doedd cysgu mewn twnel yn y graig, â'r dŵr yn diferu ar eu blancedi, yn amharu dim arnynt.

"Cewch gysgu fan yma," ebe Eric gan ddangos tair blanced iddynt.

Yna galwodd ar un o'r dynion, a daeth hwnnw â set radio gref iddo.

"Cysgwch yn dawel, 'mhlant i," gwenodd yn gellweirus, "tra bydd Eric yn meddwl am gynllun i'ch cael chi o enau'r llewod."

Rhwymodd y tri ohonynt eu hunain yn y blancedi, a gorwedd ar y graig galed, ac roedd sŵn y dŵr a ddiferai o'r nenfwd yn eu suo i gysgu. Er pan ymunodd â'r Comando roedd Math wedi dysgu gorffwys ymhle bynnag y câi le i orwedd ac, er bod y graig dano'n cleisio ei gluniau, cysgodd fel plentyn bach nes i haul y bore wenu drwy geg yr ogof a disgleirio ar y dafnau dŵr i'w ddeffro.

Roedd dynion y fyddin gudd ar eu traed ers oriau, a'r ogof yn llawn o fwg y tân coed a losgai'n siriol ar y llawr, er gwaethaf yr holl leithder. Codai arogl pysgod yn gymylau o'r tegell du a ferwai arno.

"Cawl pysgod, dim byd gwell i roi nerth i ddyn," gwenodd Eric gan roi mymryn ohono ar dri phlât a'i gynnig iddynt.

Yfodd Math y cawl, ac er bod darnau duon o huddygl yn nofio ar ei wyneb, cafodd nad oedd ei flas cynddrwg â'i olwg. Yna, wedi i'r tri lanhau'r platiau â graean o wely'r afon, tynnodd Eric fap o'r mynyddoedd o'i boced.

"Roeddet ti'n dweud y gwir," meddai, gan droi at Sigrid. "Mae pobl Llundain yn awyddus iawn i gael y Sarjant adref yn ddiogel, mor awyddus nes eu bod am anfon llong danfor yma i'w gyrchu."

"Llong danfor?" gofynnodd Math ar ei draws yn syn. "Yma i 'nghyrchu i?"

"Be arall allan nhw ei wneud?" gofynnodd Eric, gan godi ei ysgwyddau. "Fedr yr un awyren lanio yn y mynyddoedd yma, ac mae'r ffin rhwng Norwy a Sweden yn cael ei gwylio."

"Ond llong danfor, yma i'r mynyddoedd?"

"Mae yna ffiord fechan ryw ddiwrnod o daith o'r ogof yma," eglurodd Eric. "Maen nhw am anfon y llong danfor i lawr y ffiord, a bydd raid i ti fod yn barod i fynd ar ei bwrdd nos yfory. Byddant yn aros yn y ffiord rhwng dau a phedwar o'r gloch y bore. Fe ddown ni efo ti i sicrhau nad oes dim yn mynd o'i le," ychwanegodd toc, a gwasgodd Math ei law mewn diolch, a llawenydd yn llenwi ei galon.

"Paid ti â gorfoleddu gormod, gyfaill," ebe Eric. "Dwyt ti ddim adref eto. Mae digon o bethau a all ein rhwystro cofia."

Cofiodd Math yn sydyn am yr awyren fach yn glanio ar ganol y cae ac yna am y ras tua'r ffin yn y lori, ac aeth ei wyneb yntau'n ddwys hefyd.

Drwy'r bore bu'r ogof yn ferw gwyllt wrth i ddynion y fyddin gudd baratoi gogyfer â'r daith at y ffiord. Bu'n rhaid sicrhau cyn cychwyn nad oedd dim o'u hôl yn yr ogof, rhag ofn i'r gelyn ddod o hyd iddi. Wedi noson o gwsg teimlai Math a'r ddau arall fel pe baent wedi adnewyddu drwyddynt a doedd dringo'r mynyddoedd yng nghwmni gwŷr Eric ddim yn ymdrech iddynt o gwbl.

Bu'n rhaid iddynt swatio ymysg y creigiau ddwy waith yn ystod y prynhawn hwnnw wrth i awyren fechan a chwiliai amdanynt hofran uwch eu pennau, arwydd sicr fod y gelyn yn dal ar eu trywydd.

Ond erbyn machlud haul roedd yr ogof ymhell o'u holau a dim i'w weld o'u cwmpas ond y creigiau geirwon a'r eira, ac, ymhell ar y gorwel, ddŵr y ffiord yn disgleirio yng ngoleuni olaf y dydd.

Oedodd y fintai ar ben bryn uchel, pan oedd y machlud yn cochi'r awyr o'u blaenau, a dalient eu dwylo uwch eu llygaid rhag yr haul tanbaid. Holltid y wlad yn ddwy gan y ffiord ymhell oddi tanynt, ac ymgripiai'r dŵr yn ddu rhwng gwynder yr eira.

Astudiodd Eric y dyfroedd tywyll yn fanwl drwy ei wydrau gan eu symud i'r dde a'r chwith yn araf.

"Arnulf," meddai toc, â chwestiwn yn ei lais. "I'r dde, tua'r môr. Edrych yn fanwl."

Cymerodd Arnulf y gwydrau oddi arno a chraffu drwyddynt i gyfeiriad agoriad y ffiord.

"Llong," meddai toc, â syndod yn ei lygaid,

"llong ryfel fechan. Mae hi yn y ffiord. Llong y gelyn!"

Cipiodd Math y gwydrau oddi arno. Gallai yntau ei gweld hefyd, a rhoddodd ei galon dro wrth iddo ei gweld yn symud yn araf ar draws y ffiord.

"Maen nhw'n gwylio'r ffiord," meddai, gan roi'r gwydrau yn ôl i Eric. "Fedr yr un long danfor ddod i fyny'r ffiord tra bo llong ryfel arni."

"Be ydi llong ryfel fechan fel honna," ebe Sigrid gan wenu. "Mi fydd y llong danfor wedi dod drwy geg y ffiord heb iddi. . ."

"Nid y llong ryfel sy'n fy mhoeni i," ebe llais cyffrous Eric ar ei thraws. "Fan acw yng ngheg y ffiord, lle mae'n ymuno â'r môr. Edrych yn ofalus, Arnulf."

Syllodd Arnulf drwy'r gwydrau eto, a gwelodd Math ef yn gwelwi.

"Rhwyd," meddai, gan roi'r gwydrau yn ôl i Eric. "Mae rhwyd ddur ar draws ceg y ffiord i atal llongau tanfor rhag dod drwodd. Ac mae yna nifer o filwyr hefyd â gynnau mawrion ar y lan."

"Rhaid i ni anfon neges i stopio'r llong danfor rhag dod yma," ychwanegodd yn wyllt, gan ruthro i fraich Eric. "Rhaid i ni stopio'r llong danfor, Eric."

Ni ddywedodd y llall air am ychydig, dim ond syllu'n fud ar yr haul yn suddo dros y gorwel.

"Ac wedyn be?" gofynnodd toc. "Aros yn y mynyddoedd yma a phob copa walltog yn chwilio amdanom ni? Mynd yn ôl ar draws gwlad a cheisio croesi i Sweden eto, a hwythau'n gwylio'r ffin? Dyma'n hunig gyfle i gael y Sarjant oddi yma, Arnulf. Mae'n werth rhoi cynnig arni."

"Ond y rhwyd ddur ar draws y ffiord, ddyn.

Mae'n amhosib i long danfor ddod drwyddi.''

"Yna bydd raid i ni gael gwared â hi,'' gwenodd Eric.

Trodd pawb i edrych arno am eiliad, ac yna daeth gwên i wyneb Sigrid hefyd.

"Ymosod ar y milwyr wrth geg y ffiord?'' gofynnodd.

"Pam lai?'' meddai Eric. "Mae yna ugain o ddynion gen i a does yna fawr mwy wrth y ffiord. Ac mae gen i ddigon o ffrwydryddion i chwythu'r holl ffiord i dragwyddoldeb. Ond bydd raid i ni aros hyd nos yfory,'' ychwanegodd, gan gychwyn cerdded i lawr ochr y mynydd. "Neu mi fydd y dihirod wedi cael cyfle i'w thrwsio. Y peth gorau i ni yn awr yw mynd mor agos ag y gallwn ni atyn nhw ac aros.''

Pan ddaeth y bore bach roedd Eric a'i ddynion o'r golwg ymysg y creigiau yn union uwchben ceg y ffiord. Nid oedd angen gwydrau arnynt i weld popeth a ddigwyddai islaw. Gallai Math weld y rhwyd ddur yn awr hefyd. Ymestynnai ar draws y ffiord, â'i phen yn unig yn ymddangos uwch y dŵr, ond gwyddai fod y gweddill ohoni fel llen haearn dan y tonnau. Ar bob ochr i'r ffiord roedd gwn mawr, a chwt bychan wrth ei ymyl.

Wedi gwylio'n ofalus am oriau rhoddodd Eric ochenaid o ryddhad.

"Does dim mwy na dwsin o filwyr ar bob ochr,'' meddai. "Fyddwn ni fawr o dro cyn cael y gorau arnynt. Petai'r llong ryfel yna'n cadw draw.''

Ac fel petai capten y llong wedi ei glywed, dechreuodd hwylio'n gyflym o'u golwg i fyny'r ffiord.

Doedd dim i'w wneud am weddill y dydd ond gorffwys ymysg y creigiau, a cheisio cysgu, ond roedd gormod o gyffro yn eu calonnau wrth iddynt feddwl am y machlud iddynt allu cysgu llawer.

Roedd yn dywyll fel y fagddu pan arweiniodd Eric hwy i lawr ochr y bryn yn ofalus. Ni ddaeth neb i'w herio ac ni thaniwyd yr un ergyd wrth iddynt ymgripio'n araf tuag at geg y ffiord. Wedi aros yno am ychydig, nes i'w llygaid ddygymod â'r tywyllwch, amneidiodd Arnulf at ddarn o graig a ymestynnai allan i'r dŵr.

"Gwyliwr," sibrydodd yng nghlust Eric.

Daliodd pawb ei anadl wrth weld ffurf y milwr yn erbyn yr awyr. Safai yno'n synfyfyrio i'r dŵr, a'i gefn tuag atynt.

"Petr," sibrydodd Eric gan amneidio i gyfeiriad y gwyliwr. Aeth un o'r dynion tuag at y graig yn ddistaw. Toc gwelodd y lleill ei gysgod yn codi'n araf y tu ôl i'r gwyliwr. Trodd yntau'n sydyn a daeth ebychiad o syndod o'i enau. Yna roedd braich Petr yn codi'n sydyn ac yn syrthio'n galed arno. Yr unig sŵn a glywyd wedyn oedd sŵn y gwyliwr yn plymio i'r dyfnderoedd.

"Gwyliwch y cwt yna wrth y gwn," ebe Eric, gan roi bag yn llawn o ffrwydryddion dros ei ysgwydd a mynd at lan y dŵr. Gwyliodd Math ef yn mynd nes bod y dŵr yn cyrraedd ei ganol, ac yna diflannodd i'r tywyllwch.

Aeth Math a'r lleill at y cwt, a daeth sŵn canu i'w clustiau.

"Maen nhw'n ddigon diniwed ar y funud," gwenodd Arnulf.

Cuddiodd dynion y fyddin gudd yno ymysg y creigiau. Unwaith agorodd drws y cwt a ffrydiodd llwybr melyn o olau ar yr eira wrth i un o'r milwyr ddod allan, ac ugain o ynnau yn anelu ato o'r tywyllwch. Ond yna aeth yn ôl yr un mor sydyn, a chau'r drws yn glep.

"Mae hyn mor hawdd â dwyn arian oddi ar ddyn dall," sibrydodd Arnulf wrth glust Math.

Yna teimlodd Math ef yn cyffroi drwyddo wrth i sŵn peiriannau nerthol gyrraedd eu clustiau.

"Y llong ryfel, mae'n dod yn ei hôl!" ebe Arnulf yn wyllt.

Fe'i gwelsant yn dod, anghenfil o gysgod du, heibio i'r graig oddi tanynt. Yna trodd ei thrwyn at yr ochr arall i'r ffiord.

"Mae hi am fynd. . ." dechreuodd Sigrid, ond pan oedd ar ganol ei llith saethodd llafn hir o olau o gefn y llong gan ysgubo'r creigiau.

"I lawr," sibrydodd Arnulf wrth i bawb ei daflu ei hunan ar y ddaear.

Daeth y cylch o olau llachar tuag atynt wrth i'r llongwyr wylio ochr y bryn yn ofalus, yna aeth heibio a chychwyn eto ar ganol y dŵr, gan ymgripio i gyfeiriad y rhwyd a oedd ar draws y ffiord.

Roedd gwefusau Math fel y garthen wrth iddo weld y golau'n mynd heibio i'r graig lle bu'r milwr yn cadw gwyliadwriaeth, yna'n dychwelyd i'w harchwilio, gan aros arni.

"Maen nhw'n chwilio am y gwyliwr yna," meddai'n wyllt yng nghlust Arnulf.

Ond roedd Arnulf eisoes wedi sylweddoli hynny. Cododd ar un ben-glin yn yr eira ac anelu'n fanwl. Clywyd y glec yn diasbedain drwy'r bryniau, a'r golau'n diffodd ar amrantiad wrth i'r fwled dorri gwydr y lamp yn ddarnau mân.

Fe'u byddarwyd gan utgorn y llong a pheiriannau'n ewynnu'r dŵr wrth iddi droi eto. Cododd dynion y fyddin gudd fel un gŵr wrth i ddrws y cwt oddi tanynt agor i'r milwyr ddylifo allan i'r nos, a mur o fwledi yn eu hwynebu.

"Gwasgarwch!" gwaeddodd Arnulf nerth esgyrn ei ben wrth iddo glywed sŵn y llongwyr yn gweiddi'n groch oddi ar fwrdd y llong ryfel.

Ond wrth iddynt blannu i gysgod y creigiau, daeth y fflachiadau i oleuo'r nos o fwrdd y llong wrth i'r gynnau danio, a syrthiai'r pelenni tân o'u hamgylch ymhobman gan rwygo'r cerrig.

Teimlodd Math law yn cau am ei fraich, ac yn ei dynnu ar ei draed.

"Amser mynd," ebe llais Eric wrth ei ochr. Safai yno fel rhywun wedi hanner ei foddi, a'r dŵr yn diferu o'i ddillad. "Mi fydd y llong danfor yma toc," ychwanegodd wrth weld Math yn edrych yn fud arno. "Amser i ti fynd adref."

"Ond y rhwyd? Y rhwyd ar draws y ffiord?" dechreuodd Math.

Ar y gair, clywyd sŵn fel sŵn gwynt uchel yn codi o dywyllwch y dŵr, yna'r ffrwydrad yng ngheg y ffiord, a'r wlad oddi amgylch yn olau fel y dydd wrth i ffrwydryddion Eric chwythu'r rhwyd ddur yn ddarnau mân.

Rhuthrodd y ddau i fyny'r creigiau wrth i don dorri drostynt, ac yna llithro'n aml ar y cerrig gwlybion wrth geisio brysio i ben y bryn.

"Halt, halt!" daeth lleisiau o'u holau, a dechreu-

185

odd gynnau'r fyddin gudd gyfarth eto wrth i griw o longwyr arfog neidio o gwch bychan i'r lan.

"Tyrd!" Roedd Arnulf wrth ochr Math yn awr hefyd, â'i law'n dynn ar ei fraich. "Bydd y lleill yn ddigon i gadw'r gelyn draw."

Brysiodd Math ar eu holau wrth i fwy o belenni o ynnau'r llong ffrwydro yn eu mysg, ac wrth i'r llongwyr wasgaru a dechrau cau amdanynt.

Yna clywodd sgrech y ferch, a safodd yn stond ar ochr y bryn â'i galon yn ei wddf.

"Sigrid!" gwaeddodd, gan gychwyn yn ôl, a'i wn yn poeri tân i'r nos.

Yng ngolau un o'r fflachiadau fe'i gwelai'n glir, â'i dwylo uwch ei phen, a dau Almaenwr yn dal eu gynnau arni.

"Sigrid!" gwaeddodd eto. "Arnulf, maen nhw wedi dal Sigrid! Brysia!"

Ond pan redodd Arnulf ac Eric ato roedd blaen gwn Eric yn pwyso yn erbyn ei ochr.

"Dyna ddigon, Math," meddai'n ddistaw. "Gad iddi."

"Ond maen nhw wedi ei dal hi! Mae'r llongwyr yna'n mynd â hi i . . ."

"Dydi hi ddim yn bwysig, Math," ebe Eric. "Yr hyn sydd gen ti sy'n bwysig. Tyrd!"

Ni allai Math gredu ei glustiau. Cododd y gwn eto ac aeth o'i gof yn lân. "Ond dwyt ti ddim yn deall?" meddai. "Mae hi yn nwylo'r gelyn. Rydw i'n mynd i lawr yna."

"Un cam eto ac mi fydda i yn pwyso'r glicied yma," ebe'r llall yn chwyrn. "Tyrd, does dim y gallwn ni ei wneud i Sigrid eto."

"Ond Sigrid,'' crefodd Math wrth i Eric ei dynnu ar ei ôl i fyny'r bryn. "Fedrwn ni mo'i gadael hi yn nwylo'r gelyn. Mi fydd y Gestapo yn mynd â hi ac yn ei phoenydio.''

"Roedd hi'n gwybod sut y byddai pethau cyn ymuno â'r fyddin gudd,'' ebe Eric yn chwyrn. "Rydan ni i gyd yn gwybod sut y mae'r chwarae, ac yn derbyn hynny.''

"Ond Arnulf, mae hi'n chwaer i ti,'' gwaeddodd Math yn ei wyneb, a oedd fel y galchen. "Gwna rywbeth i'w helpu.''

Ysgwyd ei ben a wnaeth Arnulf, ac meddai, a'i lais yn gryg gan dristwch, wrth iddo wynebu Math, "Os awn ni i achub Sigrid, Math, mi fyddwn yn peryglu dy fywyd di eto, a'r holl fenter yn ogystal. Tyrd, mae dy frwydr di ar ben.''

Safodd Math yno'n fud am eiliad yn gwylio'r frwydr islaw. Erbyn hyn roedd y gwn mawr ar ochr arall y ffiord yn poeri pelenni tân at wŷr y fyddin gudd, a mwy o longwyr i'w gweld yn glanio ymysg y creigiau.

Gwaeddodd Math nerth esgyrn ei ben gan siglo'i fraich yn rhydd o afael Eric.

"Sigrid,'' meddai, "Sigrid!'' Ac yna i lawr y bryn ag ef gan saethu'n wyllt i bob cyfeiriad.

"Math,'' ebe llais Arnulf uwch ei ben. "Math, un cam eto, a hwnnw fydd dy gam olaf di!''

Trodd Math i'w wynebu, ac er bod Arnulf yn y cys-

godion, gallai weld fflachiadau'r ergydion yn disgleir-
io ar y gwn yn ei law.

"Rydw i o ddifrif, Math," meddai. "Un cam a
byddaf yn gwagio'r gwn yma. Y teclyn cyfrinachol
yna sy'n bwysig, nid y ferch. Mae gormod o waed
wedi ei dywallt yn barod i gael gafael arno."

Wrth weld Math yn dal i sefyll yno'n fud, ychwan-
egodd, a'i lais yn codi mewn dicter, "Dy ddewis di ydi
o, Math. Ond mae'r teclyn radio yna'n mynd ar y
llong danfor heno, p'run a wyt ti'n mynd ai peidio."

Roedd dagrau o wylltineb yn llifo i lawr gruddiau
Math. Teimlai fel tynnu'r blwch o'r bag ar ei gefn a'i
daflu i ddyfnderoedd y ffiord o'r golwg am byth.

Yna roedd Arnulf wrth ei ochr, a'i law ar ei fraich
yn ei arwain i fyny'r bryn.

"Mi fydd y dynion yn cadw'r llong ryfel yna'n
brysur am ychydig," meddai, â thynerwch newydd
yn ei lais. "Fe gawn ninnau gyfle i ddianc. Tyrd!"

Cerddai Math ar ôl y ddau fel gŵr mewn breudd-
wyd. Roedd ei feddwl yn gymylog, ac ni allai wneud
dim ond gadael iddynt ei arwain ymhellach oddi wrth
y frwydr, a oedd i'w chlywed yn ffyrnicach nag
erioed.

Aethant ar hyd ochr y bryn gan lithro a baglu ar
draws y creigiau ac yna, wedi gadael y frwydr o'u
holau, i lawr â hwy eto at lan y dŵr lle'r oedd llwybr
yn arwain i gyfeiriad y gogledd ar waelod y clogwyn
serth.

Roedd yn llawer haws cerdded yn awr, ac wedi
iddynt fynd heibio i dro yn y graig, nid oedd ond sŵn
ergydion i nodi fod y frwydr yn parhau.

"Fan hyn?" gofynnodd Eric toc, pan oedd sŵn y brwydro ymhellach oddi wrthynt.

"Rhyw hanner milltir eto," ebe Arnulf. "Byddwn yn ddiogel wedyn."

Daeth rhimyn tenau o leuad newydd i wenu arnynt, ac yn ei golau egwan ni allai Math beidio â rhyfeddu at harddwch yr olygfa o'i flaen; y dŵr llonydd yn ymestyn tua'r clogwyni uchel ar yr ochr draw i'r ffiord a'r mynyddoedd oddi amgylch yn glaerwyn dan eu gorchudd o eira glân. Yno, ar lan y ffiord, y penderfynodd y byddai'n dod yn ôl i Norwy ryw ddydd, pan fyddai'r rhyfel ar ben.

"Fedrwn ni ddim mynd ymhellach," ebe Eric yn sydyn, gan dorri ar ei fyfyrdodau.

Gwelsant ddiwedd y llwybr o'u blaenau, ac nid oedd dim yn eu hwynebu ond y graig noeth, a godai o'r dyfnderoedd i ben y clogwyn.

"Yna, fe arhoswn ni fan hyn," ebe Arnulf yn ddistaw, gan eistedd ar ddarn o graig a synfyfyrio dros y dŵr. "Mae bron yn amser. Does ond gobeithio na fydd y capten yn dychryn wrth glywed yr holl frwydro yna ac yn troi'n ei ôl."

Nid oedd hynny wedi dod i feddwl Math o gwbl a suddodd ei galon wrth iddo'i ddychmygu ei hun yn dychwelyd i'r mynyddoedd ar ffo.

Craffodd Arnulf ar y wats a oedd ar ei arddwrn.

"Deng munud," meddai. "Dylai fod yma ymhen deng munud."

Yna cododd ar ei draed a cherdded oddi wrth y ddau arall fel pe bai ar bigau'r drain am gael dychwelyd i ganol y frwydr. Cychwynnodd Math ar ei ôl ond pwysodd llaw Eric ar ei ysgwydd i'w atal.

"Gad lonydd iddo," meddai'n isel. "Paid â phoeni mwy arno."

Aeth y deng munud yn chwarter awr, ac yna'n ugain munud, a theimlai Math y chwys yn byrlymu o'i dalcen wrth iddo graffu dros ddyfroedd oer y ffiord.

"Mae rhywbeth o'i le," ebe Arnulf yn wyllt, gan gerdded yn ôl a blaen yn ddi-baid. "Mae'n rhaid fod y capten wedi clywed sŵn y saethu ac wedi. . . ."

"Arnulf!" Rhuthrodd Math i'w fraich a'i gwasgu'n dynn yn ei gyffro. "Fan acw, ynghanol y ffiord. Ychydig i'r chwith. Weli di hi?"

Safodd y tri ar flaenau eu traed yn fud, gan graffu i'r tywyllwch. Doedd dim amheuaeth yn eu calonnau bellach. Gwelsant y dŵr yn cynhyrfu'n wyn ac yna'r twr uchel, du yn codi ohono fel anghenfil.

"Y llong danfor!" gwaeddodd Math. "Y llong danfor! Mae hi yma! Mi fedra i ei gweld hi!" Ni allai yn ei fyw ei atal ei hun rhag gweiddi. Teimlai ryw ollyngdod yn ei feddiannu. Roedd fel plentyn bach newydd ddod o hyd i degan hoff wedi iddo'i golli ers misoedd. "Y llong danfor! Mae hi wedi dod!"

Nid oedd sŵn yn unman ond sŵn su isel ei pheiriannau fel su pell gwynt yn y dail, wrth iddynt ei gwylio yn sefyll ar ganol y ffiord. Yna tynnodd Arnulf fflachlamp o'i boced a'i goleuo tuag ati deirgwaith. Ond ni ddaeth ateb o gwbl o gyfeiriad y llong danfor.

Dechreuodd symud yn araf i fyny'r ffiord, a'r dŵr yn berwi'n wyn o'i hôl.

"Fan yma'r ffŵl!" ysgyrnygodd Arnulf, a neidio i ben y graig gan chwifio'r golau'n wyllt. "Edrych. Fan yma!"

190

Distawodd peiriannau'r llong eto, a safai yno â'r dŵr yn curo'n ysgafn yn erbyn ei hochrau. Yna gwelsant olau'n wincian o ben y tŵr a daeth awydd dawnsio mewn llawenydd ar Math.

Toc gwelsant gysgod du yn syrthio dros erchwyn ei bwrdd wrth i'r llongwyr ollwng cwch rwber i'r dŵr. Fflachiodd Arnulf y golau tuag atynt wrth i'r cwch nesáu am y lan. Aeth Math at ei ganol i'r dŵr i'w disgwyl, ac yna gafael yn dynn ym mhen blaen y cwch. Roedd dau longwr ynddi a sylwodd fod gwn-sten yn barod yn llaw un ohonynt.

"Sarjant Ifans?" gofynnodd.

"Mae'n barod i ddod adref," ebe Arnulf.

"Brysiwch os gwelwch yn dda, Sarjant," ebe'r llongwr. "Allwn ni ddim aros yma yn rhy hir."

Trodd Math, gan fwriadu ysgwyd llaw ag Arnulf ac Eric i ddweud ffarwél, ond ni welodd ddim ond cysgod y ddau yn diflannu dros y creigiau. Yna dringodd yn simsan dros ochr y cwch, a chyn ei fod wedi eistedd roedd y ddau longwr yn rhwyfo'n galed.

Codai'r llong danfor fel cawr du wrth iddynt nesáu ati, a thorrai'r dŵr dros ei bwrdd isel. Roedd digon o ddwylo eiddgar i'w helpu i lanio arni, a thra bu'r ddau longwr yn cadw'r cwch bychan, methai Math yn lân â sefyll yn llonydd ar y bwrdd dur llithrig.

"Fe ddoi di i arfer," gwenodd un o'r llongwyr arno, gan afael yn ei fraich a'i arwain at yr ysgol ar y tŵr.

Dringodd Math i fyny'r ysgol ac ysgwyd llaw â'r capten a ddisgwyliai amdano yno.

"Sarjant Ifans," meddai, "mae'n rhaid eich bod yn ddyn go bwysig iddyn nhw ein gyrru ni i'ch cyrchu chi. Mae yna frwydr go ffyrnig yng ngheg y ffiord yma ac roeddwn i rhwng dau feddwl p'run ai i ddod ai peidio.''

"Dynion y fyddin gudd, syr," eglurodd Math. "Diolch iddyn nhw fy mod i yma'n ddiogel."

Dechreuodd peiriannau'r llong danfor ferwi'r dŵr wrth iddi lithro'n araf ar hyd y ffiord.

"Mae yna long ryfel yng ngheg y ffiord," ebe Math.

"Fe'i gwelais hi drwy'r periscôp wrth ddod drwodd," atebodd y capten, gan edrych drwy wydrau-nos nerthol ar y ddwy ochr i'r ffiord. "Wrth lwc roedd yr ymladd ar y lan yn tynnu ei sylw oddi wrthym ni. Nawr os ewch chi i lawr y grisiau yma, Sarjant, fe awn ni dan y tonnau rwy'n meddwl. Mae'n llawer mwy diogel nag ar yr wyneb."

Teimlai Math bron â mygu wedi iddo fynd i lawr i grombil y llong danfor. Ychydig iawn o le oedd ynddi, gan fod pobman yn llawn o beiriannau, ac arogl cryf olew yn gymylau ymhob ystafell. Treiglai'r chwys yn loyw i lawr ei wyneb â'r symudiad lleiaf, ac roedd meddwl am y tunelli o ddŵr uwch ei ben yn peri iddo deimlo'n fwy anesmwyth nag a wnaethai yn ei fywyd erioed.

"Tawelwch!" cyfarthodd y capten yn sydyn.

Diffoddwyd y peiriannau a safodd pawb yno mewn tawelwch llethol, heb sŵn o gwbl ond sŵn y lleithder yn diferu i lawr muriau'r llong. Edrychai pawb ar y nenfwd yn bryderus wrth i'r sŵn arall ddod yn nes.

"Y llong ryfel," sibrydodd y capten wrth glust Math. "Paid â gwneud y smic lleiaf. Mae popeth i'w glywed i fyny yna."

Roedd sŵn fel sŵn injian ddyrnu yn union uwch-ben yn awr wrth i beiriannau'r llong ryfel ei gwthio ymlaen. Sylwodd Math ar wynebau'r llongwyr: roedd ofn yn fflachio ymhob llygad, a'r chwys yn dis-gleirio ar bob talcen.

Yna daeth ochenaid uchel o ryddhad o enau pawb wrth i'r sŵn fynd ymhellach oddi wrthynt.

"Ymlaen yn araf," ebe'r capten. Roedd y peiriann-au'n suo eto a'r llong danfor yn anelu tua'r môr. "Yn araf. Bydd yn haws mynd drwy geg y ffiord yn awr, â'r llong ryfel yna oddi ar y ffordd."

Yna pwysodd ei dalcen wrth wydr y periscôp.

"I fyny!" cyfarthodd, a gwyliodd Math y biben hir yn ymestyn tua'r to.

Trodd y capten mewn cylch wrth iddo ddilyn y periscôp. Yna amneidiodd ar Math. Pwysodd yntau ei wyneb arno a gwelodd y fflachiadau o'r lan yn y pellter wrth i ddynion y fyddin gudd barhau i ymladd.

"Yr ochr arall i'r ffiord," ebe'r capten wrth i Math droi'r periscôp. "Oes yna wn mawr yna?"

"Petai rhywun yn ei dawelu byddai gan fy nghyf-eillion well gobaith i ddianc," ebe Math yn ddwys. Yna daeth tristwch i gymylu ei lygaid wrth iddo gofio am Sigrid. "Y rheini sydd ar ôl," ychwanegodd yn araf.

Newidiodd y capten le ag ef eto, ac wedi troi'r peri-scôp yn gylch unwaith yn rhagor, gwaeddodd, "Pam lai?"

"I fyny, i fyny!" meddai, gan bwyso botwm wrth ei fraich, a daeth utgorn i rwygo'r tawelwch. Rhedai'r llongwyr yn wyllt yma ac acw, ac roedd tri ohonynt eisoes wrth waelod y tŵr.

Clywyd sŵn aer yn chwibanu i'r tanciau, ac i fyny â'r llong nes ei bod fel corcyn ar y dŵr. Cyn iddi sefydlogi ar wyneb y dŵr roedd y tri llongwr eisoes yn dringo'r tŵr, a phan ddaeth Math a'r capten i fyny i'r awyr iach, roeddynt yn plygu wrth y gwn ar y bwrdd, ac yn anelu at yr ochr draw i'r ffiord.

"Cymerwch ofal wrth anelu," ebe'r capten, gan ysgubo'r dyfroedd â'i wydrau. "Fedrwn ni ddim aros yma'n hir."

Yna roedd y gwn ar y bwrdd yn taranu a'r pelenni tân yn rhuthro i gyfeiriad y lan yn llinellau cochion ac oren. Gwelodd Math hwy'n ffrwydro ynghanol y gelyn, a phan beidiodd y gwn mawr â chyfarth yn y pellter, ac wrth i'r fflamau godi'n uchel o'i gwmpas, dychmygai glywed Eric ac Arnulf a'r lleill yn diolch iddo.

Roedd y gynnau'n parhau i danio ar yr ochr arall i'r ffiord ond yn awr gryn bellter oddi wrth y lan wrth i Arnulf a'i wŷr ymladd i gyrraedd heddwch y mynyddoedd. Ceisiodd Math beidio â meddwl am Sigrid wrth sefyll yno ar ben tŵr y llong danfor yn anadlu'r awyr iach. Yna neidiodd mewn dychryn wrth i'r capten weiddi'n uchel yn ei glust.

"I lawr, i lawr, i lawr!" gwaeddodd nerth esgyrn ei ben wrth i'r tri llongwr ruthro i lawr yr ysgol. Llithrodd Math ar eu holau, a'r capten yn dynn wrth ei gwt, ac roedd y llong yn gwegian i gyd wrth i'r peiriannau ffrochi'r dŵr o'i chwmpas.

"I lawr, i lawr!" gwaeddodd y capten eto wedi cyrraedd y gwaelod, a bachodd Math un o'r rheiliau i'w gadw ei hun rhag syrthio wrth i'r llong blymio i'r dyfnderoedd.

"Y llong ryfel! Mae'n dod yn ôl!" ebe'r capten, gan roi gorchmynion i'w lywiwr. "Am y môr cyn gynted ag sydd bosibl."

Yna, wrth i sŵn yr utgorn dreiddio drwy'r llong eto, ac wrth i sŵn y llong ryfel eu byddaru, gwaeddodd y capten am dawelwch.

Peidiodd y llong danfor â chrynu drwyddi wrth iddi lonyddu yno yn nyfnderoedd y ffiord, a phawb, erbyn hyn, yn llygadu'r nenfwd.

"I lawr yn is eto, yn ddistaw," sibrydodd y capten.

"Rydan ni'n isel eisoes, capten," ebe llais pryderus un o'r criw. "Fedrwn ni ddim mynd lawer yn is."

Fferrodd pob un ohonynt yn llonydd fel delw wrth i sŵn peiriannau'r llong ryfel fynd heibio iddynt. Yna daeth dwndwr pell ffrwydrad tanddwr.

"Mae'n ymosod, byddwch yn barod," ebe'r capten, a'i figyrnau'n wyn wrth iddo afael yn dynn yn y rheiliau o'i flaen.

Daeth taran arall, ond o gryn bellter y tro hwn, a daeth hanner gwên i wyneb y capten.

"Ymlaen yn araf," meddai.

Nid oedd sŵn ac eithrio su isel y peiriannau wrth i'r llong ymwthio'n dawel dan y dŵr.

"Mae'n dod yn ôl capten!" ebe'r llongwr a eisteddai wrth yr offer-gwrando. "Yn gyflym!"

Cododd y capten ei law am dawelwch eto wrth i'r peiriannau stopio. Bu tawelwch llethol. Yna sŵn y llong yn union uwch eu pennau. Brathodd Math ei wefl gan led-ddisgwyl gweld y llong danfor yn rhwygo'n ddwy a'r dŵr yn llifo i mewn iddi. Yna clywsant sŵn dur yn taro dur wrth i rywbeth daro'n erbyn ochr y llong danfor.

Caeodd y capten ei lygaid yn dynn a gafaelodd â'i ddwy law yn y rheiliau. Pan ddaeth y ffrwydrad, taflwyd Math a rhai o'r llongwyr eraill yn bendramwnwgl i'r llawr. Diffoddodd y golau a theimlai Math ei hun yn llithro ar hyd y llawr, wrth i drwyn y llong syrthio'n is i'r dyfnder.

Ond os oedd ofn gan griw'r llong danfor, nid oedd yr un ohonynt yn ymddangos felly. Er eu bod mewn tywyllwch dudew, gallai Math eu clywed yn symud o gwmpas wrth eu gwaith, fel pe na bai dim o'i le.

Toc cododd y trwyn ychydig eto. Ond daeth ffrwydrad arall yn union uwch eu pennau, a theimlodd Math y dŵr yn llifo ar ei wyneb. Suddodd y llong i'r gwaelod fel darn o blwm a chlywodd Math y capten yn gweiddi, yn ogystal â sŵn olwynion yn troi a drysau'n cau. Yna roedd yn codi'n araf drachefn, ac roedd pob sgriw ynddi'n gwichian. Sefydlogodd unwaith eto, a chlywsant sŵn y llong ryfel yn cilio oddi wrthynt.

"Golau dros dro," gorchmynnodd y capten, ac yn y golau egwan gwelwyd y dŵr yn llifo i mewn rhwng rhai o blatiau dur y llong, gan gronni'n llyn bychan ar y llawr wrth draed Math, a'r olew'n creu patrymau lliwgar ar ei wyneb.

Ni chymerodd y capten sylw ohono.

"Ymlaen yn araf," meddai eto.

Ymdrechodd y llong i gyrraedd ceg y ffiord, cyn oedi eto wrth i sŵn peiriannau'r llall nesáu, a sŵn ffrwydro pell yn atseinio drwy furiau dur.

"Mae wedi ein colli ni, syr," ebe'r llongwr wrth y bwrdd, wrth iddynt glywed y llong yn mynd heibio, ymhellach oddi wrthynt y tro hwn.

"Pa mor isel ydan ni?" gofynnodd y capten.

"Saith gan troedfedd, syr."

Chwibanodd y capten. Yna distawrwydd llethol am funudau hirion.

"Mae'r llong ryfel wedi arafu syr," ebe'r llongwr.

"Stopiwch y peiriannau," cyfarthodd y capten. "Mae'n dal i chwilio. Mae'n disgwyl clywed ein sŵn."

Roedd Math yn wan gan ofn. Teimlai ei goesau'n gwegian dano.

"Y llong yn ailgychwyn, syr."

Saib.

"Mae'n mynd y ffordd arall, syr."

"Ymlaen yn araf," ebe'r capten, a daeth sŵn ffrwydrad pell eto i ysgwyd y llong danfor drwyddi, a pheri i'r dŵr lifo'n gyflymach iddi. Roedd sŵn ei ddiferu undonog bron â gyrru Math o'i gof.

"Fedrwn ni fynd ychydig yn uwch?" gofynnodd y capten.

"Yn uwch, syr," oedd yr ateb parod.

"Ymlaen. Fedrwn ni gael mwy o olau yma?"

"Rydan ni'n gweithio arno, syr. Fyddwn ni ddim yn hir."

Toc winciodd y golau unwaith neu ddwy, yna cryfhaodd, ac edrychodd Math o'i gwmpas mewn syndod. Edrychai'r llong danfor yn union fel petai bom wedi ffrwydro ynddi. Roedd popeth blith draphlith ar draws y llawr, a'r dŵr, yn gymysg â'r olew, yn llifo dros bopeth. Roedd pob gewyn yng nghorff Math yn boenus wedi iddo gael ei daflu yn erbyn y muriau dur dro ar ôl tro yn ystod yr ymosodiad.

"Ble mae'r llong ryfel yna'n awr?" gofynnodd y capten, a'i wyneb yn felyn gan flinder.

"Mae'n cilio ymaith, syr."

"I fyny hyd at ddyfnder periscôp," cyfarthodd y capten.

Syllodd drwyddo am eiliad, a siglai'r llong yn ysgafn wrth i'r tonnau gael gafael arni.

"I lawr!" ebe'r capten eto. "Ymlaen! Cyflym-ach!"

Ymwthiodd y llong danfor dan y tonnau'n araf, nes bod Math, fel pawb arall yn awr, yn ymladd am ei wynt. Roedd cyn boethed â ffwrn y tu mewn iddi, ond doedd dim i'w wneud ond aros yno'n hollol lonydd a gwylio'r llongwyr wrth eu gwaith.

Buont dan y dŵr am ddwy awr arall cyn i'r capten roi gorchymyn iddynt godi. Roedd Math yn un o'r rhai cyntaf i ruthro drwy'r drws yn y tŵr, ac anadlodd yn ddwfn o'r awyr iach. Roedd y wawr wedi torri, a'r môr yn llwyd dan do o gymylau isel. Gwelai fynydd-oedd Norwy ymhell ar y gorwel, ac yna, dim ond y môr o'i gwmpas ymhob man, y tonnau'n codi, a'r gwynt yn chwibanu o gwmpas y tŵr ac yn canu tôn ar y gwifrau. Yna, pan ddechreuodd y plu eira chwyrlïo o'u cwmpas, ac wrth i'r tonnau dorri'n wyn dros y bwrdd gan geisio cyrraedd y tŵr, plymiodd y llong i lawr i'r dyfnderoedd unwaith yn rhagor.

Yno, dan y tonnau, mewn dyfnder o ddau can troedfedd y buont am weddill y diwrnod hwnnw, yn ddiogel o afael y storm a ruai uwch eu pennau. Cysg-odd Math yn dawel drwy'r dydd, a phan ddaeth y capten ato'n hwyr y noswaith honno, edrychai ymlaen am gael cysgu noson arall.

"Mae'r storm heibio," eglurodd y capten. "Rydan ni'n mynd i'r wyneb yn awr. Hoffech chi gael ychydig o awyr iach, Sarjant?"

Ond roedd Math yn rhy flinedig i symud o'i flanced, nes i eiriau nesaf y capten ei syfrdanu.

"Mi fyddwn ni'n ffarwelio â'n gilydd yn y bore bach, Sarjant," meddai gan wenu. "Mae'r llong yma ar ei ffordd i Wlad yr Iâ. Fyddwn ni ddim yn glanio am dair wythnos eto."

"Tair wythnos?" Cododd Math ar ei eistedd yn frysiog.

"Peidiwch â phoeni, Sarjant. Maen nhw'n dod i'ch cyrchu chi yn y bore," gwenodd y llall. "Cysgwch yn dawel."

Ni chysgodd Math fawr y noson honno oherwydd y cyffro a oedd yn ei galon. Drwy'r nos bu'n eistedd ar ei wely, yna'n cerdded i ben y tŵr, ac yn ôl wedyn i orwedd.

Yno, ar dŵr y llong danfor, a'r teclyn radio a ddygasai yr holl ffordd o Norwy yn ddiogel yn ei fag, y gwelodd y wawr yn torri yn y bore bach. Disgleiriai'r haul ar fôr a oedd yn dawel fel llyn hwyad ar ôl y storm.

Toc gwelodd ysmotyn du yn ymddangos ar y gorwel, a'r golau'n wincio ohoni wrth iddi nesáu a hedfan mewn cylch o gwmpas y llong danfor.

"Awyren fôr," ebe Math yn uchel, gan fethu'n glir â chadw'r cryndod o'i lais, na'r llawenydd rhag lleithio ei lygaid.

Fe'i gwyliodd yn cilio oddi wrthynt cyn dod yn is a glanio ar y dŵr, nes bod y môr yn codi'n ddwy gawod wen oddi wrthi. Yna, nid oedd amser i feddwl mwy.

Neidiodd i mewn i'r cwch rwber a ddelid gan y llong-
wyr yn dynn wrth fwrdd y llong, ac eistedd ynddo gan
wylio'r awyren yn dod yn nes ac yn nes.

"Croeso'n ôl, Sarjant," gwenodd y peilot, wrth
iddo ddringo drwy'r drws. "Gawsoch chi amser da?"

Yna roedd y peiriannau'n rhuo wrth i'r awyren
ruthro ar hyd y dŵr a chodi'n araf. A phan edrychodd
Math drwy'r ffenest roedd y llong danfor eisoes yn
suddo, a'i thŵr yn unig yn codi uwch y tonnau.

PENNOD 14

Roedd Math wedi ymgolli cymaint yn ei stori nes iddo anghofio'n lân ymhle'r oedd. Edrychodd o'i gwmpas yn syn a gweld y swyddog ifanc yno wrth y ddesg yn gwenu arno. Bu ennyd hir o ddistawrwydd, yna cododd Math, aeth i sefyll wrth y ffenest, ac edrych drwyddi am ychydig cyn troi i wynebu'r llall eto.

"Wel, dyna'r hanes," meddai, gan godi ei ysgwyddau. "Fel yna yn union y digwyddodd pethau."

Crafai'r llall ei ên â'i bensil gan feddwl yn ddwys.

"Diddorol iawn," meddai toc. "Ac rydach chi'n dal i gredu mai'r Capten Mason yma oedd y bradwr a bod y llall, yr Olaf Christiansen yma, yn hollol ddieuog?"

"Mor ddieuog â minnau," ebe Math, a'i lygaid yn melltennu eto. "Roeddwn i yno. Mi welais i'r cwbl. Doedd y penaethiaid a'i dedfrydodd i farwolaeth ddim yn agos i'r lle. Doedden nhw ddim yn gwybod sut yr oedd pethau yn Norwy bryd hynny."

"Ond pam dod â'r holl fater i'r amlwg yn awr?" gofynnodd y swyddog. "Mae bron i ddeugain mlynedd wedi mynd heibio a . . ."

Cerddodd Math o amgylch yr ystafell cyn ei ollwng ei hun i'r gadair eto ac ochneidio'n uchel. "Rydw i wedi dweud hynny wrthach chi," meddai'n sur. "Fe luniais i adroddiad ar yr ymgyrch bryd hynny, ond fe wyddoch sut y mae pethau yn y lluoedd arfog. Dim ond Sarjant oeddwn i, a doedd gen i ddim gobaith o gwbl i ymladd yn erbyn y swyddogion uchel."

"Ac fe ddywedsoch chi am Gapten Mason wrthyn nhw?"

"Do, a chael gwybod iddo farw yn Norwy a'i gladdu yno," ebe Math mor ddistaw fel mai prin y gallai'r llall ei glywed.

"A dydach chi ddim yn credu hynny?"

"Ond rydw i wedi gweld y dihiryn yn Llundain," gwaeddodd Math yn ei wyneb yn chwyrn. "Sawl gwaith y mae'n rhaid i mi ddweud wrthach chi? Mae John Mason yn fyw ac yn iach, ac yn cerdded stryd-oedd Llundain. Roedden nhw i gyd yn erbyn Olaf," ychwanegodd, a'r tristwch yn ôl yn ei lygaid. "Roedd yr holl benaethiaid yn ei gasáu, ac fe wn i pam. O gwn, fe wn pam roedden nhw'n casáu cymaint arno, y penaethiaid a'r swyddogion uchel a oedd yn eistedd yn eu swyddfeydd moethus yn Llundain drwy'r Rhyfel, y dihirod a oedd yn fy anfon i a rhai tebyg imi i ymladd eu rhyfel drostynt."

"Mae'n rhaid cael rhywun i drefnu'r sioe," gwen-odd y llall. "Rhaid cael rhywun i gynllunio pethau. Roeddech chi'n dweud eich bod yn gwybod pam roedden nhw'n casáu Christiansen."

"Am ei fod mor wahanol i'r gweddill ohonyn nhw," ebe Math. "Doedd bod yn swyddog yn golygu dim i Olaf. Fe roddodd y Capten Mason ffroenuchel yna'n ei le lawer gwaith."

"Ac rydach chi'n credu iddyn nhw ei ddedfrydu i farwolaeth am hynny?" ebe'r swyddog mewn syn-dod. "Ei saethu am iddo ddweud wrth Mason yr hyn a feddyliai ohono? Dowch, Sarjant, doedden nhw ddim cynddrwg â hynny, debyg."

"Wel, roedden nhw yn ei gasáu o beth bynnag,"
ebe Math yn wyllt.

"A'r fyddin gudd? Y fyddin gudd a'i saethodd o,
onid e?"

"Ie," cododd Math ei ysgwyddau eto.

"Dydach chi ddim yn meddwl y byddai gan wŷr y
fyddin gudd reswm digonol cyn saethu un o'u cyd-
wladwyr eu hunain?"

"Ond roedden nhw wedi cael gorchymyn o Lun-
dain i wneud hynny," ebe Math. "Allen nhw wneud
dim arall."

"Mi wela i," ebe'r swyddog. Yna cododd o'i
gadair, tynnu bwndel o bapurau o gwpwrdd yn y
gornel, a'u darllen yn ofalus. "Wrth gwrs, fel y
dywedais i o'r blaen, mae hyn wedi digwydd cyn fy
amser i. Dydi'r rhyfel yn ddim ond darn o hanes i mi a
'nghenhedlaeth. Ond rydw i'n edmygu dynion fel chi
yn fawr iawn, Sarjant. Mi wn i yn iawn am eich gwr-
hydri."

"Wyddost ti?" gwaeddodd Math, gan wylltio'n
gacwn. "Wyddost ti? Wyddost ti be ydi cysgu allan
yn yr eira a'r Gestapo yn chwilio amdanat ti? Wydd-
ost ti be ydi gweld dy gyfeillion yn syrthio i'w dwylo?
Wyddost ti be ydi gweld dy gyfaill pennaf yn cael ei
saethu am ddim byd, a chlywed ei lais yn galw arnat
ti? Na, dwyt ti ddim yn deall, frawd. Does neb yn
deall ond y rhai a oedd yno. Maen nhw'n deall efallai.
Ond wyddost ti a rhai tebyg i ti ddim am be yr ydw i'n
sôn amdano."

Yna cerddodd tua'r drws yn gyflym a'i agor.
"Rydw i'n mynd adref," meddai'n araf. "Mae'n

ddrwg gen i fy mod wedi gwastraffu cymaint o amser prin y Llu Awyr.''

''Na, arhoswch,'' gwaeddodd y llall, gan ddod ato, gafael yn ei fraich a'i arwain yn ôl i'w gadair. ''Peidiwch â mynd, Sarjant,'' gwenodd, ac yna canodd gloch fechan a oedd ar y ddesg o'i flaen. ''Peidiwch â meddwl nad ydw i'n credu eich stori chi. Mae'n stori ddiddorol dros ben. A dydan ni ddim wedi bod yn cysgu ychwaith. Ond nid myfi ydi'r dyn i chi adrodd eich stori wrtho. Mae yna rywun arall y dylech chi gyfarfod ag o.''

Cododd Math ar ei draed wrth i'r drws agor yn araf ym mhen draw'r ystafell. Roedd y gŵr gwallt gwyn a gerddodd drwyddo yn hen a'i war wedi crymu, ond roedd y llygaid yn fywiog.

''Hym,'' meddai, gan ddod i sefyll o flaen Math, ac edrych arno'n fanwl. ''Ie, rydw i'n eich cofio chi'n awr. Sarjant yn y Llu Awyr. Sarjant Williams? Ifans yntê? Sarjant Math Ifans. Fydda i byth yn anghofio wyneb. Enwau efallai, ond wynebau, byth.''

''Mae'n ddrwg gen i,'' ebe Math yn gloff, ''Ond does gen i yr un syniad....''

''Pwy ydw i?'' ebe'r gŵr, a gwên yn chwarae yng nghil ei lygaid. ''Fe ddylech fy nghofio i, Sarjant, a minnau wedi eich anfon chi ar yr ymgyrch yna i Norwy.''

Roedd rhywbeth cyfarwydd yn y llais ac yn y llygaid.

''Cyrnol,'' meddai toc. ''Cyrnol Jenkins? Ydw i'n iawn?''

Trodd y Cyrnol at y swyddog ifanc.

''Henaint, 'machgen i,'' gwenodd. ''Fel mae pawb

yn newid. Pan welodd Sarjant Ifans fi ddiwethaf roeddwn i'n aelod o filwyr y Comando.''

Yna ychwanegodd, gan droi'n ôl at Math ac ysgwyd ei law. ''Ydw i wedi newid cymaint â hynny, Sarjant?''

Ond cyn i Math gael cyfle i'w ateb, daeth yr hen awdurdod yn ôl i'w lais ac meddai, ''Rydw i wedi bod yn ailddarllen yr adroddiadau am yr ymgyrch yn Norwy, Sarjant Ifans, ac wedi bod yn gwrando ar eich stori chi o'r ystafell arall yna. Alla i weld fod dim wedi newid o gwbl.''

''Ddywedais i ddim fod pethau wedi newid,'' ebe Math ar ei draws. ''Dim ond fod yr adyn Mason yna'n fyw ac yn iach, a chwithau wedi dweud iddo farw yn Norwy. Mae o'n fyw yntydi?''

Anwybyddu'r cwestiwn a wnaeth y Cyrnol.

''Pam codi'r holl fater yma i'r wyneb yn awr, Sarjant?'' gofynnodd. ''Mae bron i ddeugain. . .''

''Newydd gyrraedd yn ôl o Norwy yr ydw i,'' ebe Math, ''ac fe welais i'r groes lle mae Olaf . . .''

''Dim ond ffŵl a fyddai'n mynd yn ôl, Sarjant,'' ochneidiodd y llall. ''Agor hen friwiau. Peth gwirion ydi hynny.''

''Cofgolofn iddo. Dyna'r peth lleiaf y gallwn ei wneud,'' ebe Math yn drist. ''Wedi'r holl gam a gafodd Olaf, mae'n bryd i rywun ddweud y gwir, a chodi cofeb iddo.''

''Sarjant,'' ebe'r Cyrnol yn ddistaw, gan fynd at y drws a'i agor yn araf. ''Dydw i ddim yn edrych ymlaen at hyn, ond fe'ch rhybuddiwyd chi y byddech yn cael eich brifo.''

Daeth gŵr tal, hollol ddieithr i Math, drwy'r drws.

Cerddodd ato ac ysgwyd ei law.

"Gadewch i mi gyflwyno Vidkun Christiansen o Oslo i chi, Sarjant," ebe'r Cyrnol.

"Christiansen?" Aeth wyneb Math fel y galchen.

"Ie, Sarjant, brawd Olaf Christiansen."

"Ond . . . ond . . . roedd brodyr Olaf wedi eu saethu gan y Gestapo."

"Olaf a'r brawd arall a saethwyd gan y Gestapo," ebe Vidkun. "Cefais fy nghadw mewn carchar gan y dihirod am weddill y rhyfel."

"Ond . . ." Roedd Math yn syfrdan-fud. "Chafodd Olaf mo'i saethu gan y Gestapo. Y fyddin gudd . . . roeddwn i efo fo . . . a . . ."

Rhoddodd y llall ei law yn dyner ar ysgwydd Math ac edrychodd i fyw ei lygaid.

"Roedd yna ddau Olaf Christiansen," meddai'n dawel, a'i lygaid yn llaith. "Bradwr oedd yr Olaf Christiansen a ddaeth i Norwy gyda chi. Roedd yr Olaf Christiansen iawn, fy mrawd i, wedi ei saethu gan y Gestapo cyn hynny. Fe gymerodd y bradwr arno mai ef oedd Olaf. Roedd o'n gweithio i'r gelyn. Wyddai neb fod Olaf wedi ei saethu bryd hynny, wrth gwrs. Tybiai pawb ei fod yn y carchar.

"Fe ymwisgodd rhai o'r Almaenwyr fel gwŷr y fyddin gudd a chipio'r bradwr o'r carchar dan enw Olaf, a sicrhaodd y Gestapo fod y stori'n cyrraedd y papurau. Aethpwyd â'r bradwr yn ddigon pell o Oslo, i Brydain, rhag ofn i ffrindiau Olaf ddod ar ei draws a sylweddoli mai rhywun arall ydoedd. Yna anfonwyd ef i'r gogledd, gan nad oedd neb yn adnabod Olaf yno, fel y gallai ymuno â'r fyddin gudd, a thrwy hynny gynorthwyo'r Almaenwyr i'w dinistrio. Dyna eich Olaf Christiansen chi, Sarjant.''

"A dyna'r gwir," ebe'r Cyrnol. "Y bradwr mwyaf a welodd Norwy erioed oedd y gŵr a ddaeth i'ch canlyn chi. Ac oni bai i wŷr y fyddin gudd yn Oslo ddarganfod y gwir wedi i chi gychwyn ar yr ymgyrch, byddai pethau wedi bod yn ddu iawn.''

Yna daeth i eistedd o flaen Math a rhoi ei law ar ei fraich yn dyner.

"Mae'n ddrwg gen i, Sarjant," meddai.

"Ond fe achubodd o fy mywyd i," ebe Math yn syn.

"Do, Sarjant, er mwyn eich cadw'n fyw i'r Gestapo. Roeddech chi'n arbenigwr ar y taclau cyfrinachol yna, a byddai'r gelyn wedi rhoi unrhyw beth am eich cael i'w dwylo a dwyn ein cyfrinachau oddi arnoch chi. Eich cadw'n fyw er mwyn darganfod y cyfrinachau a wnaeth y dihiryn, ac roeddech chi'n bwysig i ni cofiwch.''

"Yn rhy bwysig i ni ganiatáu i chi syrthio i ddwylo'r gelyn," ebe llais o'r tu ôl iddo.

Neidiodd Math ar ei draed mewn dychryn wrth iddo weld Capten Mason yn sefyll yno. Camodd yn ôl oddi wrtho, yr atgasedd yn fflachio o'i lygaid, ond ni allai ddweud yr un gair. Yr oedd wedi ei syfrdanu i'r fath raddau.

"Na, ni chefais i fy lladd, Sarjant," meddai Mason, a'i lais mor oeraidd ac awdurdodol ag erioed. "Ond bu bron iawn i'r Christiansen yna, neu pwy bynnag oedd o, fy lladd i pan roddodd y fwled yna yn fy nghoes.''

"Fe ddaliwyd Capten Mason gan y gelyn wedi i'r

bradwr ei saethu,'' eglurodd y Cyrnol. ''Fe fu yng ngharchar y Gestapo nes i ddynion y fyddin gudd ei achub.''

''Ond roeddech chi'n dweud ei fod wedi marw.'' Daeth Math o hyd i'w lais o'r diwedd.

Ochneidiodd y Cyrnol yn uchel.

''Cymaint o gelwyddau,'' meddai. Yna, wedi munudau o dawelwch, ''Roedd Capten Mason yn un o'n dynion gorau ni, ac roeddech chi'n creu cymaint o helynt drwy sôn amdano yn eich bradychu fel mai'r unig ffordd i roi taw arnoch chi oedd dweud ei fod wedi marw yn Norwy. Mae'n ymddangos yn beth hurt i'w wneud heddiw, Sarjant, ond yr adeg honno, ynghanol y Rhyfel, roedd pethau'n wahanol, a dynion yn gwneud pethau na fydden nhw'n meddwl am eu gwneud heddiw.''

''Fel ceisio fy saethu i mewn gwaed oer?'' gofynnodd Math, gan edrych yn filain i gyfeiriad Mason.

''Nid fy mai i oedd hynny, Sarjant,'' ebe Capten Mason, gan edrych oddi wrtho. ''Cael gorchymyn a wnes i.''

''Fi a ddywedodd wrth Capten Mason am eich lladd chi, Sarjant,'' ebe'r Cyrnol yn araf. ''Nid eich gwarchod chi oedd ei waith. Dod ar yr ymgyrch i'ch lladd chi a wnaeth o.''

Yna, wrth weld Math â'i geg yn llydan agored, ychwanegodd yn frysiog. ''Roeddech chi'n gwybod gormod o gyfrinachau i syrthio i ddwylo'r gelyn. Gwaith y capten oedd eich saethu petai'r ymgyrch yn methu, rhag ofn i chi syrthio i ddwylo'r Gestapo.''

''Ond, diolch i'r bradwr yna, mi fethais,'' ebe Capten Mason. ''Mae'n debyg y gallwch ddweud iddo wneud un peth da yn ei fywyd, Sarjant. Fe achubodd eich bywyd chi.''

Ond nid oedd Math yn clywed dim mwyach. Cododd ac aeth at y ffenest, ac edrych drwyddi'n fud. Yna caeodd ei lygaid yn dynn ac ni welai ddim o flaen llygad ei feddwl ond croes bren unig yn Norwy a'r eira'n disgyn yn dawel o'i chwmpas.